LE DÉMON DE LA FARCE

TRADUIT DE L'AMÉRICAIN
PAR AGNÈS GIRARD

ÉDITIONS J'AI LU

*Collection créée et dirigée
par Jacques Sadoul*

*À Nancy Applegate, merci pour le sang,
la sueur, les larmes.*
ROGER ZELAZNY

À ma femme, Gail, avec tout mon amour.
ROBERT SHECKLEY

Titre original :

A FARCE TO BE RECKONED WITH
Bantam Books, a division of
Bantam Doubleday Dell Publishing Group, Inc., N. Y.

1

Ylith se félicita d'avoir autant de chance. Elle avait choisi la journée idéale pour ce voyage entre le Paradis et l'adorable petit cimetière des environs de York, en Angleterre. On était fin mai, le soleil était resplendissant. Des petits oiseaux de toutes sortes gambadaient sur les branches moussues ou chantaient à tue-tête, perchés au bord du mur. Et le plus agréable, c'était que la dizaine d'angelots dont elle avait la charge se tenaient tout à fait bien, même pour des anges.

Les petits jouaient gentiment, et Ylith commençait juste à se détendre lorsque, soudain, un nuage sulfureux moutonna à moins de trois mètres d'elle. Et quand la fumée se fut dissipée, un démon d'assez petite taille, roux, au visage de renard, drapé dans une cape noire se tenait devant elle.

– Azzie ! Que fais-tu là ?

– J'avais envie de prendre quelques vacances et de laisser les affaires infernales de côté. J'en profite pour visiter certains tombeaux de saints.

– Tu n'envisages tout de même pas de changer de confession ? s'enquit Ylith.

– Je ne suis pas comme toi, répondit Azzie, faisant référence à la carrière de sorcière qu'avait autrefois embrassée Ylith. Joli petit groupe que tu as là, ajouta-t-il en faisant un signe aux angelots.

– Comme tu le vois, ils sont extrêmement sages.

– Rien de bien exceptionnel, en somme.

En fait, les petits couraient un peu partout dans le cimetière et s'invectivaient allégrement. Leurs voix fluettes s'élevaient, haut perchées et mellifues.

– Regarde ce que j'ai trouvé ! La tombe de saint Athelstan le Patelin.

– Ah oui ? Et moi, j'ai celle de sainte Anne l'Inquiète, et elle était drôlement plus importante !

Les angelots se ressemblaient beaucoup, avec leurs traits poupins et leurs cheveux bouclés d'un blond doux et chaud qu'ils portaient au carré, une coupe très à la mode ce siècle. Tous avaient des ailes bien dodues, encore couvertes de duvet et dissimulées sous leurs manteaux de voyage rose et bleu. La coutume voulait qu'en voyage sur Terre un ange cachât ses ailes.

Non pas que la présence des angelots eût surpris qui que ce fût en cette année 1324. Il était de notoriété publique à cette époque que les anges faisaient régulièrement la navette entre la Terre et le Ciel, tout comme les lutins, démons et autres créatures surnaturelles qui avaient réussi à continuer d'exister après le changement des divinités majeures, et auxquels venaient s'ajouter un certain nombre d'êtres immortels un peu difformes que personne n'avait encore eu le temps d'identifier. Question divinités, la Renaissance, c'était éclectisme et compagnie.

– Et toi, que fais-tu ici, Ylith ? demanda Azzie.

La ravissante sorcière brune expliqua qu'elle avait accepté de faire faire à ce groupe d'anges pubères le tour des Grands Tombeaux d'Angleterre, dans le cadre de leur cours d'été en Éducation Religieuse. Ylith, peut-être du fait de son passé de sorcière au service du Mal – avant que son amour pour un jeune ange nommé Babriel ne la fasse changer de camp –, était tout à fait en faveur de l'éducation religieuse pour les jeunes. Il fallait qu'ils en sachent un minimum, de façon que, quand on leur posait des questions, leurs réponses n'embarrassent pas le Ciel.

Leur point de départ, le Champ des Martyrs, au nord de l'Angleterre, réunissait beaucoup de tombes connues. Les angelots allaient de l'une à l'autre, découvraient qui était planté six pieds sous terre ici ou là.

– Tiens, voilà l'endroit où est enterrée sainte Cécile l'Imprudente, disait l'un d'eux. Je lui ai parlé l'autre jour, justement, au ciel. Elle m'a demandé de dire une prière sur sa tombe.

– Les enfants ont l'air de très bien se débrouiller, remarqua Azzie. Si tu m'accompagnais ? Je t'offre à déjeuner.

Azzie et Ylith, autrefois, avaient été comme on dit « une affaire qui roule », à l'époque où tous deux étaient de méchantes créatures au service du Mal. Ylith n'avait pas oublié combien elle avait été folle du jeune démon ambitieux au museau pointu. Mais cela faisait déjà quelques lustres, et pas mal de nuages avaient passé dans le ciel depuis.

Elle marcha en direction de l'endroit indiqué par Azzie, près d'un imposant chêne, et tout à coup il y eut un éclair de lumière suivi d'un changement total du paysage. Ylith se retrouva alors au bord d'une mer, sur une plage bordée de palmiers doucement agités par le vent, avec un gros soleil rouge pesant à l'horizon. Tout au bord de l'eau était installée une table garnie de bonnes choses à boire et à manger. Il y avait un large lit, aussi, avec des draps en satin et d'innombrables coussins de toutes les tailles, de toutes les formes et de toutes les couleurs. Juste à côté, un petit chœur de satyres chantait la musique de la séduction.

– Allonge-toi, dit Azzie, qui avait accompagné Ylith dans ce nouveau décor. Je te comblerai de raisin et de sorbets et nous connaîtrons de nouveau les délices qui, autrefois, il y a trop longtemps de cela, nous enchantèrent.

– Eh là ! Tout doux ! dit Ylith en se dégageant du bras qu'Azzie avait langoureusement posé sur ses épaules. Tu oublies que je suis un ange.

– Je n'oublie rien du tout. Je pensais simplement qu'une petite pause te ferait plaisir.

– Il est certaines règles que nous devons respecter.

– Elles s'appliquent aussi à ton petit coup de cœur pour le docteur Faust ?

– Ça, c'était une erreur. Le stress émotionnel a faussé mes capacités de jugement. Mais je me suis repentie, depuis. Je vais bien, maintenant. Comme avant.

– Sauf que c'est à cause de ça que vous avez rompu, toi et Babriel.

– On continue à se voir de temps en temps. Et comment sais-tu tout cela, d'abord ?

– Les tavernes des Limbes sont un lieu d'échanges privilégié pour les potins tant paradisiaques qu'infernaux.

– Je ne vois pas en quoi ma vie amoureuse serait susceptible de faire la une des cancans.

– Mais vous avez fait partie des stars, gente dame. Vous sortiez avec moi, autrefois, vous vous rappelez ?

– Azzie, tu es incroyable. Pour me séduire, tu devrais me dire que je suis belle et désirable, pas que tu es quelqu'un d'important !

– À vrai dire, je te trouve, très, très en beauté.

– Et tu es très, très rusé, comme toujours. (Ylith se tourna vers la mer, contempla un instant le paysage.) C'est une magnifique illusion que tu as créée là, Azzie. Mais il faut vraiment que je retourne auprès des enfants.

Elle repassa de l'illusion bord de mer à la réalité cimetière juste à temps pour empêcher l'ange Ermita de tirer les oreilles de l'ange Dimitri. Azzie apparut bientôt à ses côtés, apparemment peu dépité d'avoir été rembarré.

– De toute façon… Je n'ai pas l'impression que ça soit moi que tu désires vraiment, dit Ylith. Qu'est-ce qui te tracasse, exactement ? Que fais-tu ici ?

Le démon eut un petit rire amer.

– Je suis entre deux contrats. Au chômage, en quelque sorte. Et je suis venu ici pour réfléchir à la suite des événements.

– Venu ici ? En Angleterre ?

– Au Moyen Âge, en fait. C'est une de mes époques préférées de l'histoire de la Terre.

– Mais comment peux-tu être au chômage ? Après la maestria avec laquelle tu as récemment mené l'affaire Faust, je pensais que les Puissances du Mal t'auraient donné plein de travail.

– Ah ! Ne me parle pas de l'affaire Faust !

– Pourquoi donc ?

– Les honneurs qui me revenaient après le monstrueux cafouillage de Méphistophélès, les Juges de l'Enfer m'en ont privé. Ces crétins de l'Enfer continuent de faire comme s'ils étaient assurés d'avoir du travail pour l'éternité, sans se rendre compte qu'ils risquent incessamment de passer de mode et de disparaître de l'esprit de l'homme pour toujours.

– Les Forces du Mal, sur le point de disparaître ? Mais qu'arriverait-il au Bien ?

– Il disparaîtrait aussi.

– C'est impossible. L'humanité ne peut pas vivre sans avoir d'opinions bien tranchées sur le Bien et le Mal.

– Tu crois ça ? C'est pourtant déjà arrivé. Les Grecs vivaient sans vérités absolues, et les Romains aussi.

– Je n'en suis pas si sûre. Et quand bien même tu dirais vrai, je ne peux pas imaginer l'espèce humaine replonger dans le paganisme éclatant mais moralement dévoyé qu'elle a déjà connu.

– Et pourquoi pas ? Le Bien et le Mal, ce n'est pas comme le pain et l'eau. L'homme peut s'en passer et vivre tranquillement sa vie.

– C'est ce que tu veux, Azzie ? Un monde sans Bien ni Mal ?

– Certainement pas ! Le Mal, c'est mon fonds de commerce, Ylith. Ma vocation. J'y crois. Ce que je veux, c'est trouver quelque chose de fort en faveur de ce qu'ils appellent Mauvais, quelque chose qui motivera les hommes, les captivera, et les replongera dans la bonne vieille tragédie du Bien et du Mal, du profit et de la perte.

– Tu crois que tu peux y arriver ?

– Bien sûr. C'est pas pour me vanter, mais je peux faire n'importe quoi du moment que je me concentre un peu.

– Eh bien, au moins ton ego est en pleine forme, ça fait plaisir à voir !

– Si seulement je pouvais convaincre Ananké ! soupira Azzie, faisant référence à l'esprit incarné de la Nécessité, qui régnait d'une manière toute personnelle sur les hommes et les dieux. Mais cette vieille peau persiste à vouloir vivre dans l'ambiguïté !

– Tu trouveras bien une solution, va, le rassura Ylith. En attendant, moi, il faut vraiment que j'y aille.

– Je ne comprends pas comment tu fais pour supporter ces braillards toute la journée.

– Quand on veut être bon, apprendre à aimer ce qu'il faut de toute façon aimer, c'est faire la moitié du travail.

– Et l'autre moitié, c'est quoi ?

– Résister aux flatteries des ex. Surtout quand ils sont démoniaques ! Au revoir, Azzie. Et bonne chance !

2

Déguisé en marchand, Azzie entra dans la cité voisine de York. La foule semblait converger vers le centre de la ville, et il se laissa porter par le mouvement le long des ruelles sinueuses. Les gens étaient d'humeur festive, mais il ignorait ce que l'on célébrait.

Sur la place principale, des tréteaux étaient installés et on jouait une pièce de théâtre. Azzie s'arrêta. L'art dramatique grand public, c'était une invention relativement récente, et, rapidement, c'était devenu très à la mode en Europe.

Ça n'avait rien de très compliqué. Des acteurs se produisaient sur une estrade surélevée et faisaient semblant d'être quelqu'un d'autre. La première fois, on trouvait toujours ça épatant. En son temps – un temps assez long qui remontait aux danses caprines primitives des Hellènes –, Azzie avait vu un grand nombre de pièces de théâtre, aussi se considérait-il plutôt expert en la matière. Après tout, il n'avait pas raté une seule première des grandes tragédies de Sophocle. Mais cette production yorkaise avait peu de chose à voir avec les danses caprines et Sophocle. Il s'agissait de théâtre réaliste, et les deux acteurs jouaient des époux.

– Alors, Noé, quoi de neuf ? demanda la femme de Noé.

– Femme, je viens d'avoir une révélation divine.

– Je ne vois pas ce qu'il y a de nouveau à ça, railla Mme Noé. Tu passes ton temps à traîner dans le désert et à avoir des révélations. N'est-ce pas, les enfants ?

– Pour sûr, maman, dit Japhet.

– Tout juste, dit Cham.

– Exact, dit Sem.

– Le Seigneur m'a parlé, reprit Noé. Il m'ordonne de prendre le bateau que je viens de construire et d'y faire monter tout le monde parce qu'Il ne va pas tarder à envoyer une pluie qui inondera tout.

– Comment sais-tu tout ça ? demanda Mme Noé.

– J'ai entendu la voix de Dieu.

– Toi et tes voix, alors ! Si tu crois que je vais m'installer dans ta coque de noix juste parce que tu as entendu une voix, tu te mets le doigt dans l'œil, c'est moi qui te le dis !

– On sera un peu serrés, je sais, dit Noé. Surtout avec tous les animaux à bord. Mais il n'y a pas lieu de s'inquiéter. Le Seigneur y pourvoira.

– Les animaux ? Comment ça, les animaux ?

– Je t'explique. C'est ce que le Seigneur m'ordonne de faire. Sauver les animaux du Déluge qu'Il S'apprête à envoyer.

– Mais de quels animaux parles-tu ? Des animaux domestiques ?

– Dieu veut que nous recueillions plus que les animaux domestiques.

– Par exemple ?

– Par exemple tous les animaux.

– Tous ? Ça fait combien ?

– Ça fait un couple de chacun.

– Un couple de chaque sorte d'animaux ?

– C'est l'idée.

– Même des rats ?

– Deux rats, oui.

– Et des rhinocéros ?

– Je reconnais qu'on sera un peu à l'étroit, mais oui. Deux rhinocéros aussi.

– Et des éléphants ?

– On trouvera bien un moyen de caser tout le monde.

– Et des morses ?

– Oui, bien sûr ! Les morses aussi ! Les instructions de Dieu étaient très claires. Deux de chacun.

Mme Noé lança à son époux un regard qui sous-entendait clairement : « Mon pauvre vieil ivrogne, voilà que tu te remets à délirer. »

Le public adorait. Dans le théâtre improvisé, il y avait une centaine de spectateurs en tout, assis sur des bancs. Hurlant de rire à chaque réplique de Mme Noé, tapant des pieds pour manifester leur approbation. C'étaient des villageois et des paysans pour la plupart, et ils assistaient à la représentation d'un miracle, un drame sacré qui n'allait pas tarder à devenir apocryphe, *Noé*.

Azzie était installé à l'un des balcons, sur un écha-faudage spécial, à droite, au-dessus de la scène. Ces places étaient réservées aux citoyens prospères. De là-haut, il voyait les actrices jouant les femmes des fils de Noé en train de changer de costume. Il pouvait s'allonger à son aise et rester à l'abri des remugles putrides émanant des foules à qui ces pièces, avec leurs trames moralement correctes et leurs dialogues minaudiers, étaient destinées.

Sur la scène, l'histoire continuait. Noé embarqua sur son bateau, les intempéries commencèrent. Un manant muni d'un arrosoir, perché sur une échelle, simula le début des quarante jours et quarante nuits de pluie. Azzie se tourna vers l'homme bien mis assis derrière lui.

– Faites ce que Dieu vous dit, et tout ira bien ! Quelle conclusion simpliste, et si peu vérifiée au quotidien, où tout se produit de la façon la plus inattendue, sans souci aucun des causes ou des effets.

– Judicieuse remarque, dit l'homme. Mais considérez, monsieur, que ces contes n'ont point pour objet d'être le reflet exact de la réalité. Ils se contentent de montrer comment un homme devrait se comporter en différentes circonstances.

– Si fait, si fait. Cela va de soi. Mais c'est de la propagande grandeur nature. N'avez-vous jamais eu envie d'une pièce plus inventive, d'autre chose que d'une concoction comme celle-ci, qui attache les sermons en chapelets comme un boucher attache les saucisses ? N'auriez-vous point de goût pour une pièce dont l'intrigue ne serait pas soumise au déterminisme affecté de la moralité du plus grand nombre ?

– Cela serait rafraîchissant, je n'en doute pas, dit l'homme. Mais il est peu probable que les religieux qui écrivent ce genre de chose produisent une œuvre aussi philosophique. Cela vous dirait-il de poursuivre et d'approfondir ce sujet, monsieur, après la représentation, devant un pichet de cervoise ?

– Avec joie. Je m'appelle Azzie Elbub et je suis gentleman de profession.

– Et moi je m'appelle Peter Westfall, et je suis importateur de céréales. Ma boutique se trouve près de Saint-Grégoire-des-Champs. Mais je crois que les acteurs reprennent.

La pièce ne s'améliora pas. Lorsqu'elle fut terminée, Azzie accompagna Westfall et plusieurs de ses amis à l'enseigne de la Vache-Pie, dans Holbeck Lane, près de High Street. Le tenancier leur apporta des pichets débordant de cervoise et Azzie commanda du mouton et des pommes de terre pour tous.

Westfall avait reçu son éducation dans un monastère en Bourgogne. C'était un homme corpulent, encore jeune, sanguin, presque chauve et qui parlait en faisant de grands gestes. La goutte le guettait de toute évidence. En le voyant refuser la viande, Azzie le soupçonna d'être végétarien, déviance qui parfois trahissait un hérétique cathare. Il s'en fichait, mais nota cette remarque dans un coin de sa mémoire, pour, qui sait, une utilisation ultérieure. En attendant, il était là pour discuter de la pièce avec Westfall et ses amis.

Lorsque Azzie se plaignit du manque d'originalité de la pièce, Westfall rétorqua :

– Le fait est, mon bon, qu'elle n'est pas censée être originale. Cette histoire nous transmet un message des plus édifiants.

– Vous appelez ça un message édifiant ? Soyez patients et on finira bien par trouver une solution ? Vous savez très bien que c'est la roue qui grince qu'on huile, et que si on ne se plaint pas, on n'arrive à rien changer. Dans l'histoire de Noé, Dieu est un tyran qui aurait mérité qu'on cède moins souvent à ses caprices ! Qui a dit que Dieu avait tout le temps raison ? Un homme ne peut-il forger sa propre opinion ? Si j'étais auteur dramatique, mes histoires tiendraient mieux la route !

Westfall trouva les paroles d'Azzie provocatrices et peu orthodoxes, et l'envie lui vint de le remettre à sa place. Mais il avait remarqué l'étrange et imposante présence que dégageait le jeune homme, et il était de notoriété publique que les membres de la Cour se faisaient passer pour d'ordinaires gentilshommes afin de mieux tirer les vers du nez des bavards imprudents. Westfall rengaina donc sa curiosité et finit par alléguer l'heure tardive pour se retirer.

Après le départ du marchand et de ses amis, Azzie resta un moment dans la taverne. Il ne savait pas trop quoi faire ensuite. Suivre Ylith, peut-être, et essayer sur elle ses ruses de séducteur ? Mais non, ce n'était pas une bonne idée. Il décida à la place de se rendre sur le continent, comme il l'avait prévu au départ. Il pensait de plus en plus à mettre sa propre pièce en scène. Une pièce qui irait à contre-courant de ces pièces morales avec leurs messages insipides. Une pièce immorale !

3

Depuis qu'il avait eu cette idée de pièce immorale, Azzie avait l'imagination en délire. Il voulait faire de grandes choses, comme par le passé, avec le Prince Charmant et l'affaire Johann Faust. Il était temps pour lui de frapper une nouvelle fois, d'étonner le monde, tant matériel que spirituel.

Une pièce immorale ! Une œuvre qui créerait une légende nouvelle sur le destin de l'humanité et qui à elle seule redorerait définitivement le blason des Ténèbres !

Ce n'était pas une mince affaire, il en était conscient. Un travail ardu l'attendait. Il savait aussi quel homme pourrait l'aider à écrire cette pièce : Pietro l'Arétin, qui serait un jour parmi les écrivains et poètes les plus éminents de la Renaissance. S'il arrivait à le convaincre…

Il prit sa décision peu après minuit. Cette pièce, il la monterait ! Il repartit à travers York, quitta la ville et s'enfonça dans la campagne. C'était une nuit splendide, les étoiles illuminaient le ciel depuis leur sphère fixe. Tout bon chrétien était au lit depuis plusieurs heures déjà. Constatant qu'il n'y avait personne – bon chrétien ou pas – dans les parages, il ôta son manteau de satin à double boutonnage, puis son gilet pourpre. Il était superbement musclé. Les créatures surnaturelles avaient la possibilité, moyennant une somme modique, de rester en forme magiquement, en ayant recours au service infernal dont la devise était : « Sain de corps, malin d'esprit. » Déshabillé, il défit le lacet qui maintenait ses ailes de démon plaquées contre son corps pour les dissimuler lors de ses petits voyages sur Terre. Quel bonheur de pouvoir enfin les étirer ! Avec le lacet, il attacha ses vêtements sur son dos, en prenant soin de mettre sa monnaie dans un endroit sûr. Il avait déjà perdu de l'argent de cette manière, en oubliant de vider les poches de son manteau. Puis, après trois foulées rapides, il s'envola. Et hop !

Tout en volant, il glissa dans le temps, se coula vers le futur, humant avec délices son odeur astringente. Bientôt, il fut au-dessus de la Manche, direction sud-sud-est. Une petite brise le poussa jusqu'aux côtes françaises en un rien de temps.

Au matin, il était dans le ciel suisse, et prit de l'altitude en apercevant les Alpes. Vint ensuite le col du Grand-Saint-Bernard, qu'il connaissait bien, et peu après, ce fut l'Italie du Nord. L'air était déjà plus doux, même aussi haut.

L'Italie ! Azzie adorait cet endroit. L'Italie était son pays préféré, et la Renaissance, où il venait d'arriver, son époque favorite. Il se considérait comme une sorte de démon du Quattrocento. Il vola au-dessus des vignobles et de la mosaïque des champs, au-dessus des collines et des rivières étincelantes.

Adaptant la position de ses ailes à l'air plus lourd qui montait, il piqua légèrement à l'est, vola jusqu'à l'endroit où terre et mer semblent fusionner en un immense marais qui étire ses méandres vert et gris avant de s'abandonner dans l'Adriatique. Et Venise apparut enfin.

Les derniers rayons du soleil couchant illuminaient la noble cité, rebondissant sur l'eau des canaux. Dans la pénombre naissante, Azzie distinguait tout juste les gondoles, avec leur lanterne suspendue à l'arrière, allant et venant sur le Grand Canal.

4

À York, la vieille Meg, la serveuse de l'auberge, terminait de nettoyer la salle lorsque Peter Westfall arriva pour sa cervoise matinale.

– Maître Peter, dit Meg, vous n'auriez pas perdu quelque chose, hier soir ? J'ai trouvé ça à l'endroit où vous étiez assis.

Elle lui tendit un petit sac de daim ou de peau de chamois très fine. Il y avait quelque chose à l'intérieur.

– Ah, oui, dit Westfall.

Il farfouilla dans sa bourse, en sortit une pièce d'un quart de penny.

– Tiens, paie-toi une chopine pour le dérangement.

Il regagna sa maison, sur Rotten Lane, et monta dans son cabinet privé, au dernier étage. C'était une pièce en soupente, spacieuse, éclairée par des lucarnes et meublée de trois tables de chêne sur lesquelles Westfall avait disposé différents ustensiles d'alchimiste. À cette époque, les pratiques combinées de l'alchimie et de la magie étaient accessibles à plus d'un.

Westfall tira une chaise et s'assit. Il défit la cordelette d'argent qui fermait le petit sac, y glissa deux doigts et en sortit délicatement la pierre jaune polie qui se trouvait à l'intérieur. Elle était gravée d'un signe qui ressemblait à la lettre de l'alphabet hébraïque aleph.

Westfall était certain qu'il s'agissait d'un talisman ou d'un fétiche – un objet qui avait des pouvoirs. C'était le genre de chose qu'un maître magicien devait posséder. Avec cette pierre, il avait entre les mains différents pouvoirs incantatoires. Il allait pouvoir invoquer un ou plusieurs esprits, les faire sortir des profondeurs, selon la manière dont était programmé le talisman. Westfall avait toujours désiré un talisman. Une fois sur deux, sa magie tombait à plat, et il était certain qu'avec il allait faire des miracles. Il pensa au jeune homme un peu bizarre avec qui il avait parlé après la pièce sur Noé, la veille au soir. C'était sûrement lui qui l'avait perdu.

Cette pensée l'interrompit momentanément dans ses projets. Après tout, ce n'était pas *son* talisman. Il était probable que son vrai propriétaire reviendrait sur ses pas pour un objet aussi peu commun et précieux. Si c'était le cas, Westfall le lui rendrait immédiatement. Bien sûr.

Il entreprit de remettre la pierre dans son étui, mais s'arrêta en route. Ça ne pouvait pas faire de mal, de jouer un peu avec, en attendant que son propriétaire vienne la chercher. Il n'y avait sûrement aucune objection magique à cela.

Westfall était seul dans son cabinet de travail. Il se tourna vers le talisman.

– Bon, dit-il. Au travail, maintenant. J'ignore quelles incantations magiques utiliser, mais si tu possèdes vraiment des pouvoirs, une simple indication devrait suffire. Va me chercher un esprit qui exaucera mon souhait, et plus vite que ça.

Devant ses yeux, le petit talisman de pierre sembla se gonfler et soupirer. Le signe noir gravé sur un de ses côtés changea de couleur, passa au doré, puis au rouge sombre. Il se mit à vibrer, on aurait dit qu'un petit démon costaud s'agitait à l'intérieur. Une espèce de bourdonnement aigu s'éleva.

Dans la pièce, la lumière baissa, comme si le talisman volait sa puissance au soleil. Une mince colonne de poussière monta du sol, se mit à tourbillonner dans le sens inverse des aiguilles d'une montre. Des bruits sourds firent vibrer l'atmosphère, tel le beuglement d'un bovin géant. Un nuage de fumée verte se répandit dans toute la pièce, fit tousser Westfall. Lorsque le marchand reprit son souffle, la fumée se dissipait déjà, révélant une jeune femme à la chevelure noire lustrée, d'une beauté insolente. Elle portait une jupe longue plissée et un chemisier rouge en soie sur lequel des dragons étaient brodés au fil d'or. Elle avait de petites chaussures à talons hauts et un assortiment de bijoux élégants. Et elle était très, très en colère.

– Qu'est-ce que ça veut dire ? s'indigna Ylith.

Car c'était elle que le talisman avait capturée, probablement parce que c'était à elle qu'Azzie avait pensé en dernier. La pierre magique avait dû garder cela en mémoire quelque part.

– Eh bien, je t'ai invoquée, répondit Westfall. Tu es un esprit, et tu dois exaucer mes vœux. C'est bien ça, non ? ajouta-t-il, plein d'espoir.

– Ce n'est pas ça du tout. Je suis un ange ou une sorcière, pas un simple esprit, et je ne suis pas liée à votre talisman. Permettez-moi de vous suggérer de réviser l'étalonnage de cet outil et de réessayer.

– Ah bon. Désolé, dit Westfall.

Mais Ylith avait déjà disparu.

– Fais un peu plus attention, cette fois, demanda le marchand au talisman. Ramène-moi l'esprit que tu es censé aller chercher. Allez, zou !

Le talisman frissonna, comme s'il était triste d'avoir été grondé. Il émit une note de musique, puis une autre. Dans la pièce, la lumière faiblit à nouveau avant de retrouver tout son éclat. Un petit nuage de fumée apparut, d'où sortit un homme vêtu d'un ensemble assez sophistiqué en satin sombre et coiffé d'un chapeau conique. Sur ses épaules était jeté un long manteau de satin bleu marine brodé au fil doré de signes cabalistiques. L'homme avait la barbe et la moustache, et semblait complètement à côté de ses poulaines.

– Qu'est-ce que c'est ? demanda-t-il. J'ai dit à tout le monde qu'il ne fallait pas me déranger tant que je n'aurais pas terminé ma nouvelle série d'expériences. Comment voulez-vous que mes recherches avancent si on me dérange tous les quatre matins ? Et d'abord, qui êtes-vous, et que voulez-vous ?

– Je m'appelle Peter Westfall, répondit le marchand, et je vous ai invoqué grâce aux pouvoirs de ce talisman.

Il brandit la pierre gravée.

– Vous m'avez invoqué ? Mais de quoi parlez-vous, à la fin ? Faites donc voir ça !

Il examina le talisman.

– D'origine égyptienne, mais pas tout à fait inconnu. À moins que je ne sois complètement à côté de la plaque, il s'agit d'un des éléments de la série originale à laquelle le roi Salomon a lié toute une ribambelle d'esprits. Mais ça remonte à loin, cette histoire. Je croyais qu'ils avaient tous été retirés de la circulation. D'où le sortez-vous ?

– Peu importe. Je l'ai, c'est ce qui compte. Et vous devez m'obéir.

– Je dois ? Elle est bien bonne, celle-là. C'est ce qu'on va voir !

L'homme doubla tout à coup de volume et s'approcha de Westfall d'un pas menaçant. Westfall lui arracha le talisman des mains et le serra de toutes ses forces. L'autre laissa échapper un gémissement et recula.

– Tout doux ! Pas la peine de vous énerver.

– Ce fétiche me donne tout pouvoir sur vous !

– Oui, probablement. Mais nom de nom, c'est ridicule, cette histoire ! Je suis un ancien dieu grec devenu magicien suprême – on me nomme Hermès Trismégiste.

– Eh bien, Hermès, vous êtes tombé sur un os, cette fois.

– On dirait, oui. Qui êtes-vous ? Pas un magicien, ça, ça ne fait aucun doute. Et pas un roi non plus, ajouta Hermès en regardant autour de lui. Cet endroit n'a rien d'un palais. Vous êtes une espèce de bourgeois, c'est ça ?

– Je suis marchand de céréales, dit Westfall.

– Et comment ce talisman est-il arrivé entre vos mains ?

– Ça ne vous regarde pas.

– Vous êtes allé farfouiller dans le grenier de votre grand-mère, je parie.

– Ça n'a aucune espèce d'importance !

Le poing de Westfall se ferma autour de la pierre.

– Hé ! Calmez-vous ! fit Hermès en grimaçant. Là, c'est mieux.

Il respira un grand coup, et eut recours à une courte incantation pour se calmer lui-même. L'heure n'était pas à la colère, si justifiée fût-elle. Avec ce talisman ancien, cet imbécile de mortel avait effectivement tout pouvoir sur lui. D'où le sortait-il ? À en croire son peu de connaissance des arcanes de la magie, il avait dû le dérober.

– Maître Westfall, je reconnais que vous avez un pouvoir sur moi. Je vous dois effectivement obéissance. Dites-moi ce que vous désirez, nous avons assez perdu de temps.

– Ah, j'aime mieux ça, répondit le marchand. D'abord, je veux une bourse pleine de pièces d'or, frappées avec soin et échangeables partout selon mon bon plaisir. Des pièces anglaises, espagnoles ou françaises feront très bien l'affaire, mais pas de monnaie italienne – ils grattent toujours la tranche, ces filous. Je veux aussi un chien de berger Old English, avec pedigree, comme celui du roi. Voilà pour commencer, mais j'aurai d'autres commandes un peu plus tard.

– Pas si vite. Combien de vœux comptez-vous me faire exaucer ?

– Autant que je voudrai ! s'écria Westfall. Parce que j'ai le talisman !

Il le brandit une nouvelle fois, et Hermès grimaça de douleur.

– Serrez pas si fort, enfin ! Bon, je vais faire vos courses. Laissez-moi un jour ou deux.

Et il disparut.

Il n'eut aucune difficulté à trouver ce que Westfall lui avait demandé. Il possédait une impressionnante réserve de sacs de pièces d'or sous le Rhin, gardée par des nains au chômage depuis le Rägnarök. Le chien de berger Old English ne posa pas de problème non plus – Hermès en kidnappa un dans un chenil, près de Spottiswode, rien de plus facile. Puis il reparut dans le cabinet de travail de Westfall, à York.

5

– Gentil, le chien. Couché, maintenant. Là-bas, dans le coin, dit Westfall.

Le jeune chien de berger le regarda et aboya.

– Il n'est pas très bien dressé, remarqua Westfall.

– Dites donc, vous n'avez jamais demandé qu'il le soit, répliqua Hermès. Il a un pedigree long comme le bras.

– Et il est beau, reconnut le marchand. Et puis les pièces d'or sont tout à fait satisfaisantes.

À ses pieds était posé un petit sac de cuir plein d'écus.

– Je suis heureux de vous savoir satisfait, dit Hermès. Bien, maintenant, si vous pouviez juste dire au talisman que vous me relâchez et que je ne suis plus en votre pouvoir, de façon que nous reprenions chacun nos activités…

– Pas si vite ! J'ai encore un certain nombre de vœux à vous demander d'exaucer.

– Mais j'ai du travail, moi !

– Soyez patient. J'ai besoin de vous avoir sous la main encore un moment, mon cher Trismégiste. Si vous faites ce que je vous demande, j'envisagerai de vous relâcher.

– Ce n'est pas juste ! Je veux bien vous accorder un vœu ou deux, par respect pour un talisman que je vous soupçonne d'avoir bien mal acquis, mais vous êtes en train de profiter de la situation !

– La magie est là pour que les gens en profitent.

– Ne tirez pas trop sur la corde, tout de même. Vous n'avez aucune idée de ce avec quoi vous êtes en train de jouer.

– Ça suffit, les bavardages. Écoutez-moi bien, Hermès : un peu avant vous, le talisman m'a donné quelqu'un d'autre. Une femme. Très belle. Savez-vous de qui je veux parler ?

Hermès Trismégiste ferma les yeux pour se concentrer.

– Mon sens postmonitoire, dit-il en les rouvrant, me dit qu'il s'agissait d'un des anges de Dieu, une ancienne sorcière nommée Ylith.

– Ça alors ! Mais comment vous faites ? s'étonna Westfall.

– La postmonition fait partie de mes attributions. Si vous me relâchez, je vous apprendrai.

– Peu importe. Ce que je veux, c'est que vous me trouviez cette dame – Ylith, c'est ça ? Je veux que vous l'ameniez ici.

Hermès regarda le marchand. Il n'avait pas prévu ça.

– Je doute qu'elle veuille me suivre.

– Je me fiche de ce qu'elle veut. Mon imagination est en proie aux plus délirantes évocations, depuis que je l'ai vue. Je la veux.

– Je sens qu'Ylith va adorer ça, remarqua Hermès à voix basse.

Il connaissait la forte personnalité de cet ange qui avait lutté pour l'égalité spirituelle des sexes dans le cosmos bien avant même que l'ébauche de ce concept apparaisse sur Terre.

– Il faudra qu'elle s'habitue à moi, dit Westfall. J'ai l'intention de posséder cette dame à la façon dont un homme possède une bonne.

– Je ne peux pas la forcer à accepter ça, le prévint Hermès. Mes pouvoirs ont une limite : ils s'arrêtent là où il s'agit d'influencer le psychisme féminin.

– Vous n'aurez pas à la forcer à quoi que ce soit, je m'en charge. Contentez-vous de la mettre en mon pouvoir.

Hermès réfléchit un instant.

– Écoutez, Westfall, dit-il enfin, je vais être franc avec vous. La possession de pouvoirs magiques vous a tourné la tête. Cette histoire avec Ylith, ce n'est pas une bonne idée. Vous vous mêlez de quelque chose que la raison devrait vous faire fuir comme la peste.

– Silence ! Faites ce que je vous dis ! s'emporta Westfall, les yeux écarquillés, brillants.

– Bon, comme vous voudrez, soupira Hermès avant de disparaître, épaté par la détermination avec laquelle les humains se mettaient dans des situations impossibles.

Il venait d'entrevoir l'esquisse d'un plan qui pourrait peut-être lui profiter, à lui et aux autres Olympiens désormais cantonnés dans le monde irréel connu sous le nom de Monde de l'Ombre. Mais d'abord, il allait devoir amener Ylith à Westfall, et ça, ça n'était pas dans la poche.

6

Hermès se transporta jusqu'à un de ses endroits préférés, un vieux temple sur l'île de Délos, en mer Égée, où pendant quelques milliers d'années on lui avait voué un culte. Là, il s'assit et, contemplant la mer, récapitula.

Bien qu'ayant été un des douze grands Olympiens, Hermès n'avait pas subi le même sort que les autres au moment de l'effondrement de tout le bazar grec, peu après la mort d'Alexandre le Grand et la naissance du rationalisme superstitieux de Byzance. Les autres dieux n'avaient pas réussi à faire leur trou dans le nouveau monde issu des temps hellènes, et face à la nouvelle religion, ils n'avaient pas fait le poids. Leurs fidèles les avaient tous abandonnés, ils avaient été déclarés inexistants et s'étaient trouvés forcés de mener une vie bien tristounette dans le royaume appelé Monde de l'Ombre. C'était un endroit sinistre, presque autant que l'ancien monde souterrain grec. Hermès était bien content de ne pas avoir à y vivre.

Il avait été maintenu dans son poste après l'époque grecque parce que, depuis toujours, on l'avait associé à la magie. Depuis la nuit des temps, il avait activement pratiqué l'alchimie, et on disait à propos de multiples découvertes qu'il les avait inspirées. À la Renaissance, le *Corpus Hermeticum*, attribué à Cornélius Agrippa et à d'autres, était devenu la bible de l'alchimiste. Et Hermès était son dieu de référence.

Il s'était rendu utile auprès de l'humanité de bien d'autres façons. Il était doué pour trouver les choses, et avait longtemps été associé à la médecine à cause du caducée qu'il emportait souvent avec lui, souvenir de son passé de dieu égyptien sous le nom de Thôt.

Dans l'ensemble, c'était un dieu gentil, plus ouvert que la plupart. Au cours des années, il avait eu affaire à un grand nombre de magiciens humains, qui l'avaient tous invoqué avec respect. C'était la première fois qu'on l'invoquait de force, l'obligeant à obéir, que ça lui plaise ou non. Il n'aimait pas ça. Mais le problème, c'était qu'il ne voyait pas comment se sortir de ce mauvais pas.

Il méditait là-dessus, assis au pied d'un grand chêne, face à la mer, lorsqu'il entendit un doux murmure. Il écouta plus attentivement.

– Que t'arrive-t-il, mon garçon ? disait la voix.

– Zeus ? C'est toi ?

– Oui, c'est moi. Mais seulement en essence. Le vrai moi est dans le Monde de l'Ombre, tu sais, le placard à balais spécial dieux ringards où on nous a tous envoyés. Tous sauf toi, bien sûr.

– C'est pas ma faute si on a décidé de me proroger en Hermès Trismégiste, se défendit Hermès.

– Personne ne t'accuse de quoi que ce soit, mon fils. Je disais ça comme ça, c'est tout.

– Je ne comprends pas comment tu peux être là, essence ou pas.

– J'ai une dispense spéciale. J'ai le droit de manifester ma présence partout où poussent les chênes. Étant donné la situation qui est la mienne aujourd'hui et la prolifération des chênes, ce n'est pas mal. On dirait que quelque chose te trouble. Qu'y a-t-il, Hermès ? Tu sais que tu peux tout dire à ton vieux papa.

Hermès hésita. Il ne faisait pas confiance à Zeus. Aucun Olympien ne lui faisait confiance. Tous se souvenaient de ce qu'il avait fait à Cronos, son père – il avait castré le pauvre vieux bougre et jeté ses bijoux de famille à la mer. Ils savaient que Zeus craignait de subir le même sort et s'arrangeait pour faire en sorte que personne ne soit en position de le faire. Rien que d'y penser, ça le rendait nerveux, et s'il était perfide et inconstant, c'était parce qu'il était persuadé qu'il s'agissait là du meilleur moyen de garder ses gonades. Hermès savait tout cela, mais il savait aussi que Zeus était de bon conseil.

– Un humain s'est emparé de moi, papa.

– Vraiment ? Comment est-ce arrivé ?

– Tu te souviens des sceaux grâce auxquels le roi Salomon invoquait certains potes de l'Olympe ? Eh bien, il semblerait qu'ils n'aient pas tous été retirés de la circulation.

Hermès raconta toute l'histoire.

– Qu'est-ce que je peux faire ? demanda-t-il pour conclure.

– Cet humain t'a en son pouvoir, pour l'instant. Joue le jeu, mais reste vigilant. Et dès que l'occasion s'en présentera, saisis-la, et agis radicalement.

– Je sais tout ça, soupira Hermès. Pourquoi est-ce que tu me récites le B.A.-BA ?

– Parce que je connais tes scrupules, mon fils. Tu as emboîté le pas à ces nouveaux venus, gobant leurs idées compliquées à propos des anciens dieux. Leurs grands discours t'ont séduit, tu penses que leurs histoires de magie, c'est très profond. Mais laisse-moi te dire une chose : tout ça, c'est une affaire de pouvoir, point. Et le pouvoir, neuf fois sur dix, c'est une affaire de tricherie.

— Bon, ça va, maintenant, s'impatienta Hermès. Comment suis-je censé trouver cette sorcière pour Westfall ?

— Ça, c'est encore le plus simple de tes problèmes. Va voir ta sœur Aphrodite et demande-lui la boîte de Pandore. Elle s'en sert de coffret à bijoux depuis quelque temps. Ça te fera un piège à esprits de première catégorie.

— Bien sûr ! Un piège à esprits ! Et comment est-ce que je vais m'y prendre ?

— C'est toi, le grand magicien. Alors c'est à toi de le faire, le tour de passe-passe.

Un peu plus tard, Hermès apparut dans le cimetière de York, habillé en vieux gentilhomme excentrique. Il tenait sous le bras un paquet enveloppé dans du papier kraft et attaché avec de la ficelle. Il s'approcha d'Ylith.

— Mademoiselle Ylith ? Votre ami m'a demandé de vous donner ça, dit-il en déguisant sa voix.

— Azzie a laissé un cadeau pour moi ? Comme c'est gentil !

Elle déchira l'emballage et ouvrit la boîte sans réfléchir. À l'intérieur du couvercle il y avait un miroir, un miroir multicolore, étincelant et flou, d'un genre qui lui rappela ceux qu'elle avait vus à Babylone et en Égypte. Un miroir magique ! Un piège à esprits. Zut, zut et re-zut, quelqu'un venait de lui jouer le plus vieux tour du monde ! Elle détourna le regard aussi vite qu'elle put, mais c'était trop tard. Son esprit s'échappa par sa bouche au même instant, comme un minuscule papillon transparent, fut attiré par le miroir et avalé par la boîte. L'instant d'après, le corps d'Ylith s'effondra. Hermès le rattrapa au vol et le déposa doucement par terre. Puis il ferma la boîte d'un geste décidé et la ficela précautionneusement avec un lien d'or. Ensuite, il donna la pièce à deux fossoyeurs qui déjeunaient non loin de là pour qu'ils ramassent le corps et le transportent jusqu'à la maison de Westfall.

– Et faites attention, hein ! Ne l'abîmez pas !

Les deux hommes semblèrent interloqués, et pas du tout sûrs de faire quelque chose de bien, alors Hermès leur expliqua qu'il était médecin et pensait pouvoir ressusciter la pauvre femme, qui, de toute évidence, avait mal supporté les influences zodiacales maléfiques qui traînaient par là. Devant une explication aussi plausible et scientifique, ils s'inclinèrent. C'est fou ce qu'on arrive à faire avaler aux gens, tout de même.

Westfall se demandait ce que fabriquait Hermès, qui en mettait, un temps, pour faire ses courses. Puis il se dit que ce n'était peut-être pas si facile de s'emparer d'une femme, de l'extirper du monde, comme ça. Il s'étonna ensuite de penser de la sorte. Ce n'était pas dans son habitude. Une créature surnaturelle s'était-elle emparée de lui pour lui souffler d'exiger cette femme ? Pas sûr, mais ce phénomène n'avait rien à voir avec le normal et dépassait les règles de la magie, il le sentait bien. Il s'agissait d'un pouvoir autonome qui se manifestait selon qu'il l'estimait utile ou non.

L'après-midi s'écoula, traîna en longueur. Westfall trouva un bout de fromage et un quignon de pain dans son garde-manger. Il trempa le pain dans un reste de brouet de la veille, réchauffé sur le petit poêle qui se trouvait dans un coin de la pièce. Une gorgée de vin lui rinça le gosier en guise de dessert, et il finit par s'assoupir dans son fauteuil. Tout était calme, lorsqu'un sifflement aussi strident que l'air qui se déchire le fit sursauter. Il jaillit de son siège.

– Vous avez la femme ?

– J'ai rempli ma mission, dit Hermès en agitant la main pour dissiper la fumée qui avait accompagné sa nouvelle entrée en scène.

Il était habillé de la même façon, mais portait sous le bras une petite boîte en bois richement travaillé.

– Qu'est-ce qu'il y a, là-dedans ? demanda Westfall.

Au même moment, on entendit dans l'escalier un pas assez lourd. De derrière la porte, une voix étouffée lança :

– Ouvrez, s'il vous plaît !

Westfall ouvrit la porte. Deux types costauds entrèrent, portant le corps d'une très belle jeune femme inconsciente, pâle comme un linge.

– On vous la pose où ? demanda celui qui portait les épaules et la tête.

– Sur le divan, là. Doucement !

Hermès paya les deux fossoyeurs et les reconduisit. Puis il se tourna vers Westfall.

– Je l'ai mise en votre pouvoir. Maintenant, vous avez son corps. Mais si vous voulez un conseil, ne faites pas de folies avec sans la permission de la dame.

– Où est-elle ? Sa conscience, je veux dire, elle est où ?

– Vous voulez parler de son âme, peut-être. Elle est ici. Dans la boîte.

Et il posa le coffret sur une des tables.

– Ouvrez-la quand vous voudrez, et son âme rejoindra son corps, le ranimera. Mais attention à la manœuvre. La petite dame n'est pas à prendre avec des pincettes. Elle n'a pas apprécié d'être invoquée de force alors qu'elle était occupée à autre chose.

– Son âme est réellement dans cette boîte ?

Westfall souleva la petite boîte incrustée d'argent et la secoua. Il en sortit un cri suivi d'un juron étouffé.

– À partir de maintenant, c'est vous le chef, dit Hermès.

– Mais qu'est-ce que je suis censé faire ?

– C'est à vous de le découvrir.

Le marchand secoua à nouveau, mais plus doucement.

– Mademoiselle Ylith ? demanda-t-il. Vous êtes là ?

– Un peu, mon neveu, espèce d'innommable chose grasse et rose ! cracha Ylith. Ouvre un peu ce couvercle, que je te règle ton compte !

Westfall blêmit et posa les deux mains sur le couvercle pour le maintenir fermement.

– Ouh là !

Il regarda Hermès, qui haussa les épaules.

– Elle est en colère.

– Non, vous croyez ? fit mine de s'étonner Hermès.

– Mais qu'est-ce que je vais faire ?

– Vous la vouliez. Je pensais que vous saviez pourquoi.

– Eh bien, pas exactement.

– Si je peux me permettre un autre conseil, essayez de trouver un terrain d'entente avec elle. C'est la seule solution.

– Je vais peut-être laisser la boîte de côté quelque temps.

– Ce serait une erreur.

– Pourquoi ?

– Si la boîte de Pandore n'est pas surveillée constamment, ce qu'elle contient peut en sortir.

– Mais ce n'est pas juste !

– J'ai joué franc-jeu avec vous, Westfall. Vous devriez savoir qu'avec ces petites choses il y a toujours un hic ! Bonne chance !

Et Hermès amorça le geste destiné à le faire disparaître.

– Souvenez-vous que j'ai encore le talisman, le menaça Westfall. Je peux vous faire venir quand je veux.

– Je vous le déconseille fortement, dit Hermès.

Et il s'éclipsa.

Westfall attendit que toute la fumée se fût dissipée puis se tourna vers la boîte.

– Mademoiselle Ylith ?

– Qu'est-ce qu'il y a ?

– On peut parler, vous et moi ?

– Ouvrez cette boîte et laissez-moi sortir. Je vais vous parler, moi.

Le marchand frissonna, tant la rage était tangible dans la voix d'Ylith.

– Bon, alors peut-être qu'on ferait mieux d'attendre un peu, dit-il. J'ai besoin de réfléchir à tout ça.

Ignorant les jurons, il marcha jusqu'à l'autre bout de la pièce et entreprit de mettre un peu d'ordre dans ses pensées. Mais il ne lâcha pas la boîte des yeux.

Westfall gardait la boîte sur sa table de nuit. Il était forcé de dormir de temps à autre, mais se réveillait périodiquement pour s'assurer qu'Ylith était toujours à l'intérieur. Il était un peu inquiet à l'idée qu'elle puisse en sortir toute seule et se mit à rêver qu'elle était sur le point de soulever le couvercle, ou que, pendant la nuit, la boîte s'était ouverte. Il se réveillait parfois en hurlant.

– Écoutez, mademoiselle, dit-il un jour, les traits creusés par le manque de sommeil. Si on oubliait tout ça ? Je vous laisse sortir et vous me laissez tranquille. D'accord ?

– Pas d'accord, répondit Ylith. Vous ne pouvez pas demander aux miracles de se produire aussi facilement, Westfall.

– Que ferez-vous, si je vous laisse sortir ?

– Honnêtement, je n'en sais rien.

– Vous ne me tuerez pas, quand même ?

– Je pourrais. Je pourrais tout à fait.

L'impasse, quoi.

8

Ce jour-là, à Venise, en 1524, Pietro l'Arétin fut un
peu surpris de trouver un démon roux sur le pas de
sa porte. Un peu, mais pas trop. L'Arétin mettait un
point d'honneur à ne jamais se laisser décontenan-
cer par quoi que ce soit.

C'était un homme assez corpulent, dont la chevelure – rousse elle aussi – battait en retraite de plus en
plus loin du front. Trente-deux ans ce mois, il avait
passé sa vie d'adulte à écrire de la poésie et des
pièces de théâtre. Ses vers, qui alliaient la grossièreté
la plus débridée à un sublime sens du rythme,
étaient récités et chantés aux quatre coins de
l'Europe.

L'Arétin vivait très confortablement grâce aux
luxueux cadeaux dont rois, nobles et prélats persis-
taient à le couvrir afin de le dissuader de s'attaquer à
eux et de les ridiculiser.

– Je vous en prie, prenez ce plateau en or, mon
bon Arétin, et si vous pouviez avoir l'extrême gentillesse de ne pas parler de moi dans votre prochain
pamphlet…

C'était à ce genre de chose que l'Arétin s'attendait
plus ou moins lorsqu'il entendit frapper à sa porte. Il
alla ouvrir lui-même, son valet ayant regagné ses

pénates après son service. Un seul regard lui suffit pour voir que l'individu qui se tenait devant lui n'était pas un messager comme les autres. Non, avec son visage de renard et ses yeux brillants, ce personnage évoquait tout à fait les créatures surnaturelles dont l'Arétin avait souvent entendu parler sans jamais en avoir vu. Jusqu'à ce soir.

– Bonsoir à vous, monseigneur, dit l'Arétin, préférant adopter un ton respectueux jusqu'à ce qu'il sache qui il injuriait. Avons-nous déjà eu affaire ensemble ? Car j'avoue ne pas remettre votre visage.

– Nous ne nous sommes jamais rencontrés, dit Azzie. Et cependant, il me semble que je connais le divin Arétin à travers la délicieuse sagacité de ses vers, dans lesquels la morale n'est jamais cachée très loin derrière le rire.

– C'est gentil à vous de le souligner, dit l'Arétin. Mais pour beaucoup de gens, mes textes sont tout à fait dépourvus de morale.

– Ils se trompent. Rire des prétentions diverses de l'homme comme vous le faites sans relâche, cher maître, c'est souligner l'excellence de celles que les prélats s'échinent à condamner.

– Vous parlez avec bien de l'audace, monsieur, en faveur des actes que les hommes considèrent comme malicieux.

– Et pourtant, ils commettent les sept péchés capitaux avec une alacrité qui n'apparaît guère dans leur recherche du bien. Même la paresse est pratiquée avec un entrain plus sincère que celui qui accompagne la recherche de la piété.

– Monsieur, dit l'Arétin, votre point de vue est le mien. Mais ne restons pas sur le pas de ma porte à discutailler comme deux vieilles commères. Entrez dans ma demeure et laissez-moi vous offrir un verre

41

de cet agréable vin que j'ai récemment rapporté de Toscane.

La maison, ou plutôt le palais de l'Arétin était petit, mais luxueux. D'épais tapis, cadeaux du Doge en personne, recouvraient le sol, de hautes chandelles brûlaient dans des candélabres en bronze, leurs flammes traçaient sur les murs couleur crème des zébrures lumineuses.

L'Arétin alla jusqu'à un salon bas de plafond, aux murs décorés de tapisseries. Dans un coin, un poêle à charbon atténuait les effets du froid hivernal. L'écrivain fit signe à Azzie de se mettre à l'aise et lui servit un verre d'un vin rouge pétillant qui décantait dans une carafe en cristal posée sur un petit guéridon en marqueterie.

– Bien, commença l'Arétin après qu'ils eurent trinqué à leurs santés respectives. Maintenant, dites-moi en quoi je puis vous être utile.

– Disons plutôt que je souhaiterais vous être utile, expliqua Azzie, étant donné que vous êtes le poète et écrivain satirique le plus connu d'Europe et que je ne suis qu'un amateur qui aimerait se lancer dans une entreprise artistique.

– Qu'avez-vous en tête, exactement ?

– J'aimerais produire une pièce de théâtre.

– Que voilà une idée excellente ! s'exclama l'Arétin. J'en ai quelques-unes en stock qui pourraient tout à fait vous convenir. Permettez-moi d'aller chercher mes manuscrits.

Azzie l'arrêta d'un geste de la main.

– Je ne doute pas un instant de l'excellente qualité de tout ce que vous avez écrit, mon cher Arétin, mais un texte déjà écrit ne conviendra pas. Voyez-vous, je désire m'impliquer dans cette nouvelle entreprise, qui reprendrait une idée qui m'est assez personnelle.

– Bien sûr, dit l'Arétin, qui avait l'habitude de ces gugusses qui veulent produire des chefs-d'œuvre, proposent l'idée mais laissent la triste tâche de l'écriture à d'autres. Et comme thème, vous avez une idée ?

– J'aimerais que ma pièce insiste sur certaines vérités toutes simples, ces petits faits de l'existence que les hommes connaissent depuis toujours mais que nos dramaturges négligent trop souvent de considérer. Ces écrivains auxquels je fais référence, en suivant docilement Aristote, s'évertuent à prouver des banalités : que la conséquence du péché, c'est la mort, que les gloutons finissent dans le caniveau, que les lascifs sont appelés tôt ou tard à être déçus et que ceux qui aiment à la légère sont condamnés à ne jamais bien aimer.

– Il s'agit là des thèses morales habituellement proposées, dit l'Arétin. Désirez-vous les réfuter ?

– Exactement. Même si elles constituent l'essence de la sagesse populaire au quotidien, nous sommes quelques-uns à savoir que les choses ne se passent pas toujours de cette façon. Ma pièce prouverait le contraire de ce qui est en général affirmé par les grenouilles de bonnes œuvres qui passent leur temps à marmonner des prières. Dans ma pièce, les sept péchés capitaux seront décrits comme étant la vraie voie vers une existence digne d'être vécue, ou tout au moins comme n'étant des obstacles à cette vie. Pour faire court, mon cher Arétin, je désire produire une pièce immorale.

– Quelle grande idée ! s'enthousiasma l'Arétin. Comme je vous applaudis, monseigneur, d'avoir conçu cette notion qui à elle toute seule tente de prendre le contre-pied de siècles d'une propagande doucereuse avec laquelle les hommes ont essayé de se convaincre de faire ce qu'il convenait de faire, quand bien même ils y étaient opposés. Mais permettez-moi de signaler qu'une telle production sera difficile à monter sans s'attirer les foudres hypocrites de l'Église et de l'État. En outre, où allons-nous trouver des acteurs ? Et une scène qui ne soit point sous l'emprise de l'Église ?

– Dans la pièce que j'entends produire, expliqua Azzie, je n'envisage pas de procéder aussi formellement que de coutume, avec des acteurs, une scène et un public. La pièce se déroulera naturellement ; nous donnerons aux protagonistes une idée générale de la situation, et nous les laisserons travailler leur texte et leur jeu de leur côté, de manière tout à fait libre et non préméditée.

– Mais comment votre pièce démontrera-t-elle votre thèse si vous n'en prévoyez pas la fin ?

– J'ai deux, trois idées là-dessus, dont je vous ferai part lorsque nous serons tombés d'accord sur mon projet. Disons simplement que le mécanisme des relations de cause à effet de ce monde est une chose que je peux manipuler à ma guise afin d'obtenir les résultats que je désire.

– Il faut être une créature surnaturelle pour affirmer une chose pareille, s'étonna l'Arétin.

– Écoutez-moi bien, dit Azzie.

– Je suis tout ouïe.

L'auteur était quelque peu surpris de l'autorité dont faisait soudain preuve son interlocuteur.

– Je suis Azzie Elbub, démon de noble lignée, à votre service.

Et, ce disant, Azzie fit de la main un geste nonchalant. Du bout de ses doigts s'échappèrent des étincelles bleues.

L'Arétin ouvrit des yeux comme des soucoupes.

– De la magie noire !

– Ces petits effets de scène typiquement infernaux, c'est mon péché mignon, lui confia Azzie. Et comme ça, vous savez tout de suite à qui vous avez affaire.

Il joignit les mains, et entre ses doigts apparut une grosse émeraude, puis une autre, et une troisième. Il en produisit six en tout et les aligna sur le guéridon en marqueterie. Et, d'un tour de passe-passe, il les fit bouger et se fondre en une seule pierre, la plus grosse émeraude que la Terre ait jamais connue.

– Stupéfiant ! commenta l'Arétin.

– Au bout d'un moment, elle reprend sa forme d'origine, expliqua Azzie, mais l'effet est plutôt chouette, non ?

– Stupéfiant, répéta l'Arétin. Un tel tour peut-il être enseigné ?

– Seulement à un autre démon. Mais je peux faire bien d'autres choses pour vous. Soyez mon partenaire dans cette entreprise, et non seulement vous serez payé bien au-delà de ce que vous pouvez rêver, mais votre renommée déjà fort bonne en sera décuplée, car vous serez l'auteur d'une pièce qui dotera cette bonne vieille Terre d'une nouvelle légende. Avec un peu de chance, elle marquera l'émergence d'une ère de franchise que notre vénérable et hypocrite globe n'a encore jamais connue.

Tandis qu'Azzie parlait, ses yeux lançaient des éclairs – lorsqu'il entendait être compris, il ne ménageait jamais ses effets.

Devant une telle débauche de pouvoirs, l'Arétin eut un mouvement de recul. Il se prit les pieds dans un tabouret, et serait parti les quatre fers en l'air si Azzie n'avait pas lancé un long bras couvert de duvet roux à la rescousse du poète surpris, qui retrouva son équilibre.

– Vous n'imaginez pas combien je suis flatté que vous ayez pensé à moi pour votre production suprême, dit l'Arétin. Votre projet m'enthousiasme, monseigneur, mais l'affaire n'est pas aussi simple qu'il y paraît, et je n'ai qu'un souhait : me surpasser pour vous donner le meilleur de moi-même. Laissez-moi une semaine. Une semaine pour étudier notre affaire, méditer, et relire divers contes et légendes. Quelle que soit la façon dont la pièce est montée, elle doit reposer sur une histoire, et c'est à la recherche de cette histoire que je me consacrerai. Dirons-nous… à la semaine prochaine, même heure, même endroit ?

– Tout ceci est excellemment tourné. Je suis heureux de voir que vous ne vous lancez pas dans cette affaire à la légère. Oui, c'est cela, prenez une semaine.

Sur quoi Azzie fit un geste et disparut. Bing.

DEUXIÈME PARTIE

1

Quand un démon quitte la Terre pour se rendre au Royaume des Ténèbres, des forces obscures sont mises à contribution, discernables uniquement par les sens capables de détecter ce qui pour la majorité des hommes est indétectable. Ce soir-là, peu après sa conversation avec l'Arétin, Azzie leva les yeux vers le ciel étoilé. Il claqua des doigts – il avait récemment mis au point une nouvelle formule magique et l'instant était bien choisi pour l'essayer. La formule fit effet et le propulsa dans les airs. Quelques instants plus tard, il voyageait à grande vitesse dans l'espace, laissant sur son passage un éclair plus vif encore que celui d'une étoile filante.

Il passa en trombe la frontière transparente qui forme l'enveloppe de la sphère des Cieux, acquérant au fur et à mesure la masse nécessaire, comme le veut la loi des objets transitoires, qui s'applique aussi aux démons en vol. Les unes après les autres, les étoiles semblaient cligner de l'œil à son intention. Le vent qui soufflait entre les mondes le fit frissonner, et du givre primitif se forma sur son nez et ses sourcils. Il régnait un froid féroce dans ces espaces désolés, mais Azzie ne ralentit point. Un œil peu averti aurait pu penser qu'il avait le diable aux trousses. La vérité, c'était que lorsqu'il avait une idée en tête, rien ne pouvait l'arrêter.

Pour mettre sur pied un événement aussi considérable qu'une pièce immorale, il avait besoin d'argent. Non seulement il fallait payer les acteurs humains, mais les effets spéciaux – ces miracles fortuits qui viendraient rassurer ses acteurs sur la route de leur bonne fortune. Les effets spéciaux coûtaient les yeux de la tête. Azzie s'était souvenu qu'il n'avait jamais touché le prix de la Meilleure Mauvaise Action de l'Année, qui lui avait été décerné pour son rôle dans l'affaire Faust.

Enfin sa vitesse fut suffisante pour le grand changement qui propulse un être d'un royaume d'existence à un autre. Soudain, Azzie ne voyagea plus dans la sphère des objets et des énergies terrestres faits d'atomes eux-mêmes constitués de particules. Il était passé à travers la cloison invisible et impalpable qui divise les objets ordinaires, comme les mésons μ et les tachyons, des particules plus fines du Royaume Spirituel.

Il se retrouva dans un endroit où les formes étaient grandes et floues, et les couleurs indéfinies. Un endroit où d'imposants et indistincts objets flottaient dans une atmosphère couleur miel. *Home, sweet home.*

Devant lui se dressait la grande muraille bleu-gris, sinistre, d'Enferville, qui avait servi de modèle aux murs de l'ancienne Babylone. Des diables sentinelles patrouillaient sur le chemin de ronde. Azzie leur montra son autorisation de passage et continua son chemin sans perdre de temps.

Il survola les tristes banlieues sataniques et se posa bientôt dans le quartier des affaires, où se trouvait le siège de l'administration. La division des Travaux Publics ne l'intéressant pas pour le moment, il

48

passa devant sans s'arrêter. La forêt des grands immeubles de bureaux semblait impénétrable, mais il trouva celui qui lui fallait et déboucha bientôt dans un couloir peuplé de démons et de lutins en uniforme de chasseur. Ici et là attendaient les inévitables succubes en kimono, qui rendaient si agréables les déjeuners des cadres supérieurs. Enfin, il arriva à la Section Comptabilité.

La règle aurait voulu qu'il prenne place dans la longue queue de mécontents qui attendaient impatiemment que quelqu'un s'occupe de leur cas. Un tas de pelés et de galeux, oui. Azzie leur passa sous le nez en brandissant la Carte de Priorité dorée sur tranche qu'il avait obtenue d'Asmodée à l'époque où il était dans les petits papiers de ce démon en chef.

Le rond-de-cuir chargé des Arriérés de Paiement était un diablolutin mal fadé originaire de Transylvanie, avec un long nez et une haleine qui fouettait au-delà du supportable, même selon les critères infernaux. Tout comme ses collègues, il se consacrait presque entièrement à en faire le moins possible, économisant ainsi son énergie et l'argent de l'Enfer, et déclara qu'Azzie n'avait pas rempli correctement ses papiers, et que, de toute façon, il n'avait pas rempli les bons formulaires. Azzie produisit sa Dispense de Correction signée par Belzébuth lui-même. Elle stipulait que rien dans la paperasserie ne devait empêcher ou retarder le paiement des sommes dues au démon susdit. Ce genre de passe-droit restait toujours en travers de la gorge du diablolutin, qui trouva une ultime excuse.

– Il n'est pas de mon ressort d'accepter votre dispense, je ne suis qu'un misérable grouillot. Vous allez devoir aller jusqu'au bout du couloir, prendre la première porte sur votre droite, emprunter l'escalier...

Mais on ne la faisait pas à Azzie. Il sortit un autre formulaire, une Note d'Action Immédiate, stipulant qu'aucune excuse ne serait tolérée concernant le paiement requis, et que toute difficulté faite par l'employé concerné serait sanctionnée par une Punition Pécuniaire, c'est-à-dire par la déduction de la somme réclamée du salaire de l'employé. C'était la mesure la plus draconienne qu'on pouvait prendre à Enferville. Azzie avait été dans l'obligation de voler ce formulaire dans le bureau spécial qui les délivrait au compte-gouttes.

L'effet de ce petit morceau de papier fut immédiat et gratifiant.

– Alors là, ça me ferait mal, tiens ! s'exclama le diablolutin. Mon tampon, où est-ce que j'ai fourré mon tampon ?

Il farfouilla sur son bureau, le trouva, et imprima sur les papiers d'Azzie : « URGENT ! À PAYER IMMÉ-DIATEMENT ! » en lettres de feu.

– Portez ça au guichet Paiement, dit-il en les lui tendant. Et puis soyez gentil de ficher le camp. Vous m'avez bousillé ma journée.

Azzie obtempéra. En jurant de revenir avec d'autres tours désagréables si on lui faisait encore des difficultés. Mais au guichet Paiement, devant la mention : « À PAYER IMMÉDIATEMENT ! » l'employé parapha le papier, produisit plusieurs sacs de pièces d'or et paya séance tenante la totalité de la somme due à Azzie.

2

Lorsque Azzie regagna Venise, six jours avaient passé sur la Terre. Il faisait plus doux, le temps était splendide, et les jardins étaient en fleur. Le jaune et le blanc prédominaient, éclatants sous la caresse du soleil. Les Vénitiennes de bonne famille en profitaient pour se promener, accompagnées de leurs époux, jasant des histoires des nobles et de leurs dames. La marée baissait, emportant vers la mer ordures et déchets divers. Un petit vent d'est vigoureux emportait quant à lui les remugles qui faisaient de Venise un point de départ potentiel de la peste vers le reste de l'Europe. L'un dans l'autre, la vie était belle.

Azzie avait prévu de se rendre à l'Arsenal, le chantier naval le plus connu d'Europe, mais à peine avait-il apparu dans la ruelle pavée qui y menait qu'il tomba nez à nez avec un type assez costaud aux yeux bleus, qui lui tapa presque aussitôt dans le dos, mais gentiment, quand même.

– Azzie ! Ma parole, c'est toi ?

C'était l'ange Babriel, vieille connaissance croisée au cours d'aventures anciennes. Bien qu'ayant servi des camps opposés pendant la grande bataille de la Lumière et des Ténèbres, ils étaient devenus amis

51

dans le feu de l'action – enfin, pas tout à fait amis, mais plus que de simples connaissances. Et puis une chose les rapprochait, aussi. L'amour qu'ils portaient tous les deux à la séduisante sorcière brune nommée Ylith.

Azzie se dit que Babriel, qui travaillait aujourd'hui pour l'archange Michel, était peut-être à Venise pour le surveiller, et savait peut-être même – grâce à un nouveau stratagème du Paradis encore inconnu sur le marché – ce qu'il essayait de mettre sur pied.

Comme l'archange lui disait sa surprise de le voir à Venise, il répondit :

– J'ai pris un peu de vacances, histoire de profiter de cette ville merveilleuse. Venise est certainement le paradis sur terre de la génération actuelle.

– Ça m'a fait plaisir de te revoir, dit Babriel, mais je dois rejoindre les autres. L'ange Israfel descend nous chercher aux vêpres, pour nous renvoyer au Paradis. Nous n'étions là que pour le week-end.

– Bon voyage, alors.

Et ils se séparèrent. Azzie n'avait pas eu l'impression que Babriel l'espionnait, mais quand même. La présence à Venise, précisément à cette époque, de l'ange aux yeux bleus l'intriguait.

3

Babriel aimait toujours retourner au Paradis. C'était un endroit tellement beau, avec ses alignements de petites maisons blanches posées sur des gazons bien verts, ses vieux arbres élancés, et l'atmosphère de bonté naturelle qui y régnait. Bien sûr, tout le Paradis n'était pas comme ça, mais, là, il se trouvait dans le Septième Ciel, quartier résidentiel à l'ouest de la ville, où vivaient les archanges et où les Incarnations Spirituelles avaient toutes un pied-à-terre. Les Incarnations Spirituelles étaient des femmes grandes et séduisantes, et pour un ange, il y avait bien pire que de se mettre en ménage avec l'une d'elles – car, au Paradis, l'accouplement d'excellents éléments était autorisé. Mais si belles fussent-elles, les Incarnations ne faisaient pas grimper Babriel aux rideaux. Son cœur était pris par Ylith. Il la trouvait irrésistible, peut-être à cause de son expérience de Catin d'Athènes et de Catin assistante de Babylone, à l'époque où elle était au service du Mal. Ylith, quant à elle, semblait parfois aimer Babriel, et parfois non.

Par un raccourci, il se rendit dans les quartiers est, plus populaires, où elle habitait. Il s'arrêta chez elle, juste pour dire bonjour, mais Ylith n'était pas là. Un esprit de la nature rénové, habillé en chérubin, tondait la pelouse, pénitence qu'il s'était imposée à lui-même pour avoir commis des indiscrétions. Il expliqua à Babriel qu'Ylith accompagnait sur Terre un groupe d'angelots en voyage d'études sur les cimetières.

– Ah bon ? Et quelle époque visitent-ils ? demanda l'archange.

– Je crois que ça s'appelle la Renaissance, répondit l'esprit.

Babriel le remercia et repartit, songeur. Était-ce pure coïncidence si Azzie visitait la même époque ? Peu suspicieux de nature, Babriel avait la réputation de faire souvent confiance, même pour un ange. Mais certaines expériences douloureuses lui avaient appris que, dans son genre, il était assez unique, si étrange que cela puisse paraître. Azzie, en particulier, était tout le contraire. Chez lui, la dissimulation était une seconde nature au point qu'elle prenait complètement le pas sur la première, dont il était par ailleurs difficile de savoir ce qu'elle était exactement. Babriel avait aussi quelques doutes quant à l'orthodoxie d'Ylith, et ce malgré l'enthousiasme de l'ex-sorcière pour tout ce qui avait trait à la gentillesse. Sans doute ne renierait-elle pas son serment de fidélité au Paradis, mais elle pouvait être tentée de chercher à contacter son ex-petit ami – à moins que, c'était plus vraisemblable, lui n'essaie de la rencontrer. Si c'était le cas, pourquoi avaient-ils choisi la Renaissance comme lieu de rendez-vous ? Babriel réfléchissait à tout ça en remontant le Chemin des Oliviers. Il arriva devant la grande maison blanche, en haut de la colline, où habitait Michel. L'archange taillait ses rosiers. Il avait remonté les manches de sa longue tunique de lin blanc, découvrant deux avant-bras musclés.

– Te voilà de retour, Babriel ! Alors, bon voyage ? dit-il en posant son sécateur avant d'essuyer sur son front la douce sueur d'un honnête labeur. Ça t'a plu, Venise ?

– Énormément. J'en ai profité pour essayer d'améliorer mes connaissances artistiques. Pour une meilleure glorification du Bien, cela va de soi.

– Cela va de soi, reprit Michel avec un léger clin d'œil amical.

– Et j'ai rencontré Azzie Elbub.

– Ce vieil Azzie ! Vraiment ?

Michel se gratta le menton, pensif. Il se souvenait très bien du démon, qu'il avait croisé pendant l'affaire Johann Faust.

– Que devient-il ?

– Il m'a dit qu'il était juste venu passer quelques jours de vacances, mais je le soupçonne de chercher à approcher l'ange Ylith. Elle est aussi sur la Terre.

– C'est possible, dit Michel. Mais il y a peut-être une autre raison.

– Laquelle ?

– Oh, les possibilités sont multiples, répondit Michel, les yeux dans le vague. Il va falloir que j'y réfléchisse. En attendant, si tu es d'attaque, j'ai une tonne de correspondance à rattraper à l'intérieur.

Michel était assez pointilleux lorsqu'il s'agissait de répondre à ses fans. Il recevait du courrier de partout dans le Royaume Spirituel, et même de la Terre.

– Je m'y mets tout de suite, dit Babriel.

Et, d'un pas vif, il alla jusqu'à son petit bureau, dans ce qu'on avait autrefois appelé Aile des Domestiques, et rebaptisé Aile des Invités Rétribués de Moindre Importance.

On ne rigolait pas avec le politiquement correct, au Paradis.

TROISIÈME PARTIE

1

Dans sa boîte, Ylith était vexée au plus haut point. Ce coup-là, on ne le lui avait plus fait depuis que, fou amoureux, le roi Priam de Troie avait fabriqué une boîte spéciale dans laquelle il espérait la mettre une fois qu'il l'aurait attrapée. Mais il ne l'avait jamais attrapée. Troie avait disparu depuis longtemps, et Priam avec, mais Ylith était encore là, en partie parce qu'elle ne fourrait pas sa tête dans les boîtes.

Tout ça montre bien, pensa-t-elle, que trop d'orgueil nuit. Regarde-toi, ma fille. Dans une boîte. T'as l'air fin, tiens.

Une pâle lueur se répandit autour d'elle, révélant des bocages, avec une chaîne de montagnes en arrière-plan. Une voix d'homme très douce chuchota à l'oreille d'Ylith :

– Que fais-tu là ? On dirait que tu as des ennuis. Laisse-moi t'aider.

La lueur s'intensifia.

– À qui suis-je en train de parler ? demanda Ylith.

– À Zeus. Je peux encore faire ce genre de chose, malgré mon état disons, diminué. Mais tu ne m'as pas dit ce que tu faisais là.

– Un type m'a kidnappée et m'a enfermée là-dedans.

57

Ylith avait déjà rencontré Zeus le Père, une fois, quand elle avait fait des essais pour un rôle d'esprit de la nature, à l'époque où les Romains redécouvraient la culture grecque. Zeus lui avait dit qu'il la contacterait, et elle n'avait plus entendu parler de lui.

– Pourquoi refuse-t-il de te laisser sortir ?

– Il a peur que je le tue. Et il a raison !

Zeus soupira.

– On dirait Artémis, ma fille. Intraitable ! Pourquoi ne pas essayer la feinte ?

– Que voulez-vous dire ?

– Dis à ton ravisseur que ça te plaît, qu'il t'enferme dans une boîte.

– Il ne me croira jamais !

– Essaie. Les ravisseurs sont tous plus bêtas les uns que les autres. Dis-lui n'importe quoi. Mais libère-toi.

– Vous voulez dire que je dois mentir ?

– Évidemment.

– Mais ça ne serait pas honnête !

– Tu t'excuseras plus tard. C'est ce que j'ai toujours fait, chaque fois que je m'en suis souvenu. En attendant, tu seras libre.

– C'est mal, de mentir, contesta Ylith, d'un ton quand même pas tout à fait convaincu.

– Écoute, ma chérie, parle à cet humain et fais-le changer d'avis. Sors de là, le monde t'attend. Et tu es trop mignonne pour rester enfermée dans une boîte.

Un peu plus tard, après s'être concentrée et repoudré le bout du nez, Ylith lança :

– Westfall ? Vous êtes toujours là ?

– Oui, je suis là.

– Vous n'êtes pas censé travailler, à une heure pareille ?

– Si, bien sûr. Mais pour être franc, j'ai peur de vous laisser seule. Vous… vous pourriez sortir, ou même me jeter un sort.

– De toute façon, je peux vous jeter un sort, dit Ylith d'un ton légèrement méprisant. Mais vous pensez vraiment que je suis une méchante sorcière ?

– Eh bien… hésita Westfall. À voir comment vous m'avez volé dans les plumes, je me suis dit qu'il valait mieux se préparer au pire.

– Vous m'avez énervée. J'ai été interrompue en plein travail, enfermée dans une boîte et livrée à quelqu'un comme une vulgaire marchandise. Trouvez donc une seule femme que ça mette de bonne humeur ! Les sorcières, même les plus angéliques, sont des êtres humains comme les autres, vous savez. Nous voulons être courtisées comme des vraies dames, pas malmenées comme des roulures de troisième zone !

– Je comprends tout cela, maintenant. Mais c'est trop tard.

– Pas forcément, dit Ylith d'une voix dégoulinante de miel.

– Ah bon ?

– Ouvrez la boîte, Westfall. Je ne vous ferai pas de mal. Je vous donne ma parole d'ange. Voyons comment ça se passe entre nous.

Westfall respira un grand coup et souleva le couvercle.

Ylith sortit, fulminante, sous les traits d'Hécate grâce à ses dons de sorcière.

– Vous avez promis de ne pas me faire de mal ! hurla Westfall.

La pièce se vida d'un coup. Westfall se retrouva dans un coin sombre des Limbes, seul. Ylith avait mis les bouts, partie faire son rapport à Michel. La boîte de Pandore était encore ouverte et brillait faiblement.

2

Azzie fut de retour chez l'Arétin une semaine après leur première rencontre, à la minute près. L'auteur souhaita la bienvenue au démon et le fit monter dans un salon où ils purent se mettre à leur aise, dans de confortables fauteuils recouverts de brocart, et contempler à loisir le spectacle des lumières vénitiennes le long des canaux. L'Arétin servit un vin qu'il avait spécialement choisi pour l'occasion. Un domestique apporta des petits gâteaux pour une collation.

Un crépuscule bleuté enveloppait doucement la ville, décuplant son côté magique et mystérieux. D'en bas montaient quelques notes d'un chant de batelier : *Pour la vie d'un gondolier.* L'homme et le démon écoutèrent en silence quelques instants.

Azzie vivait un des moments les plus agréables de sa vie, celui qui marquait le lancement d'une nouvelle entreprise. Les mots qu'il s'apprêtait à prononcer allaient provoquer d'importants changements dans nombre de vies ; lui-même était sur le point de faire l'expérience de sa propre autorité en tant qu'ordonnateur des événements. Plutôt que de les subir, il était désormais en mesure de les provoquer. Puissance, élévation de soi, c'était ça, l'enjeu.

Dans l'imagination d'Azzie, le nouveau projet était déjà mené à bien. Comme si, à peine conçu, il s'était réalisé. Sa vision de l'ensemble était vague, mais grandiose.

Il lui fallut un petit moment pour reprendre ses esprits et réaliser que tout restait encore à faire.

– J'ai nourri quelque impatience, mon cher Arétin, en attendant de savoir ce que vous allez me proposer. À moins que vous ne considériez que mon projet dépasse vos compétences ?

– Je pense que je suis l'homme qu'il vous faut. Le seul, annonça fièrement l'Arétin. Mais vous jugerez par vous-même lorsque je vous aurai dit de quelle légende j'aimerais que votre pièce s'inspire.

– Une légende ? Ouh, c'est bien, ça, j'adore les légendes, moi. C'est sur quelqu'un que je connais ?

– Dieu apparaît dans mon histoire, ainsi qu'Adam, et Lucifer aussi.

– Tous des vieux potes. Allez-y, Pietro, je vous écoute.

L'Arétin se carra dans son fauteuil, but une gorgée de vin pour s'éclaircir la gorge et se lança…

Adam était allongé au bord d'un ruisseau dans l'Éden lorsque Dieu s'approcha de lui et lui demanda :

– Alors, quoi de neuf ?

– Moi ? s'étonna Adam en se redressant. Pas grand-chose. J'étais plongé dans de bonnes pensées, c'est tout.

– Je le sais bien, ça, dit Dieu. Je me branche sur ta fréquence de temps en temps pour savoir comment tu vas. C'est le *nec plus ultra,* question service après-vente. Mais avant ces bonnes pensées, que faisais-tu ?

– Eh bien, c'est-à-dire…

– Essaie de te souvenir. Tu étais avec Ève, n'est-ce pas ?

– Heu… ben, ouais. Ça pose un problème ? Je veux dire… c'est ma femme, vous savez, alors…

– Ça ne pose de problème à personne, Adam. J'essaie d'établir un fait, c'est tout. Donc, tu discutais avec Ève, c'est ça ?

– Oui, bon, d'accord. Elle m'a parlé d'un truc que les oiseaux lui ont raconté. Vous savez, Dieu, entre vous et moi, je trouve que pour une femme de cet âge, elle parle beaucoup des petits oiseaux.

– Et qu'as-tu fait d'autre avec Ève ?

– On a parlé des oiseaux, je vous dis. Avec elle, c'est piafs et compagnie à longueur de journée. Dites-moi franchement, vous pensez pas qu'il lui manque une case ? Vous croyez qu'elle est normale ? Évidemment, pour moi, c'est difficile de comparer, rapport au fait que j'ai jamais rencontré d'autre dame. Vous m'avez même pas donné de mère. Notez, là-dessus, je me plains pas. Mais tout de même, parler tout le temps d'oiseaux, c'est un peu limite, non ?

– Ève est une personne très innocente. Il n'y a pas de mal à ça, n'est-ce pas ?

– Sans doute que non.

– Qu'y a-t-il ? Je t'énerve ?

– Vous ? M'énerver ? Soyez pas ridicule. Vous êtes Dieu, comment est-ce que vous pourriez m'énerver ?

– Qu'as-tu fait d'autre avec Ève, à part parler ?

Adam secoua la tête.

– Honnêtement, je ne pense pas que vous vouliez entendre ça. Je veux dire, y a pas de neuvième commandement comme quoi un homme doit dire des grossièretés devant son Dieu, si ?

– Je ne parle pas de vos parties de jambes en l'air, rétorqua Dieu d'un ton méprisant.

– Écoutez, si vous savez ce que j'ai fait et ce que j'ai pas fait, pourquoi est-ce que vous vous fatiguez à me poser la question ?

– J'essaie d'avoir une conversation avec toi, c'est tout.

Adam marmonna quelque chose.

– Parle plus fort, dit Dieu, je t'entends mal.

– Je dis que vous devriez pas vous mettre en colère contre moi. Après tout, vous m'avez fait à votre image, alors faut pas vous attendre à des miracles.

– C'est donc ce que tu penses, hein ? Et tu crois que de t'avoir créé à mon image excuse n'importe quel comportement de ta part ?

– Ben, je veux dire… après tout, vous…

– Je t'ai tout donné. Tout. La vie, l'intelligence, la beauté, une femme mignonne comme un cœur, de la bonne nourriture, un climat tempéré, un goût très sûr dans le domaine littéraire, une aptitude à de nombreux sports, des dons artistiques, l'addition et la soustraction… J'en passe et des meilleures. J'aurais pu te débarquer sur la Terre avec un seul doigt et te laisser compter jusqu'à un pour l'éternité. Mais je t'en ai donné dix et la capacité de compter jusqu'à l'infini. Tout ce que je t'ai demandé en échange, c'était de jouer avec ce que je t'ai donné et de laisser tranquille ce que je ne voulais pas que tu touches. Vrai ou faux ?

– Ouais, bon. C'est vrai, marmonna Adam.

– Tout ce que j'ai dit, c'était : « Tu vois l'arbre, là-bas, celui qu'on appelle l'Arbre de Vie, celui avec la pomme ? » Et tu as dit, oui, que tu le voyais. Et j'ai dit : « Rends-moi service, ne mange pas cette pomme, compris ? » Et tu as répondu : « Bien sûr, Dieu, j'ai compris, y a pas de souci. » Mais hier, avec Ève, tu as mangé la pomme défendue, n'est-ce pas ?

– La pomme ? demanda Adam d'un air étonné.

– Tu sais très bien ce que c'est, une pomme. C'est rond, rouge et sucré. Seulement tu ne devrais pas savoir que c'est sucré parce que je t'avais dit de ne pas y goûter.

– J'ai jamais compris pourquoi il fallait pas qu'on la mange.

– Ça aussi, je te l'avais dit. Seulement tu n'as pas écouté. Parce qu'elle donne la connaissance du Bien et du Mal. Voilà pourquoi il ne fallait pas la croquer !

– Et qu'est-ce qu'il y a de mal à connaître le Bien et le Mal ?

– Attention, toute connaissance est merveilleuse, ne me fais pas dire ce que je n'ai pas dit. Mais il faut avoir certaines connaissances pour bien appréhender la connaissance. J'avais prévu de vous amener lentement mais sûrement, toi et Ève, jusqu'au point où vous auriez pu manger le fruit de l'arbre de la connaissance sans paniquer ni vous croire meilleurs que les autres. Mais il a fallu qu'elle te tente avec cette pomme, hein, c'est ça ?

– C'était mon idée, Ève y est pour rien. Elle, en dehors des piafs, c'est les abonnés absents.

– Mais elle t'a incité à le faire, n'est-ce pas ?

– Peut-être, et alors ? Y a une rumeur qui circule dans le coin comme quoi vous seriez pas si fâché que ça si l'un de nous croquait la pomme.

– Où as-tu entendu ça ?

– Je me souviens plus. Les oiseaux et les abeilles, peut-être. Mais Ève et moi on l'aurait goûtée, cette pomme, tôt ou tard. La loi de l'effet dramatique veut qu'on ne peut pas laisser une pomme armée traîner sur la cheminée sans s'en servir à un moment ou à un autre. Et puis on va pas rester dans le Jardin d'Éden éternellement, quand même, non ?

– Non, en effet, admit Dieu. D'ailleurs, tu vas pouvoir faire tes valises, vous partez sur-le-champ. Et pas la peine de projeter de revenir.

Donc Dieu mit Adam et Ève à la porte du Jardin d'Éden. Il envoya un ange équipé d'une épée en flammes pour faire le sale boulot. Le premier homme et la première femme rencontrèrent le premier huissier, chargé de les expulser. Après un dernier regard sur ce qui avait été leur « *home sweet home* », Adam et Ève s'en allèrent. Ils vivraient dans de nombreux endroits différents, par la suite, mais jamais ils ne se sentiraient vraiment chez eux comme dans leur premier logis.

Ce fut en sortant du Jardin qu'Adam remarqua qu'Ève ne portait aucun vêtement.

– Bon sang de bois ! s'écria-t-il. T'es complètement à poil !

– Ben, et alors ? Toi aussi.

Ils se regardèrent les parties intimes sous toutes les coutures. Puis ils éclatèrent de rire. Ce fut la naissance de l'humour sexuel.

Lorsqu'ils eurent fini de se gondoler, Adam réfléchit.

– Je crois qu'il vaudrait mieux couvrir nos outils. On a trop de trucs qui dépassent, si tu vois ce que je veux dire.

– C'est drôle qu'on les ait jamais remarqués, dit Ève.

– Tout ce que tu remarquais, c'étaient les oiseaux.

– Ah bon ? Je me demande pourquoi.

– Qu'est-ce que c'est, là-bas ?

– Si je ne savais pas que c'est impossible, répondit lentement Ève, je dirais que ce sont d'autres êtres humains.

– Comment ça ? On est les seuls, en principe, non ?

– Peut-être pas. Plus maintenant. Tu te rappelles, on avait parlé de cette possibilité.

– Ah, oui, c'est vrai. On était tombés d'accord sur le fait que d'autres êtres humains, c'était la condition *sine qua non* pour avoir une liaison.

– Ça m'étonne pas que tu te souviennes de ça, tiens.

– Mais je pensais pas qu'Il le ferait vraiment. Je croyais qu'Il voulait qu'on soit les seuls.

Dieu avait fait vite. Au commencement, ils étaient les seuls hommes. Mais ils avaient péché. Désobéi. Alors Dieu les avait punis en créant leurs semblables. Allez comprendre pourquoi. Les voies du Seigneur sont impénétrables, dit-on.

Ils marchèrent jusqu'à une petite ville, jusqu'à une maison.

– Comment s'appelle cette ville ? demanda Adam à la première personne qu'il vit.

– Moins-Bien.

– Intéressant, comme nom, pour une ville. Ça veut dire quoi ?

– Ça veut dire qu'Éden est le meilleur endroit qui puisse exister, mais que comme on ne peut pas y retourner, on habite à Moins-Bien.

– Comment vous connaissez Éden ? Je vous ai jamais vu là-bas.

– Y a pas besoin d'y avoir vécu pour savoir que c'était chouette.

Adam et Ève s'installèrent à Moins-Bien. Ils ne tardèrent pas à faire connaissance avec leur voisin, Gordon Lucifer, un démon qui avait ouvert le premier cabinet d'avocat de la ville.

– Nous pensons avoir besoin d'un avocat, expliqua Adam à Lucifer, un jour. Nous avons été injustement expulsés de l'Éden. D'abord, nous n'avons jamais reçu d'avis d'expulsion. Il n'a jamais été question de pouvoir défendre notre cause devant un tribunal. Nous n'étions représentés par aucun conseiller juridique.

– Vous avez sonné à la bonne porte, dit Lucifer en les introduisant dans son bureau. Redresser tous les torts, voilà le slogan des Forces des Ténèbres, le cabinet pour lequel je travaille. Comprenez-moi bien, je n'insinue pas du tout que le Grand Manitou a tort. La plupart du temps, Dieu ne songe qu'à faire le bien, mais il manque de souplesse, il juge à l'emporte-pièce. Je pense que votre affaire est tout à fait défendable. Je vais déposer plainte auprès d'Ananké, dont les jugements obscurs nous gouvernent tous.

Ananké, la Sans-Visage, entendit le plaidoyer de Lucifer dans la salle des nuages gris, dont la grande baie vitrée s'ouvrait sur l'océan du temps, et les rideaux blancs étaient gonflés par les vents de l'éternité.

Ananké jugea qu'Adam avait été injustement expulsé et devait être autorisé à regagner le Jardin d'Éden. Adam était aux anges, il remercia tout le monde, dit à Ève de l'attendre et partit pour l'Éden. Il chercha en vain le chemin de son ancien Paradis, et n'aurait même pas trouvé le bout de son nez, car Dieu avait fait régner une épaisse obscurité sur toute la région. Adam s'en plaignit à Gordon Lucifer, qui secoua la tête et en référa à son patron.

– Ce n'est pas très fair-play, en effet, dit Satan. Question de principe. Mais écoute-moi : voici sept chandeliers magiques. Utilise-les intelligemment et tu pourras éclairer le chemin qui te ramènera au Paradis.

Adam s'embarqua, six chandeliers dans un sac à dos en peau de chameau, le septième à la main. Sa flamme, d'un blanc-bleu irréel, perçait l'obscurité avec une précision surréaliste. Grâce à cette lumière, Adam voyait parfaitement devant lui et avançait d'un pas décidé.

Après avoir fait un bout de chemin, il arriva au pied d'un petit mur couvert de lierre, à côté duquel se trouvait un petit étang. Il lui sembla que c'était l'endroit où il s'était si souvent assoupi, où il avait rêvé, à l'époque où la vie était simple. Il s'arrêta, regarda autour de lui, et aussitôt, sa chandelle s'éteignit. « Sacristi ! » dit Adam. Il ne connaissait pas de mot plus fort, tout ceci se passant avant la naissance du charretier. Et il sortit de son sac un deuxième chandelier.

La chandelle s'alluma toute seule, Adam reprit son chemin. Cette fois, il arriva sur une plage au crépuscule, avec une petite île à l'horizon, balayée par l'air tiède. Là encore, il s'arrêta, et cette fois encore, la chandelle s'éteignit, l'obscurité reprit ses droits.

La même scène se reproduisit plusieurs fois, l'obscurité de Dieu déstabilisa Adam en lui présentant des lieux qui ressemblaient à son Paradis perdu mais qui, lorsque la chandelle s'éteignait, s'avéraient être tout autres. Lorsque la dernière chandelle s'éteignit, Adam se retrouva à son point de départ et, bon gré mal gré, y resta.

Après le septième échec d'Adam, Ananké déclara qu'il en était ainsi et cassa son premier jugement. Elle annonça que, malgré son propre décret, Adam ne pouvait regagner le Paradis, parce que son expulsion avait amorcé le mouvement de la roue du dharma et que son échec, malgré l'aide des chandeliers, avait révélé une partie du code fondamental des possibilités de l'univers. Elle ajouta qu'apparemment le monde des êtres doués de sens était fondé sur une erreur commise au départ, lors de la mise en place du code régissant le mécanisme karmique. Adam pouvait être considéré comme la première victime de la relation divine de cause à effet.

3

L'Arétin avait terminé de raconter son histoire. Azzie et lui restèrent longtemps sans rien dire, dans la pénombre. La nuit était tombée et les chandelles n'étaient plus que des moignons déformés dans leurs réceptacles en étain. Azzie finit par s'étirer en disant :

– Vous l'avez dénichée où, cette histoire ?

L'Arétin haussa les épaules.

– C'est une obscure fable gnostique.

– Jamais entendu parler. Pourtant, les démons sont censés en savoir plus que les poètes, question spéculation théologique. Vous êtes bien sûr de ne pas l'avoir inventée vous-même ?

– Et puis après ? Qu'est-ce que ça ferait, si c'était une histoire de mon cru ?

– Rien du tout. D'où qu'elle vienne, cette fable me plaît. Notre pièce parlera de sept pèlerins. Nous leur donnerons un chandelier d'or à chacun, grâce auquel ils pourront voir leur vœu le plus cher exaucé.

– Attendez une minute. Je n'ai jamais parlé de chandeliers d'or. Enfin, pas vraiment. C'est une légende, c'est tout, et s'il y a vraiment des chandeliers d'or, j'ignore s'ils ont des pouvoirs.

– On ne va pas ergoter, hein. Moi, j'adore ce conte, et je dis que des chandeliers d'or, c'est mieux pour notre pièce. S'il faut qu'on les fabrique nous-mêmes, on les fabriquera. Mais peut-être qu'ils existent encore quelque part. Si c'est le cas, je partirai à leur recherche et les rapporterai. Sinon, je trouverai bien une solution.

– Et ceux qui s'en serviront ? Ceux qui devront jouer cette fable ?

– Je les choisirai moi-même. Je choisirai sept pèlerins et je leur donnerai à chacun un chandelier et une chance de voir leur vœu exaucé. Tout ce qu'il – ou elle – aura à faire, c'est prendre le chandelier, le reste se fera tout seul. Magiquement en l'occurrence.

– Quelles qualités allez-vous rechercher en priorité, chez vos pèlerins ?

– Aucune en particulier. J'ai juste besoin de trouver sept personnes qui ont un vœu à exaucer, ça ne devrait pas être la mer à boire.

– Vous n'allez pas insister pour qu'elles obtiennent ce qu'elles désirent grâce à leur persévérance et à leur bon caractère ?

– Non. Ma pièce prouvera exactement le contraire de ce genre de choses. Elle démontrera que n'importe qui peut aspirer au bonheur total sans avoir à lever le petit doigt.

– Alors là, c'est sans précédent, un truc pareil. Vous allez prouver que c'est la chance et le hasard plus que le respect des règles morales qui régissent la vie des hommes ?

– Tout juste. La raison du plus faible est toujours la meilleure, c'est la devise du Mal, non ? Que pensez-vous de ma morale, l'Arétin ?

– Le hasard décide de tout ? Ça va plaire aux hommes faibles, ça.

– Parfait. On va faire un tabac.

– Si c'est ce que vous voulez, je n'y vois pas d'objections. Que je serve le Bien ou le Mal, tout ce que j'écris n'est jamais que de la propagande au service d'une cause particulière. Vous me payez pour cette pièce, après tout, je ne suis qu'un artiste qui accepte un cachet. Si vous voulez une pièce qui démontre qu'en plantant un calcul biliaire on fait pousser des primevères, pas de problème, moyennant finance, je vous l'écris. Ma seule question, c'est : est-ce que mon idée vous plaît ?

– Elle me ravit ! s'écria Azzie. Mettons-nous au travail tout de suite.

– Il va falloir qu'on sache dans quelle salle la pièce sera montée. Ça a son importance, pour la scénographie. Est-ce que vous avez déjà des noms en tête, pour les acteurs ? Sinon, je peux vous en recommander plusieurs.

Azzie se renversa en arrière et partit d'un grand éclat de rire. Les flammes qui dansaient dans l'âtre tout proche lançaient d'étranges ombres sur son visage étroit. Il passa la main dans ses cheveux roux et se tourna vers l'Arétin.

– Je crois que je me suis fait mal comprendre, Pietro. Ce que j'ai en tête n'a rien à voir avec une pièce ordinaire. Il ne s'agit pas d'un de ces divertissements que l'on joue sous les porches des églises ou sur les places publiques. Il est hors de question que des acteurs récitent leur texte et ridiculisent mon idée. Non ! Je vais prendre des gens ordinaires, des gens dont les désirs et les peurs rendront leurs personnages encore plus vraisemblables. Et plutôt que des tréteaux avec un décor peint, je leur donnerai le monde lui-même comme scène. Mes sept pèlerins joueront cette histoire comme s'ils la vivaient, ce qui, évidemment, sera le cas. Chacun racontera ce qui lui arrive lorsqu'il reçoit le chandelier en or, et les sept histoires seront différentes. Comme le *Décaméron*, voyez, ou les *Contes de Canterbury*, mais en mieux, puisqu'elles seront nées de votre plume, cher maître. (L'Arétin accusa réception du compliment par un petit mouvement de la tête.) Nos acteurs « maison » joueront comme s'ils vivaient les événements, continua Azzie, et ils ne sauront point qu'un public – nous – les regarde.

– Je ne le leur dirai pas, soyez-en assuré.

L'Arétin tapa dans ses mains, son domestique entra, les yeux ensommeillés, un plateau de petits-fours rassis dans les mains. Azzie en prit un par politesse, bien qu'il consommât rarement de la nourriture humaine. Il préférait la cuisine traditionnelle de l'Enfer. Les têtes de rat confites et le ragoût de thorax, par exemple, ou alors un beau cuissot humain doré à point, servi avec plein de couenne. Mais il était à Venise, pas en Enfer, alors il fit comme les Romains.

Après cette collation, l'Arétin bâilla et s'étira, puis alla à côté pour se laver la figure dans une cuvette d'eau. En revenant, il prit dans une armoire une demi-douzaine de chandelles neuves et les alluma. Les yeux d'Azzie brillèrent dans la lumière, sa fourrure semblait chargée d'électricité statique. L'Arétin s'assit en face de lui et demanda :

– Si votre scène est le monde, qui sera le public ? Et où le ferez-vous asseoir ?

– Ma pièce sera de toutes les époques. Mon public principal n'est même pas encore né. Je crée, cher Pietro, pour les générations futures qui seront édifiées par notre pièce. C'est pour elles que nous œuvrons.

L'Arétin essayait d'être pratique – pas facile facile pour un gentilhomme italien de la Renaissance. Il se

74

pencha en avant, gros nounours un peu froissé, au nez proéminent et au teint rubicond.

– Donc, si je comprends bien, je ne vais pas vraiment l'écrire, cette pièce ?

– Non, répondit Azzie. Les « acteurs » devront inventer eux-mêmes leur texte. Mais vous aurez la primeur de toutes les actions, de toutes les conversations, vous verrez et entendrez leurs réactions aux événements et, à partir de cela, pour pourrez tisser une histoire qui sera jouée devant les générations futures. Mais le premier jet, la générale, disons, appartiendra au monde des légendes, car c'est ainsi qu'un mythe se forme.

– C'est une idée très noble, dit l'Arétin. Et je vous prie de ne pas penser que je la critique si je vous avoue que je vois une ou deux difficultés se pointer à l'horizon.

– Je vous écoute !

– Je suppose que nos acteurs, quel que soit leur point de départ, finiront par aboutir à Venise, avec leurs chandeliers.

– C'est en effet ainsi que je l'imagine. D'abord, je veux racheter les droits de votre conte des sept chandeliers pour pouvoir l'utiliser dans ma pièce.

Azzie tira de son portefeuille un sac, petit mais pesant, et le tendit à l'Arétin.

– Ça devrait suffire pour commencer, n'est-ce pas ? Il y aura une suite, bien entendu. Tout ce que vous avez à faire, c'est écrire un synopsis, raconter l'histoire dans les grandes lignes. Pas de dialogues, souvenez-vous. Nos acteurs, que je choisirai, se chargeront de cet aspect-là du problème. Vous les observerez, les écouterez. Nous serons metteurs en scène et coproducteurs. Ensuite, plus tard, vous écrirez votre propre pièce sur le sujet.

– Cette idée me réjouit, monseigneur. Mais si vous créez une fausse Venise et la transportez dans un autre espace, à une autre époque, comment est-ce que je vais faire, moi ? Je ne vais pas pouvoir suivre.

– À ce sujet, dit Azzie, par le biais de charmes et de talismans, je vous conférerai la capacité de vous déplacer librement dans l'espace et dans le temps, afin que vous puissiez vous occuper de notre production.

– Et qu'adviendra-t-il de Venise lorsque nous aurons terminé ?

– Nous ferons repasser notre duplicata dans l'époque de la vraie Venise, où elle la retrouvera comme une ombre retrouve son objet. À partir de là, notre légende cessera d'être confidentielle et rejoindra le gros des légendes universelles, dont les effets et les conséquences sont enregistrés dans les annales de l'humanité.

– Monseigneur, en tant qu'artiste, cette entreprise m'ouvre des portes dont jamais je n'aurais même imaginé l'existence. Même Dante n'a jamais eu de pareille occasion… Je suis aux anges !

– Surveillez votre langage. Je ne suis pas susceptible, mais quand même. Mettez-vous plutôt au travail, dit Azzie en se levant. Écrivez-moi la légende des chandeliers d'or. Et tournez ça bien, que ça soit facile à lire. Je vous dis à bientôt, j'ai du travail.

Et il disparut. Pouf !

L'Arétin cligna des yeux, passa la main là où Azzie s'était tenu, ne rencontra que du vide. De l'air sans substance. Mais le sac d'or laissé par Azzie était, lui, bien substantiel, et réconfortant.

QUATRIÈME PARTIE

1

Azzie était très satisfait en quittant la demeure de l'Arétin, le souvenir de l'histoire d'Adam encore à l'esprit. Mais curieusement, son sixième sens de démon lui disait que quelque chose clochait.

Il faisait toujours aussi beau. De légers petits nuages traversaient un ciel du plus pur azur, tels des galions de neige façonnés par des enfants. Autour de lui, Venise s'adonnait à ses plaisirs et à ses activités. Des barges lourdement chargées transportaient vêtements et nourriture sur le Grand Canal, leur étrave renflée, de couleur vive, fendant le léger clapotis. Une barque funèbre, laquée noir et argent, glissa sans faire de bruit, le cercueil de bois verni attaché à la proue, le cortège tout de noir vêtu installé sur le pont arrière. Des cloches sonnèrent. Sur les promenades, on allait et venait, et, non loin de là, un homme passa habillé en bouffon, agitant son bonnet de coq, remuant ses grelots, sans doute un baladin en route pour le théâtre qui l'avait engagé. Un groupe de cinq nonnes se pressait, cornettes au vent, grandes ailes blanches qui semblaient prêtes à les soulever dans les airs. Assis sur une bitte d'amarrage, près d'une rangée de gondoles attachées, un individu assez corpulent coiffé d'un chapeau à large bord, carnet sur les genoux et pastels à la main, s'essayait à tracer une image du Canal aussi ressemblante que possible. Azzie s'approcha.

– On dirait que nos chemins se croisent de nouveau.

Babriel leva les yeux. La surprise le laissa béat.

– C'est la vue d'ici, que tu dessines ? demanda Azzie en passant derrière lui pour regarder l'esquisse de Babriel.

– Oui. Ça se voit pas ?

– Je... j'avais un peu de mal. Ces traits, là...

Babriel hocha la tête.

– Je sais, ils sont de travers. Cette histoire de perspective, c'est la croix et la bannière, mais je me suis dit qu'il fallait au moins essayer.

Azzie regarda une nouvelle fois le dessin, plissa les yeux.

– C'est plutôt pas mal, pour un amateur. Mais dis-moi, je suis surpris de te voir ici. Je pensais que tu retournais au Ciel.

– Moi aussi. Mais Michel m'a renvoyé ici pour faire quelques dessins et améliorer ma connaissance de l'art européen. Il te fait ses amitiés, d'ailleurs. Il m'a aussi demandé comment allait ton ami l'Arétin.

– Comment sais-tu que... ?

– Je t'ai vu sortir de chez lui. Il est assez connu, évidemment, bien que, pour la plupart, ses vers ne soient guère récitables au Paradis. Il aime se faire remarquer aussi, non ? Au hit-parade des plus gros pécheurs, en 1523, il était dans les dix premiers.

– Pfff, railla Azzie. Les moralistes ont toujours des préjugés défavorables contre les auteurs qui montrent la vie telle qu'elle est plutôt que telle qu'elle devrait être. Il se trouve que je suis un fan de l'Arétin, et je suis simplement allé lui faire mes compliments, rien de plus.

78

Babriel le regarda. Il n'avait pas du tout eu l'intention de demander à Azzie ce qu'il faisait chez l'Arétin, mais maintenant que le démon s'était justifié, l'ange avait la puce à l'oreille. Michel avait bien sous-entendu que quelque chose de pas très catholique se tramait, mais Babriel ń'y avait guère prêté attention. Azzie était son ami, et même s'il servait le Mal, Babriel ne pouvait se résoudre à le considérer comme foncièrement mauvais.

Pour la première fois, il lui vint à l'esprit que son ami était sur un coup, et que c'était à lui, Babriel, de découvrir de quoi il s'agissait.

Ils se séparèrent en se réitérant l'estime qu'ils avaient l'un pour l'autre et en se promettant de se faire une bouffe très bientôt. Azzie s'engagea dans une rue, Babriel le suivit un moment du regard, songeur, puis retourna à son dessin.

L'ange regagna son hôtel en début d'après-midi. L'immeuble de quatre étages s'affaissait sur lui-même et semblait écrasé par les bâtiments plus hauts qui l'encadraient. Une demi-douzaine d'anges étaient descendus là parce que Signor Amazzi, le propriétaire sinistre et respectueux, faisait un prix à tous ceux qui travaillaient dans la religion. Certains disaient qu'il savait que les jeunes gens calmes, bien élevés, aux traits réguliers, qui arrivaient d'un pays nordique non spécifié et prenaient une chambre chez lui étaient des anges. D'autres disaient qu'il pensait que c'étaient des Angles, qui lui refaisaient la blague du pape Grégoire. Amazzi était à la réception lorsque Babriel entra.

– Quelqu'un vous attend dans le salon, annonça-t-il.

– De la visite ! Ça, c'est une bonne surprise ! dit Babriel.

Et il alla voir de qui il s'agissait.

Le salon était petit, intime, en demi-sous-sol, mais inondé de lumière grâce à de hautes fenêtres étroites qui la laissaient pénétrer. L'ensemble n'était pas sans évoquer l'intérieur d'une église, ce qui plaisait assez aux personne pieuses. L'archange Michel était assis dans un fauteuil paillé à haut dossier et feuilletait un papyrus de voyages organisés vantant les mérites de la Haute Égypte. Il le referma prestement en voyant Babriel.

– Ah ! Te voilà. Je passais juste voir comment tu allais.

– Je vais très bien. Mais la perspective, c'est pas encore ça.

Babriel montra son carnet de croquis à Michel.

– Essaie encore. Une connaissance pratique de la peinture, c'est utile pour apprécier tous les chefs-d'œuvre de l'immense collection du Paradis. Dis-moi, as-tu rencontré ton ami Azzie cette fois encore ?

– Oui, justement. Je l'ai vu sortir de chez Pietro l'Arétin, le fameux poète grossier et écrivain licencieux.

– Ah bon ? Et de quoi crois-tu qu'il s'agissait ? D'une réunion de fan-club ?

– J'aimerais bien le croire. Mais la réaction un peu gênée de mon ami lorsque j'ai mentionné le nom de l'Arétin me laisse à penser que, peut-être, il y a autre chose. Seulement, vous le savez, je déteste accuser qui que ce soit de duplicité, et encore moins celui qui, même s'il est un démon, est avant tout mon ami.

– Tes scrupules t'honorent, remarqua Michel, bien que nous n'en attendions pas moins de la part de celui qui prétend au grade d'ange qualifié. Mais réfléchis. En tant que serviteur du Mal, Azzie ne ferait pas son travail s'il n'était pas occupé à quelque subterfuge visant à favoriser la prédominance du Mal dans le monde. Alors l'accuser d'avoir des idées peu avouables en tête, ce n'est que reconnaître qu'il fait son boulot. Évidemment qu'il cherche à faire un mauvais coup ! La question est : lequel ?

— Là, je dois dire que je n'en ai pas la moindre idée.

— Il va pourtant falloir trouver. Azzie n'est plus un personnage insignifiant. Il a servi les Puissances des Ténèbres deux fois déjà lors d'affaires importantes. D'abord l'affaire du Prince Charmant, et puis l'affaire Faust, dont le jugement est encore en délibéré devant les tribunaux d'Ananké. D'après ce que je sais, il siège en bonne place dans des conseils de malveillance. De toute évidence, il joue un rôle clé dans le lancement de ces jeux qui, périodiquement, ensorcellent l'humanité et attirent les pas des hommes sur le chemin de la damnation. Bref, c'est un démon qui monte.

— Mon ami est aussi important que ça ? s'étonna Babriel, avec des yeux comme des soucoupes.

— C'est ce qu'il semblerait aujourd'hui. Donc je pense qu'il serait sage d'enquêter afin de savoir pourquoi il s'intéresse à ce roublard un tout petit peu trop rusé d'Arétin.

— Je crois que vous avez raison.

— Et toi, mon garçon, tu es l'ange de la situation.

— Moi ? Non, non, Votre Archange. Vous savez très bien que je manque d'astuce. Si j'essaie de le faire parler par quelque moyen détourné que ce soit, Azzie verra mes gros sabots cousus de fil blanc en moins de temps qu'il n'en faut pour le dire.

– Je sais, je sais. Ton ingénuité est légendaire parmi nous. Mais tant pis. Toi seul es en position de fourrer ton nez un peu partout, puisque tu es déjà à Venise. Faire connaissance avec l'Arétin ne devrait pas te poser de problème, tu n'auras qu'à aller le voir en te présentant comme un admirateur de toujours, et lui parler, jeter un œil sur sa maison, voir ce qu'il y a à voir. Tu peux même l'inviter à déjeuner, pour en savoir plus. On enverra ta note de frais au Service des Enquêtes du Paradis.

– Mais moralement, vous pensez que c'est défendable, d'espionner son ami ?

– Mais bien sûr que oui ! On ne peut trahir qu'un ami, pas un ennemi. Sans trahison, il n'y aurait pas d'Apocalypse.

Babriel hocha la tête et accepta sans plus discuter de faire ce qu'on lui demandait. Il ne réalisa qu'un moment après que Michel n'avait pas vraiment répondu à sa question. Seulement il ne pouvait plus reculer. Trahir un ami, du point de vue moral, c'était peut-être mal ou peut-être pas, mais ne pas obéir aux ordres d'un archange, c'était tout à fait déconseillé.

2

Le lendemain, au douzième coup de midi, Babriel frappa à la porte de l'Arétin.

Personne ne répondit d'abord, et pourtant il entendait des bruits à l'intérieur. C'était un étrange mélange de musique, de voix et de rires. Il frappa de nouveau. Cette fois, un domestique lui ouvrit, un homme tout à fait convenable si ce n'est que sa perruque était de travers. On aurait dit qu'il avait essayé de faire trop de choses à la fois.

– J'aimerais parler à l'Arétin, dit Babriel.

– Ouh là, c'est que c'est un peu le bazar, à l'intérieur. Vous pourriez repasser ?

– Non, je dois le voir maintenant, dit Babriel d'un ton ferme assez surprenant chez lui et motivé par le fait que Michel attendait son rapport au plus tôt.

Le domestique s'effaça pour le laisser entrer, puis le fit passer dans un petit salon.

– Si vous voulez bien patienter ici, je vais voir si mon maître peut vous recevoir.

Babriel se balança sur la pointe des pieds, chose qu'il avait apprise autrefois pour passer le temps. Il regarda autour de lui, vit un manuscrit posé sur une petite table. Il n'en avait lu que les mots « Père Adam » lorsque des voix s'élevèrent et un groupe de personnes entra. Babriel fit un bond en arrière, la conscience pas bien tranquille.

Il s'agissait de musiciens, mais ils avaient tous tombé frac et gilet pour marcher plus à l'aise en bras de chemise sans cesser de jouer. L'air n'avait rien de religieux, c'était plutôt une danse au rythme soutenu.

Ils passèrent devant Babriel sans le regarder, ou presque. Leur destination semblait être une autre pièce, d'où s'échappait un brouhaha entrecoupé de cris aigus et de rafales de rires gras, le tout indiquant qu'une activité réjouissante était en cours. Babriel jeta un autre coup d'œil au manuscrit, et put lire une demi-phrase : « Père Adam, peu après son expulsion du Jardin d'Éden pour avoir mangé le fruit de l'arbre de la connaissance... » mais fut à nouveau interrompu, cette fois par des éclats de rire féminins.

Il leva les yeux juste comme deux damoiselles entraient en trombe dans le petit salon. C'étaient deux jeunes beautés, l'une brune, toute décoiffée, l'autre blonde aux tresses un peu en bataille. Elles portaient de longues camisoles en voile transparent de couleur vive, qui flottaient derrière elles tandis qu'elles se poursuivaient à travers la pièce en riant. Leurs camisoles, presque défaites, laissaient entrevoir des seins à la pointe carmin et des cuisses d'un rose tendre. Babriel piqua un fard.

Elles s'arrêtèrent devant lui et, avec un adorable accent français, la blonde demanda :

– Vous, là, vous ne l'avez pas vu passer ?

– À qui faites-vous allusion ?

– À ce méchant Pietro ! Il a promis de danser avec moi et Fifi.

– Je ne l'ai pas vu, dit Babriel en résistant à l'envie de se signer parce que ces dames l'auraient peut-être mal pris.

84

– Il ne doit pas être loin, dit la blonde. Viens, Fifi, on va l'attraper et le punir !

Là-dessus, elle lança un drôle de regard à Babriel, qui sentit un frisson lui remonter du bout des doigts de pied jusqu'à la pointe des cheveux.

– Et si vous veniez avec nous ? lui demanda la belle.

– Oh… non, non, bredouilla Babriel. On m'a dit d'attendre ici.

– Et vous faites toujours ce qu'on vous dit de faire ? Quelle barbe !

Et en riant, les deux jeunes filles s'engouffrèrent dans la pièce suivante. Babriel essuya les gouttes de sueur qui avaient perlé sur son front et revint au manuscrit. Cette fois, il réussit à en lire le titre. *La Légende des sept chandeliers d'or.* Des bruits de pas le forcèrent à s'interrompre, il s'éloigna de la table.

L'Arétin entra, la barbe en pétard et le pourpoint déboutonné, un bas dégringolé à mi-jambe. Sa chemise de drap fin était tachée, de vin, probablement. Il avançait avec une gîte très nette à tribord, ses yeux étaient injectés de sang, il avait le regard flou d'un homme qui en a trop vu trop souvent mais veut encore en voir. À la main il tenait une bouteille de vin à moitié pleine et son pas manquait clairement d'assurance.

Il s'arrêta avec difficulté devant Babriel et, avec une dignité toute relative, demanda :

– Vous êtes qui, vous, nom de d'là ?

– Je suis étudiant, dit Babriel. Un pauvre étudiant allemand. Je suis venu ici, à Venise, pour me chauffer au soleil de votre immense génie, maître, et pour vous inviter à déjeuner si c'est pas trop vous en demander. Je suis votre fan le plus inconditionnel au nord d'Aix-la-Chapelle.

– C'est vrai ? Vous aimez ce que je fais ?

– «Aimer» est un mot bien faible, maître, pour exprimer ce que je ressens lorsque je lis votre œuvre. Les hommes vous appellent le divin Arétin, mais même ce compliment, à mes yeux, est indigne de votre génie.

Babriel n'était pas flagorneur de nature, mais il avait suffisamment de bouteille, tant ici-bas que là-haut, pour manier sans trop de difficulté le jargon du flatteur professionnel. Il espérait simplement ne pas en faire trop et rester crédible. Mais l'Arétin, surtout dans son état, ne trouvait jamais qu'on en faisait trop lorsqu'il s'agissait de louer son talent.

– Vous parlez bien, mon garçon. C'est moi qui vous le dis, dit l'écrivain entre deux hoquets. J'aimerais beaucoup déjeuner avec vous, mais ce sera pour une autre fois. La fête bat son plein, ici, je célèbre ma nouvelle commande. Mais où sont mes invités, bon sang de bois ? Déjà dans les chambres, je parie ! J'arrive, les amis, attendez-moi !

Il tituba jusqu'à la porte.

– Puis-je vous demander, maître, de quel genre de commande il s'agit ? Vos admirateurs européens seront très intéressés par cette nouvelle.

L'Arétin s'immobilisa, réfléchit un instant, puis alla jusqu'à la table et prit le manuscrit.

– Non, pas question ! dit-il en le carrant sous son bras. J'ai juré de garder le secret sur cette affaire. Mais vous et le reste du monde serez stupéfaits, je vous le promets. L'échelle de cette entreprise, déjà… Mais je n'en dirai pas plus.

Il quitta la pièce sur ces mots, d'un pas relativement sûr, mis à part une ou deux embardées.

3

Babriel rentra précipitamment au Paradis et se rendit aussitôt chez Michel. Il entra en trombe dans le salon, une pièce agréable et claire dans laquelle l'archange, installé à une table en bois de rose, loupe dans une main, pince à épiler dans l'autre, était penché sur sa collection de timbres, à la lumière d'une lampe Tiffany. L'apparition soudaine de l'ange blond provoqua une bourrasque, les petits carrés dentelés s'envolèrent joyeusement dans les airs. Babriel eut tout juste le temps de rattraper un triangulaire du Cap avant qu'il ne virevolte par la fenêtre. Il posa un presse-papiers dessus pour plus de sûreté.

– Oups… Je suis désolé, vraiment, murmura Babriel.

– Si tu étais un peu moins impétueux, aussi… grommela Michel. Tu n'as pas idée de la difficulté que j'ai à faire venir ces spécimens particulièrement rares de la Terre sans qu'on me pose trop de questions. Je suppose que tes recherches ont été fructueuses ?

Babriel raconta le manuscrit de l'Arétin, son titre, sa première phrase, ajouta que le poète fêtait une nouvelle commande et que, à voir les agapes en cours, ce devait être une commande bien payée.

– *Les Sept Chandeliers d'or*, répéta Michel, pensif.
Ça ne me dit rien. Mais viens, on va consulter l'ordinateur que le Département Paradisiaque des Héré-
sies Tentatrices a récemment mis en place.

Il fit signe à Babriel de le suivre jusqu'à son
bureau où, à côté des classeurs gothiques et du
bureau roman, se trouvait un terminal d'ordinateur
de forme cubique typique du style appelé moderne.
L'archange s'installa devant l'écran, pinça des
bésicles sur le bout de son nez, et tapa son code
d'accès. Très vite, des données défilèrent à toute
vitesse, de bas en haut, en vert et noir. Babriel plissa
les yeux, mais tout allait trop vite pour qu'il puisse
lire quoi que ce fût. Michel, lui, semblait n'avoir
aucune difficulté avec la lecture rapide et bientôt il
opina du bonnet et leva les yeux.

Le bien-fondé de l'existence d'un réseau informa-
tique au Paradis n'avait pas été sans soulever certaines objections. Le principal argument « pour »
était qu'il s'agissait ni plus ni moins d'un prolonge-
ment de la plume et de la tablette de pierre, dont
l'usage consacré pour la description des lieux spirituels avait donné naissance à l'idée d'information.
Au fond, l'ordinateur n'était pas si différent des premières techniques d'écriture, et il présentait l'avantage de prendre peu de place et de stocker beaucoup
de données, contrairement aux tablettes, qui n'étaient
pas d'une maniabilité idéale et avaient vite fait de
vous encombrer le plancher – qu'il fallait par ailleurs
renforcer si l'on ne voulait point qu'il cédât sous le
poids des mots ! Même le parchemin, bien que léger
par rapport aux tablettes, posait certains problèmes
– celui de sa conservation n'étant pas le moindre.

– Alors, qu'est-ce qu'il dit, l'ordinateur ? s'enquit
Babriel.

– Il semblerait que dans une vieille légende gnostique, Satan aurait donné à Adam sept chandeliers d'or qui devaient lui permettre de regagner le Jardin d'Éden.

– Ah bon ? Et il y est arrivé ?

– Mais bien sûr que non ! Tu ne crois pas que tu aurais été au courant, s'il avait réintégré ses pénates originels ? Ne me dis pas que tu n'as pas encore pigé que toute l'histoire de l'humanité est basée sur le fait qu'Adam n'est jamais retourné dans le Jardin d'Éden et que, depuis, lui et tous les autres hommes continuent d'essayer.

– Oh, si, si… bien sûr. Je disais ça sans réfléchir.

– Si l'Ennemi est allé repêcher une histoire qui remonte aux premiers jours de la Création, à l'époque où des règles de base ont été établies pour organiser les relations entre hommes et esprits, c'est très, très intéressant pour nous. Sept chandeliers d'or !

– Ils ont vraiment existé ?

– Probablement que non.

– Alors on peut supposer qu'ils n'existent pas aujourd'hui, et donc ne peuvent pas nous faire de mal.

– Pas si vite. Les mythes, c'est complications et compagnie. Si ces chandeliers existent et se trouvent entre de mauvaises mains, ils peuvent être très dangereux. Le risque est tel qu'à mon avis il vaut mieux faire comme s'ils existaient jusqu'à ce qu'on prouve le contraire. Et même dans ce cas-là, il nous faudra rester très prudents.

– Oui, mais si Azzie a les chandeliers, qu'est-ce qu'il va en faire ?

Michel secoua la tête.

– Ça, j'en sais fichtre rien encore. Mais pas pour longtemps. Je vais m'occuper personnellement de cette affaire.

– Et moi ? Je fais quoi ? Je retourne épier Azzie ?

– Par exemple. Je vois que tu commences à suivre.

Babriel repartit séance tenante pour Venise. Mais après enquête préliminaire, puis enquête plus approfondie, il dut se rendre à l'évidence : Azzie avait quitté la ville.

4

Azzie avait été convoqué en Enfer de façon tout à fait péremptoire. Sa tête tournait encore tandis qu'il attendait dans le salon de Satan, dans la maison blanche depuis laquelle le P.-D.G. de l'Enfer gérait la majeure partie de ses affaires.

Un démon en costume bleu et cravate en reps apparut.

– Son Excellence va vous recevoir.

Aussitôt dit, aussitôt fait, Azzie se retrouva dans le cabinet de Satan. La maison rappelait une de ces résidences de nantis dans la meilleure des banlieues. Elle n'avait rien de particulièrement satanique – au mur, il n'y avait que des scènes de chasse, dans les vitrines des trophées de golf, et un peu partout, l'odeur du vieux cuir.

Satan possédait tous les accessoires et attributs propres à sa qualité, instruments de torture, enregistrements de messes noires, pièges divers, mais ils se trouvaient dans une autre aile de la maison, réservée aux affaires strictement infernales.

Il était plutôt court sur pattes, avait un look un peu efféminé, le cheveu rare, et portait des lunettes. Il pouvait prendre l'apparence qui lui plaisait mais en général préférait avoir l'air de rien. Pour l'heure, il portait une robe de chambre jaune et une écharpe imprimée en cachemire.

– Ah, Azzie ! Ça fait une paie, dis-moi ! Je ne t'ai pas revu depuis que tu suivais mon cours sur l'Éthique du Mal, à l'université. C'était le bon temps, ça, hein ?

– C'était le bon temps, monsieur, dit Azzie.

Satan l'avait toujours impressionné. C'était l'un des principaux architectes et théoriciens du Mal, et son modèle depuis des années.

– Alors dis-moi, continua Satan. Qu'est-ce que c'est que cette histoire ? J'ai entendu dire que tu voulais monter une pièce ?

– Oui. C'est vrai.

Azzie pensait que Satan apprécierait cette initiative. Il disait toujours aux jeunes démons de se lancer, d'oser se mouiller un peu, de faire quelque chose de mal.

– Cette idée de pièce immorale, je l'ai eue en regardant une pièce morale, expliqua Azzie. Vous voyez, nos ennemis essaient toujours de prouver que les bonnes actions sont la seule façon d'obtenir de bons résultats. Mais c'est de la propagande, et c'est faux. Ma pièce va démontrer à quel point leur notion est absurde.

Satan eut un rire sardonique, mais dans son expression on lisait de la douleur.

– Je ne dirais pas les choses comme ça. Le contraire du Bien, ce n'est pas exactement le Mal. Tu devrais t'en souvenir, j'avais bien insisté là-dessus dans mon cours de logique infernale de première année.

– Oui, monsieur. Mais je ne veux pas qu'on croie que le Mal, c'est être récompensé sans rien avoir à faire.

92

– Il ne manquerait plus que ça ! Même le Bien n'userait pas d'un argument pareil. Être bon ou mauvais, c'est une donnée de départ, pas un résultat.

– Oui, évidemment. Je n'avais pas tout à fait vu les choses sous cet angle. Mais est-ce que je ne pourrais pas faire une pièce qui traiterait des bons côtés du Mal ?

– Bien sûr que tu peux ! Mais pourquoi utiliser cet exemple plutôt tiré par la queue ? Pourquoi ne pas simplement montrer que le Mal est intelligent et très chic ?

– Ah bon, parce qu'il est… Mais oui, bien sûr. Je pensais juste que ce serait une bonne idée. C'est plutôt drôle, voyez, et nos ennemis sont tellement sérieux…

– Tu ne sous-entendrais pas qu'en Enfer nous ne sommes pas sérieux, quand même ? Parce que, là, tu as tout faux.

– Ce n'est pas ce que j'ai voulu dire !

– Je ferais très attention avec cette idée, si j'étais toi. Je ne veux pas avoir à t'ordonner de laisser tomber. Et si tu laissais tout ça de côté quelque temps ? Je pourrais te trouver une autre mission.

– De côté, monsieur ? Oh, non, c'est impossible. J'ai déjà mis quelqu'un sur le coup. Je me suis engagé, ne veux pas avoir à renvoyer les acteurs et à revenir sur ma parole. Sauf si, bien sûr, j'y suis obligé.

– Non, non, je ne t'ordonnerai pas d'arrêter. Tu imagines ? Satan ordonnant à un de ses démons de ne pas monter une pièce célébrant les activités de l'Enfer ! Ça en ferait rire plus d'un ! Non, mon cher Azzie, tout est entre tes mains. Mais souviens-toi : si les choses ne se passent pas comme tu espères un peu sottement qu'elles se passent, eh bien, disons que tu auras été prévenu. Nous t'avons proposé de remettre ce projet à un peu plus tard pour pouvoir y réfléchir, n'est-ce pas ?

Azzie en était tellement sur le derrière qu'il repartit sans poser la question qui lui tenait vraiment à cœur : l'histoire des chandeliers était-elle vraie ? Mais il était déterminé à continuer sa pièce et à rendre visite au seul être qui, pensait-il, pouvait lui fournir une réponse.

5

Azzie était fermement décidé à en savoir plus long sur les chandeliers. Existaient-ils réellement ? Il fallait qu'il le sache. Et quelle que soit la réponse, il avait un plan. S'ils existaient, il les utiliserait dans la pièce qu'il allait mettre en scène. Sinon, il trouverait bien un artisan pour lui en bricoler des faux.

Mais il espérait vraiment ne pas avoir à le faire.

En Enfer, tout le monde sait que lorsqu'on a besoin d'un renseignement et qu'on est pressé, on va voir l'Homme de la Situation – Cornélius Agrippa, personnage d'une importance singulière ces derniers siècles et encore très en vogue à la Renaissance. Il vivait dans une sphère idéale qui n'était ni spirituelle ni matérielle mais possédait un caractère propre qui n'avait pas encore été défini. Agrippa lui-même avait été assez surpris de la voir apparaître de but en blanc, et n'avait pas encore eu le temps de l'intégrer à son système.

Ce système était basé sur une constatation tellement évidente qu'elle rendait difficile la démonstration de son existence : le cosmos et la totalité de son contenu formaient une unité ; toutes les parties de ce tout étaient interdépendantes. À partir de là, toute partie pouvait influencer toute autre partie, et le signe ou le symbole d'une chose pouvait influer sur la réalité de la chose qu'il représentait puisqu'ils étaient égaux dans l'unité à laquelle ils appartenaient tous. Bon, jusque-là, d'accord. Le problème, c'était d'essayer de prouver tout ça. Agrippa pouvait influer sur beaucoup de choses avec beaucoup d'autres choses, mais il n'avait pas encore réussi à influer sur toutes les choses en même temps et quand il en avait envie. En plus, il n'avait pas encore pris en compte l'existence du hasard qui, de temps à autre, lui fichait tous ses calculs en l'air, donnant des résultats complètement fantaisistes et donc illicites dans un univers planifié, et créant par conséquent quelque chose de nouveau. C'était à ce genre de problèmes qu'Agrippa réfléchissait dans la vieille et haute maison qu'il habitait, dans cet espace qui n'existait ni dans la sphère matérielle, ni dans la sphère spirituelle.

– Azzie ! Content de te voir ! s'écria l'alchimiste. Tiens, prends ça deux secondes, tu veux bien ? Je m'apprête à transformer l'or en vapeur noire.

– Vous croyez que c'est bien nécessaire ? demanda Azzie en prenant la cornue qu'Agrippa lui tendait.

– Ça l'est, si on veut pouvoir faire l'expérience inverse.

– Mais si c'est ce que vous cherchez, pourquoi transformer l'or au départ ?

Dans la cornue, le liquide se mit à bouillonner, puis de transparent devint ocre jaune veiné de vert.

– Qu'est-ce que c'est ? demanda Azzie.

– Un remède souverain pour les maux de gorge.

Agrippa était assez petit. Il avait une vraie barbe de philosophe, agrémentée de belles bacchantes, et se faisait les mêmes papillotes que les rabbins hassidiques qu'il retrouvait de temps en temps à la taverne des Limbes pour une bonne pinte et une conversation enrichissante. Il portait un long manteau et un grand chapeau pointu avec une grosse boucle en étain.

– Je ne comprends pas pourquoi un intellectuel comme vous s'embête à concocter un remède pour la gorge.

– J'essaie de rester pratique, expliqua Agrippa. Et pour la transformation de l'or, si j'arrive à repasser de l'état de vapeur noire et de boue à l'état d'or, ça veut dire que je pourrai transformer n'importe quelle vapeur noire en or.

– Ça vous ferait un paquet d'or, ça, dit Azzie en pensant à toute la boue qu'il avait vue dans sa vie.

– Un peu, mon neveu. Mais les paquets d'or, c'est ce que veulent les hommes. Et l'hermétisme est avant tout une philosophie humaniste. Bien, dis-moi, maintenant, qu'est-ce que je peux faire pour toi ?

– Avez-vous déjà entendu parler des sept chandeliers d'or que Satan donna à Adam pour l'aider à retrouver le chemin d'Éden ?

– Ça me dit quelque chose, en effet. Où est ma chouette ?

Entendant qu'on parlait d'elle, une grosse chouette blanche aux ailes tachetées s'envola sans bruit de son perchoir, juste sous le plafond.

– Va me chercher mon rouleau de parchemin, dit Agrippa.

Le volatile fit le tour de la pièce et sortit par la fenêtre. Agrippa regarda autour de lui, l'air un peu perdu, puis avisa la cornue entre les mains d'Azzie. Une étincelle illumina son regard.

– Ah ! La voilà ! Fais voir.

Il se pencha, renifla.

– Mmmmh, ben, ça devrait faire. Si c'est pas un remède pour la gorge, ça ira pour la gale. Je suis tout près de concocter la panacée qui guérira tous les maux. Voyons cette boue, maintenant.

Il regarda dans son petit fourneau, où l'or avait été mis à fondre, et fronça les sourcils.

– Même la boue a presque entièrement brûlé. Je pourrais essayer de le recréer de mémoire, parce que la doctrine des correspondances universelles pose en principe qu'il n'existe aucune condition impossible, et ce que la langue peut dire, l'esprit peut le concevoir et la main peut le saisir. Mais c'est plus facile de travailler à partir d'or frais. Ah ! Voilà ma chouette qui revient.

Elle se posa sur son épaule. Dans son bec, elle tenait un grand parchemin roulé. Agrippa s'en saisit, et la chouette retourna sur son perchoir.

– Ah ! ah ! s'écria l'alchimiste après avoir déroulé et rapidement parcouru le document. Voilà ! Les sept chandeliers existent en effet. Ils sont entreposés, avec tous les autres mythes perdus que le monde a connus, dans le château cathare de Krak Herrenium.

– Et c'est où, ça ? demanda Azzie.

– Dans les Limbes, un poil au sud du méridien zéro du Purgatoire. Sais-tu comment y aller ?

– Pas de problème. Merci beaucoup !

Et il se mit en route. Zouip !

6

Babriel était à l'affût, attendant le retour d' Azzie. L'ange avait établi ses quartiers vénitiens tout près de chez l'Arétin, dans un petit appartement, car il savait se contenter de peu. Il avait embauché une bonne, une vieille femme édentée aux yeux marron si ronds et brillants qu'on aurait dit des boutons. Elle lui faisait la cuisine – enfin, elle lui préparait son gruau, plus exactement, le gruau du juste que Babriel préférait à toute autre nourriture. Elle nettoyait ses pinceaux lorsqu'il rentrait de ses combats acharnés contre la perspective, et faisait de son mieux pour lui rendre la vie agréable.

Babriel aurait pu rater le retour d'Azzie à Venise, car le démon réapparut dans un éclair, en pleine nuit, et alla tout droit chez l'Arétin. Mais Agathe, car c'était ainsi que s'appelait la bonne, avait monté la garde, secondée par sa famille. Son père, Ménélas, fut le premier à remarquer l'accélération de la lumière dans le ciel occidental et en informa aussitôt Agathe. Sans hésiter, elle alluma une chandelle et traversa les quartiers louches pour se rendre chez Babriel.

– Celui que vous cherchez est à Venise, maître, annonça-t-elle.

– Eh ben, c'est pas trop tôt !

Babriel passa un large manteau, le plus foncé qu'il put trouver, et sortit.

Optant pour le subterfuge, dont il avait si souvent entendu parler, il grimpa à la treille de l'Arétin et prit pied sur un petit balcon, au premier étage. De l'autre côté de la fenêtre, il pouvait voir Azzie et l'Arétin, mais ne les entendait pas. C'était extrêmement irritant.

– Bon, c'est le moment de faire un miracle, là, hein… souffla-t-il d'un ton agacé.

Aussitôt un ver luisant se détacha de la ronde qu'il était en train de faire avec des copines lucioles et s'approcha.

– Comment allez-vous, monsieur ? Que puis-je faire pour vous ?

– Je veux savoir ce qui se dit à l'intérieur.

– Vous pouvez me faire confiance, je suis le ver de la situation.

Le ver luisant alla jusqu'à la fenêtre, ne tarda pas à trouver une petite fissure dans le montant et s'y glissa juste à temps pour entendre Azzie qui disait :

– J'ignore ce que vous avez en tête, l'Arétin, mais je suis prêt à essayer. On va même essayer tout de suite !

Là-dessus, il y eut un éclair de lumière, et ils disparurent tous les deux. Le ver luisant retourna raconter tout ça à Babriel, qui décida qu'il avait dû mettre les pieds dans quelque chose de très compliqué étant donné qu'il ne comprenait absolument pas ce qui se passait.

À l'intérieur, juste avant l'arrivée du ver luisant, voici ce que disait Azzie :

– Je ne fais que passer. Je voulais juste vous dire que j'ai retrouvé les chandeliers.

– Ah bon ? Et où ça ?

– D'après Cornélius Agrippa, ils sont entreposés dans un château des Limbes. Je vais aller y faire un tour pour m'assurer qu'ils sont toujours disponibles, et puis je m'en servirai de récompense.

– De récompense ?

– Écoutez, Pietro, faut suivre, un peu. C'est vous qui avez pensé aux chandeliers. Ou qui vous êtes souvenu de l'histoire, en tout cas. Il y en a sept, donc nous aurons sept pèlerins. Tout ce qu'ils auront à faire, c'est trouver les chandeliers, et leurs vœux les plus chers seront exaucés. Qu'est-ce que vous en pensez ?

– J'en pense beaucoup de bien. C'est ce que j'ai toujours voulu. Prendre quelque chose dans ma main, lui demander de me faire plaisir et voir mon souhait se réaliser.

– Et sans forcément le mériter, en plus ! ajouta Azzie. Simplement parce qu'on a en main l'objet magique ! C'est comme ça que ça devrait se passer pour tout. Ça arrive parfois, cependant, et c'est ce que va raconter notre pièce. Je vais dire à mes volontaires que tout ce qu'il leur reste à faire, c'est trouver les chandeliers et qu'après, fini les problèmes ! Enfin, en gros.

L'Arétin leva les yeux, puis hocha la tête avant de murmurer :

– En gros, oui. Mais comment feront-ils pour trouver les chandeliers ?

– Je donnerai un charme à chaque pèlerin, un charme qui le guidera jusqu'aux chandeliers.

– Ça me paraît honnête, approuva l'Arétin. Mais pour l'instant, nous allons dans les Limbes, c'est ça ? C'est loin ?

– Assez, quel que soit le point de vue auquel on se place. Mais avec nos moyens de transport, le voyage prendra très peu de temps. L'auteur que vous êtes devrait aimer ça, Pietro. À ma connaissance, aucun homme vivant n'a jamais mis les pieds dans les Limbes, à part Dante. Vous êtes sûr que vous êtes partant ?

– Je ne manquerais ça pour rien au monde.

– Alors c'est parti.

Azzie fit un geste, et ils disparurent tous les deux. Pffft !

À première vue, l'Arétin trouva les Limbes décevants. Tout y était décoré en gris. Avec des nuances, certes, mais des nuances de gris. Ici et là se trouvaient des blocs rectangulaires. Azzie était debout sur l'un d'eux. Peut-être que c'étaient des arbres. En tout cas, il était très difficile de dire quoi représentait quoi.

Derrière les blocs, des taches triangulaires, plus petites, en gris plus clair, semblaient représenter les montagnes. Entre les arbres et les montagnes, des hachures pouvaient représenter à peu près tout et n'importe quoi. Il n'y avait pas un pet de vent. Le peu d'eau qu'on voyait était croupissante.

À l'horizon, une petite tache foncée attira l'attention de l'Arétin. Elle avançait dans leur direction. Des chauves-souris crièrent et de petits rongeurs s'éparpillèrent à toute vitesse.

7

Au-dessus de la porte du château de Krak Herrenium se trouvait un panneau sur lequel était écrit : « TOI QUI FRANCHIS CE SEUIL, RENONCE À LA RAISON. »

De l'intérieur venait de la musique. C'était un air assez vivant et pourtant il avait quelque chose de funèbre. Mais l'Arétin n'avait pas vraiment peur – comment avoir peur quand on se balade en compagnie de son démon ? S'il fait son boulot correctement, le démon est plus effrayant que le monde qui l'entoure.

Un homme arriva par une porte voûtée assez basse, si basse qu'il dut se courber pour la passer. Il était grand et corpulent, portait par-dessus sa veste et son baudrier une cape qui semblait flotter autour de lui, et des bottes à bout pointu. Il était rasé de près, son visage était ouvert, son regard expressif, dans lequel on devinait une extrême finesse d'esprit.

L'homme s'avança et les salua bien bas.

– Je suis Fatus. Et vous, qui êtes-vous ?

– Nous sommes donc dans le château de Fatus, dit l'Arétin d'un ton rêveur. C'est fascinant !

– Je savais que ça vous plairait, dit Azzie. Avec votre réputation d'être un accro de la nouveauté…

103

– Mon goût pour ce qui est nouveau porte plus sur les hommes que sur les choses, souligna l'écrivain.

Le regard pétillant, Fatus se tourna vers Azzie.

– Bonjour à toi, démon ! Je vois que tu es venu avec un ami.

– Je vous présente Pietro l'Arétin, dit Azzie. C'est un humain.

– Enchanté.

– Nous sommes en quête de quelque chose et je crois que vous devriez pouvoir nous aider, expliqua Azzie.

Fatus sourit et fit un geste. Une petite table et trois chaises apparurent. Sur la table, il y avait du vin et un assortiment de douceurs.

– Que diriez-vous de grignoter un peu pendant que nous discutons de votre affaire ?

Azzie hocha la tête et s'assit.

Ils grignotèrent, discutèrent, et au bout d'un moment, Fatus, d'un geste, commanda un peu de distraction. Une troupe de jongleurs entra. Il s'agis-sait d'hommes appelés manipulateurs juridiques, qui jonglaient avec des délits et des représailles, se les lançaient, les rattrapaient au vol, une jambe en l'air, un bras dans le dos, avec une dextérité qui époustoufla Azzie.

Fatus souriait.

– Voilà comment on perd ses illusions… Mais que puis-je faire pour toi, exactement ?

– J'ai entendu dire, expliqua Azzie, que vous avez en dépôt dans votre château un assez grand nombre de vieilleries et de curiosités.

– C'est exact. Les choses finissent toujours par débouler chez moi, et je leur trouve une place, quelles qu'elles soient. En général, c'est rebut, rebut, rebut, même un brocanteur n'en voudrait pas, mais il arrive parfois que ce soit un original. Parfois ces trésors sont vraiment le fruit d'une prophétie, et d'autres fois leur histoire n'est qu'un ramassis de balivernes. Je m'en fiche, je ne fais pas de différence entre le réel et l'irréel, le tangible et l'intangible, l'apparent et le dissimulé. Quel trésor cherches-tu ?

– Sept chandeliers d'or, répondit Azzie. Que Satan a donnés à Adam.

– Je vois. J'ai quelques photos que tu pourrais regarder.

– Je veux les chandeliers, pas leurs photos.

– Et qu'as-tu l'intention d'en faire ?

– Mon cher Fatus, je me suis lancé dans une grande entreprise, et ces chandeliers jouent un rôle clé dans mon projet. Mais peut-être en avez-vous besoin, vous.

– Non, pas du tout. Je serai ravi de te les prêter.

– Mon idée, c'est de les confier à des humains pour qu'ils puissent réaliser leur rêve le plus cher.

– Elle est diablement bonne, cette idée. Le monde a bien besoin d'idées de cette trempe en ce moment. Et comment comptes-tu t'y prendre ?

– À l'aide de charmes.

– Des charmes ! Mais quelle idée géniale ! Avec les charmes, on arrive à ses fins presque chaque fois !

– Tout à fait, acquiesça Azzie. C'est bien pour ça qu'ils sont pratiques. Bien, si vous permettez, l'Arétin et moi aimerions récupérer les chandeliers et retourner sur Terre. On a encore les charmes à réunir.

Azzie alla cacher les chandeliers dans une caverne au bord du Rhin et continua son chemin jusqu'à Venise, où il déposa l'Arétin chez lui.

Pour se procurer des charmes, puisque c'était l'étape suivante, la présence d'un homme n'était pas conseillée.

Azzie reprit aussitôt la route. Grâce à sa carte d'accès libre à tous les Itinéraires Secrets pour l'Enfer – valable un an, très, très avantageux –, il put emprunter une ligne directe pour le Styx, *via* le firmament. L'Itinéraire Secret le déposa sans ménagement à la Gare Principale de Triage, où sont affichées toutes les destinations de l'Enfer, avec des loupiotes qui clignotent, indiquant les départs imminents. Il y avait des trains à perte de vue. Longs, souvent tirés par des locomotives à vapeur, ils avaient tous un contrôleur qui consultait impatiemment sa montre en terminant de manger son sandwich.

– Je peux vous aider, monsieur ?

Un guide professionnel s'était approché d'Azzie. Comme dans toutes les grandes gares, il en traînait un certain nombre dans celle-ci. C'était un gobelin avec une casquette enfoncée jusqu'aux yeux, qui empocha les piécettes qu'Azzie lui tendit et l'emmena jusqu'à son train.

Lorsque le train s'ébranla, Azzie avait trouvé le wagon-bar et dégustait un espresso. Le convoi cracha sa fumée à travers les Terres Arides et piqua droit sur le pays fluvial où se trouvait Marchandise. En une heure, il était rendu.

Il n'y avait pas grand-chose à voir. Marchandise était une petite ville au relief aussi monotone que son ambiance, les bastringues succédant aux restaurants fast-food sur l'artère principale. Un peu au-delà se trouvait Marchandise à proprement parler, le grand complexe commercial en bordure du Styx dans lequel les habitants de l'Enfer trouvaient tout ce dont ils avaient besoin pour exercer leurs scélérates activités.

Marchandise était en fait une enfilade d'impressionnants entrepôts, tous construits sur le même modèle, le long des berges marécageuses du fleuve. Rigoles, fossés et caniveaux divers drainaient les écoulements jusqu'au Styx. Les eaux usées de l'Enfer tout entier étaient déversées dans le fleuve sans que le moindre traitement soit effectué. Mais elles ne le polluaient pas ; le Styx avait atteint son niveau record de pollution dès les premières secondes de son existence. Les déchets et matières toxiques provenant d'autres sources avaient paradoxalement pour effet de purifier le fleuve de l'Enfer.

Azzie trouva le bâtiment où étaient entreposés les charmes et s'adressa directement à l'employé de service, un gobelin au nez long, qu'il tira avec difficulté de la bande dessinée dans laquelle il était plongé.

– Qu'esse vous cherchez, exactement, comme charme ? Qu'esse vous voulez faire avec ?

– J'ai besoin de charmes qui guident des gens jusqu'à sept chandeliers.

107

– Mouais. Ça va, c'est pas trop compliqué. Et comment que vous avez l'intention de les faire fonctionner ? Le charme bas de gamme vous donne une direction, parfois une adresse. En général, c'est un morceau de parchemin, un éclat de terre cuite ou un vieux bout de cuir avec, écrits dessus, des trucs du genre : « Allez jusqu'au carrefour, tournez à droite et marchez jusqu'à la grande chouette. » Ça, c'est un exemple assez typique de message, pour un charme.

Azzie secoua la tête.

– Je veux que ces charmes guident mes gens jusqu'aux chandeliers, qui seront cachés quelque part dans le monde réel.

– Le supposé monde réel, v' voulez dire ? Bon. Alors y vous faut un charme qui se contente pas de dire à son possesseur où aller, mais qui lui donne aussi le pouvoir de s'y rendre.

– Exactement.

– Qu'esse qu'ils y connaissent, vos gens, aux charmes ?

– Pas grand-chose, je pense.

– C'est bien ce que je craignais. Y va devoir protéger son détenteur sur le chemin qui le mènera jusqu'aux chandeliers, vot' charme.

– Ça va faire plus cher, c'est ça ?

– Évidemment.

– Bon, alors disons, pas de protection. Il faut bien qu'ils prennent un peu de risques.

– Ce que je peux vous proposer, c'est un charme avec signal autodéclenchable qui indiquera à son détenteur qu'il est sur la bonne voie grâce à une ampoule clignotante, une vibration, ou une petite chanson, enfin, quelque chose dans ce goût-là, et qui, je suppose, lui signalera qu'il est au bon endroit, lorsqu'il aura enfin atteint son but.

– Il faudrait un peu plus qu'un simple signal, dit Azzie. Quelque chose qui ne laisse aucun doute sur la présence du chandelier.

– À ce moment-là, z'avez intérêt à opter pour les deux demis.

– Je vous demande pardon ?

– Le Chaldéen. C'est un charme en deux parties. Le magicien – vous – en place une moitié à l'endroit que recherche le détenteur du charme. Un endroit sûr, hein. Ensuite, disons que le détenteur, qui a l'autre moitié, se trouve embringué dans une bagarre. La situation devient très dangereuse, alors il branche son demi-charme, qui le transporte jusqu'à l'endroit où se trouve l'autre moitié. C'est le meilleur moyen de tirer quelqu'un d'un mauvais pas en cinq sec.

– Ça me paraît bien ça. Je peux placer sept demi-charmes près des chandeliers et donner les sept autres moitiés à mes acteurs qui, lorsqu'ils feront le nécessaire, seront conduits jusqu'à la moitié manquante.

– Exactement. Bien, je vous mets un lot de chevaux magiques, avec ?

– Des chevaux magiques ? Mais que voulez-vous que je fasse de chevaux magiques ? C'est indispensable ?

– Pas vraiment, mais si vous envisagez d'avoir un public, les chevaux magiques, ça donnera un peu de punch à votre spectacle. Ils ajoutent à l'ensemble une épaisseur de complications. Du relief, quoi.

– Pas des complications trop compliquées, tout de même ? s'inquiéta Azzie. Je n'ai aucune idée des capacités intellectuelles de mes acteurs. Mais si on part du principe que ce sont des humains tout ce qu'il y a de plus dans la norme...

– Je vois ce que vous voulez dire. Ne craignez rien, les complications des chevaux magiques devraient être à leur portée, et je vous assure que votre spectacle y gagnera en prestige.

– Bon, alors disons sept chevaux magiques.

– Parfait, dit l'employé en remplissant un bon de commande. Et ces chevaux, vous les voulez avec de réelles qualités magiques ?

– Par exemple ?

– Noblesse, beauté, turbopropulsion, option vol, option parole, option métamorphose en autre animal...

– Ça va finir par faire cher, tout ça.

– Ah, ça... On peut tout avoir, mais faut payer, c'est sûr.

– Alors disons des chevaux magiques, mais sans qualités particulières. Ça devrait suffire.

– Bien. Entre la réception des demi-charmes et l'arrivée aux chandeliers, y a-t-il d'autres complications que vous désirez insérer ?

– Non. S'ils y arrivent, ce sera déjà très bien.

– D'accord. Les charmes, je vous les mets de quel calibre ?

– Calibre ? Mais depuis quand ils sont classés par calibre ?

– C'est une nouvelle réglementation. Tous les charmes doivent être commandés avec indication du calibre.

– Mais je ne sais pas de quel calibre j'ai besoin, moi.

– Je peux peut-être vous aider, faut voir...

Azzie glissa un pot-de-vin à l'employé et expliqua :

– Chaque charme devra pouvoir transporter un humain d'un endroit dans un domaine de discours à un autre endroit dans un autre domaine. Puis ailleurs encore, vers une nouvelle destination.

– Alors il vous faut des charmes à double barillet plutôt que des demi-charmes. Vous pouvez pas demander tout ça à un charme ordinaire. Ça demande beaucoup d'énergie, de passer d'un domaine de discours à un autre. Voyons voir… combien qu'ils pèsent, vos humains ?

– Je l'ignore, répondit Azzie. Je ne les ai pas encore rencontrés. Disons, pas plus de cent quarante kilos chacun.

– Y faut doubler le calibre si le charme doit transporter plus de cent vingt kilos.

– Disons cent vingt kilos, alors. Je ferai en sorte qu'aucun d'eux ne pèse plus.

– D'accord. (L'employé prit un morceau de papier, se lança dans des calculs.) Récapitulons. Ça vous fait sept charmes à double barillet qui transporteront chacun un humain de cent vingt kilos – charge totale s'entend, hein ! – vers deux destinations différentes dans deux domaines de discours. Moi, je pencherais pour un calibre quarante-cinq. Vous avez une marque de prédilection ?

– Il y a plusieurs marques ? s'étonna Azzie.

– Cretinia Mark II, c'est bien. Idiota Magnifica 24 aussi. Pour moi, les deux se valent.

– Alors n'importe.

– Dites donc, c'est à vous de choisir, hein. Je vais quand même pas faire tout le boulot à vot' place…

– Disons des charmes Idiota.

– On est en rupture de stock pour l'instant. J'en attends courant de semaine prochaine.

– Alors je prends des Cretinia.

– Très bien. Remplissez-moi ça. Signez ici, et ici aussi. Paraphez là. Indiquez que c'est bien vous qui avez paraphé. Parfait. Voilà.

L'employé tendit un petit paquet blanc à Azzie, qui l'ouvrit et en examina le contenu.

– On dirait des petites clés en argent.

– C'est passque c'est des Cretinia. Les Idiota sont pas pareils.

– Mais ils marcheront aussi bien ?

– Mieux, vous diront certains.

– Merci !

Et Azzie s'en alla. Il repassa par la Gare Principale de Triage, puis retourna sur Terre. Il était en proie à une excitation intense. Il avait tout ce qu'il lui fallait. La légende, l'histoire, les chandeliers, les charmes. Restait à trouver les gens qui joueraient sa pièce. Et ça, ça promettait d'être drôle.

CINQUIÈME PARTIE

1

Un éclatant matin de juin, sur un chemin de campagne, un peu au nord de Paris, une berline à quatre chevaux apparut au détour d'un bosquet de châtaigniers dans un bruit de galop, de cliquetis de harnais et de craquements d'amortisseurs, l'ensemble couvrant presque le crissement des grillons mais pas les encouragements du postillon à l'adresse de son attelage.

– Hue dia ! Grimpez-la, cette colline, mes jolis !

La voiture était ventrue, peinte en rouge et jaune, et derrière le postillon se tenaient deux laquais. À une quinzaine de mètres derrière venait une berline identique, et derrière celle-ci plusieurs cavaliers suivaient à belle allure. Une dizaine de mules fermaient le cortège.

À l'intérieur de la première voiture se trouvaient six personnes. Deux enfants – un beau garçon de neuf ou dix ans, et sa sœur, petite femme aux boucles rousses de quatorze ans, dont le visage agréable respirait la vie – et quatre adultes mal assis et ballottés les uns contre les autres mais s'en plaignant le moins possible.

La voiture penchait de plus en plus d'un côté. Si l'un des cavaliers qui suivaient avait galopé jusqu'à sa hauteur, il aurait vu que la roue avant droite ne tournait pas rond. Le postillon sentit le changement et brida ses chevaux juste au moment où la roue s'en allait. La berline tomba sur son axe.

Le premier cavalier, un homme rougeaud et corpulent, s'arrêta à hauteur de la fenêtre.

– Ohé ! Tout va bien à l'intérieur ?

– Tout va bien, monsieur, répondit le jeune garçon.

Le cavalier se pencha et jeta un coup d'œil sur les passagers. Il salua les adultes d'un léger mouvement du menton mais son regard s'arrêta sur Puss.

– Je me présente : sir Oliver Denning de Tewkesbury, dit-il.

– Et moi je suis miss Carlyle, répondit la jeune fille. Et voici mon frère, Quentin. Faites-vous partie du pèlerinage, sir Oliver ?

– Oui, j'en suis moi aussi. Et si vous voulez bien descendre de voiture, mon serviteur Watt pourra voir si cette roue est réparable.

Et d'un mouvement de tête, il ordonna à Watt, un Gallois courtaud au teint mat, de se mettre au travail.

– Nous vous sommes très reconnaissants, monsieur, dit Puss.

– Je vous en prie. Que diriez-vous d'un petit pique-nique, le temps que Watt remette la roue en place ?

Au regard vague dont il balaya les autres passagers, ceux-ci comprirent que sa proposition ne les concernait pas.

Sir Oliver avait remarqué Puss bien avant l'accident, probablement au moment où elle avait défait son bandeau. La vision de cette masse de boucles rousses associée à son expression si captivante, c'en était trop pour lui. Tous les hommes, même des guerriers endurcis, perdaient la tête devant Puss.

Ils s'installèrent au soleil dans l'herbe d'une clairière pas très loin de la voiture, et sir Oliver déroula une couverture militaire de laquelle se dégageait une odeur de cheval pas complètement déplaisante. De toute évidence, c'était un vieux soldat, parce que dans sa sacoche de selle il avait de quoi manger et même quelques couverts.

– Eh bien, tout ceci est, ma foi, fort agréable, dit-il lorsqu'ils furent installés, un pilon rôti à point entre les doigts. J'ai si souvent déjeuné de la sorte au cours des dernières campagnes d'Italie, où j'avais l'honneur de servir le célèbre sir John Hawkwood.

– Avez-vous vu beaucoup de batailles ? demanda Quentin, plus par politesse qu'autre chose parce qu'il était persuadé que sir Oliver était du style à passer le plus clair de son temps du côté du chariot du cuisinier.

– Des batailles ? Mmmh... oui, un assez grand nombre.

Et sir Oliver raconta une bataille qui avait eu lieu devant Pise comme si le monde entier en avait été informé. Ensuite il mentionna d'un ton dégagé d'autres campagnes un peu partout en Italie, qu'il qualifia de combats désespérés. Quentin avait certaines raisons de douter de ses propos puisque son père lui avait raconté qu'en Italie la guerre, c'était la plupart du temps un affrontement certes belliqueux, mais essentiellement verbal en public, et des négociations discrètes en privé, à l'issue desquelles une ville se rendait ou un siège était levé, selon les accords passés. Il se souvenait aussi avoir entendu dire que tout ceci ne valait pas lorsque les Français entraient en lice, mais était systématique entre les Italiens et les armées libres. Sir Oliver n'avait pas parlé des Français. Il n'avait parlé que des Borgia, des Médicis et d'autres étrangers. Sir Oliver avait en réserve moult récits effrayants de combats au petit matin opposant des petits groupes de soldats déterminés, équipés d'épées et de lances. Il parlait de tours de garde pendant les nuits chaudes du sud de l'Italie, où les Saracènes tenaient encore bon, et d'affrontements désespérés au pied des murailles de petites villes, où la mort avait parfois un goût de poix et d'huile bouillante.

Sir Oliver était petit, trapu, massif. D'âge mûr, le cheveu de plus en plus rare, il avait l'habitude de secouer la tête emphatiquement lorsqu'il parlait, ce qui avait pour effet de faire bouger son bouc. Et il ponctuait la plupart de ses affirmations d'un raclement de gorge péremptoire. Puss, qui ne manquait jamais une occasion d'être malicieuse, s'était mise à l'imiter, et Quentin avait du mal à se retenir de rire.

Enfin, Watt vint leur annoncer que la roue était réparée. Sir Oliver se déclara bien content, et accepta les remerciements de tout le monde avec une modestie toute masculine. Et il décréta que puisqu'ils faisaient ensemble le même pèlerinage à Venise, il entendait revoir souvent ses compagnons de voyage, sous-entendant visiblement que la compagnie d'un guerrier si distingué et si bricoleur ne pouvait que plaire à tout un chacun. Du ton le plus sérieux qu'elle put, Puss lui confia que tout le monde l'inviterait avec plaisir, notamment pour le cas où une seconde roue s'aviserait de prendre le large. Sir Oliver ne trouva rien de drôle à ça, mais accepta la remarque comme si elle lui était due, et ne se demanda même pas pourquoi Puss, Quentin et plusieurs autres dames étaient tout à coup saisis de violentes quintes de toux.

Un peu plus tard ce même jour, les pèlerins rencontrèrent enfin la religieuse qui était censée faire le chemin avec eux mais ne s'était pas trouvée au rendez-vous fixé. Elle montait un palefroi bai à fière allure et était suivie d'un serviteur juché sur une mule et chargé de convoyer son faucon. Une des voitures s'arrêta, il y eut diverses tractations, et une place lui fut ménagée à l'intérieur.

Mère Joanna était la mère supérieure d'un couvent des Ursulines près de Gravelines, en Angleterre. Son nom de famille était Mortimer, et elle faisait en sorte que personne n'ignore qu'elle était proche parente avec les Mortimer du Shropshire, bien connus. Son visage était large, hâlé, elle emportait toujours son faucon avec elle et ne perdait jamais une occasion, à chaque arrêt, de le sortir pour desserrer sa longe et le lancer à la poursuite de toute proie en vue. Lorsqu'il lui rapportait quelque mulot ou campagnol ensanglanté et désarticulé, elle battait des mains en s'exclamant : « Beau tableau de chasse, madame Promptitude ! » car c'était là le nom du pauvre rapace. Rien que d'entendre comment elle lui parlait, caquetant de sa voix cassée, Quentin s'étouffait de rire. Finalement, les autres passagers parvinrent à la convaincre de faire voyager le faucon sur l'impériale, avec son valet. Mère Joanna bouda jusqu'à ce qu'elle aperçoive un cerf courir à découvert en bordure de la forêt. Elle essaya de persuader ses compagnons de voyage de s'arrêter pour une chasse impromptue, mais sans chien, c'était difficile. Il y avait bien le carlin d'une des dames, mais déjà que face à un rat il n'aurait pas fait le poids, alors face à un cerf… L'équipage poursuivit sa route.

Bientôt, le petit groupe apprit que mère Joanna était non seulement une Mortimer, mais que sa sœur aînée, Constance, avait épousé le marquis de Saint

Beaux, beau mariage s'il en fut. Elle-même ne désirant pas se marier – ou, comme Puss le chuchota plus tard à Quentin, n'ayant trouvé personne qui voulût d'elle malgré son nom et ses terres – avait demandé à son père de l'établir à la tête d'un couvent. Selon ses dires, elle était parfaitement heureuse à Gravelines, surtout que la région était particulièrement giboyeuse et que la forêt toute proche était à sa disposition. De plus, ajouta-t-elle, toutes les sœurs étaient de bonne famille et avaient de la conversation, ce qui rendait les repas très plaisants.

Et ainsi la longue journée s'écoula.

2

Sir Oliver se rassit sur sa selle et regarda autour de lui. Ils étaient en pleine campagne. À gauche, une série de petites collines aux rondeurs douces s'étendait sur plusieurs kilomètres. À droite, un cours d'eau au débit rapide scintillait sous le soleil. Devant, il distinguait les contours d'un gros bosquet qui marquait l'entrée de la forêt.

Mais il y avait autre chose, en mouvement. Un point rouge qui descendait des collines en direction de la route, à six cents mètres de là.

Mère Joanna, à nouveau à cheval, s'arrêta à la hauteur de sir Oliver.

– Que se passe-t-il ? Pourquoi nous arrêtons-nous ? demanda-t-elle.

– J'aime bien observer un territoire avant de m'y enfoncer.

– Et qu'espérez-vous y découvrir ?

– Les traces du passage de ces hordes de bandits dont on dit qu'elles infestent la région.

– Nous sommes déjà protégés. Je vous rappelle qu'à cet effet quatre archers se régalent à nos dépens depuis Paris.

– Je ne leur fais pas entièrement confiance. Ce genre de bonhomme, ça a une fâcheuse tendance à

119

prendre ses jambes à son cou dès que ça chauffe un peu. Je veux voir si le danger se montre en premier.

– C'est ridicule. Vous avez déjà vu des bandits qui s'annoncent avant de vous tomber sur le râble ? Les attaques de diligences, mon brave, c'est rarement sur invitation.

– Peut-être, mais je regarde quand même, s'entêta sir Oliver. Et je vois quelqu'un sur la route.

Joanna plissa les yeux. Elle était un peu myope sur les bords, et il lui fallut un certain temps avant de voir que le point rouge était un homme.

– Mais d'où sort-il, celui-là ?

– Je l'ignore, mais il vient vers nous, donc nous allons peut-être l'apprendre d'ici peu.

Ils attendirent, immobiles. La caravane du pèlerinage s'étirait derrière eux, avec les deux voitures, quatre chevaux frais, et douze mules. Une trentaine de personnes en tout. Certains avaient rejoint le cortège à Paris, où une brève étape avait permis de faire des provisions. C'était là que les quatre archers avaient fait leur apparition. Pensionnés des guerres italiennes, ils étaient dirigés par un sergent nommé Patrice qui avait, contre rétribution, offert ses services et ceux de ses hommes pour protéger les pèlerins pendant leur périlleuse traversée du sud de la France infesté de bandits.

Parmi les pèlerins, l'atmosphère n'était pas à la rigolade. À Paris, ils avaient passé toute une soirée à se disputer sur la route à prendre pour Venise. Certains voulaient éviter les montagnes et passer par le centre de la France, c'était le chemin le plus facile, mais les Anglais faisaient encore leur mauvaise tête. Même pour eux, cet itinéraire était à éviter.

Il avait finalement été décidé de prendre un peu plus à l'est, à travers la Bourgogne, jusqu'à la rive droite du Rhône, qu'il fallait suivre jusqu'aux forêts noires du Languedoc, après la traversée desquelles on déboucherait sur le Roussillon. C'était donc l'itinéraire choisi, et jusqu'à présent, personne n'avait eu à s'en plaindre. Mais tout le monde était sur ses gardes, car dans ce maudit pays n'importe quoi pouvait arriver.

Le cavalier solitaire approchait au petit trot. Il portait un pourpoint écarlate et de ses épaules tombait une cape de tissu rouge foncé à reflets violets. Ses bottes étaient en cuir souple, et il était coiffé d'une toque en feutre vert de laquelle s'échappait une seule plume d'aigle. Il arrêta sa monture à leur hauteur.

– Buongiorno ! lança Azzie avant de se présenter sous le nom d'Antonio Crespi. Je suis un marchand de Venise, et je voyage à travers l'Europe pour vendre notre étoffe vénitienne tissée d'or, qui plaît surtout aux marchands du Nord. Permettez-moi de vous montrer quelques échantillons.

Azzie s'était préparé à cela en obtenant quelques coupons de tissu d'un vrai marchand vénitien, qu'il avait renvoyé chez lui sans marchandise mais heureux avec un sac d'or rouge.

Sir Oliver demanda à sir Antonio d'où il arrivait, puisqu'il lui avait semblé le voir débouler de nulle part. Azzie lui expliqua qu'il avait pris un raccourci qui lui avait évité un assez grand nombre de kilomètres.

– Je fais sans arrêt la navette entre Venise et Paris, alors pensez si je les connais, les petits chemins de traverse et les routes les plus sûres, répondit Azzie du ton le plus affable qu'il put. Mais si vous le permettez, monseigneur, j'aimerais me joindre à votre groupe. Faire cavalier seul dans ces contrées, c'est jouer avec sa vie. Je pourrais être utile à votre équipage, lui prêter épée forte si besoin est, et lui servir de guide pour les passages les plus difficiles. J'ai mes propres provisions, et je ne vous dérangerai en aucune façon.

Oliver regarda Joanna.

– Qu'en pensez-vous, mère Joanna ?

Elle jaugea Azzie du regard, qu'elle avait dur, critique. Azzie, qui n'en était pas à son premier examen de passage, se redressa sur sa selle, bien à son aise, une main sur la croupe de son cheval. S'ils refusaient, il était sûr de trouver un autre moyen. Déployer des trésors d'ingénuité pour arriver à ses fins, c'était une des premières choses que l'on apprenait à l'école de l'Enfer.

– Je n'y vois pas d'objection, dit enfin mère Joanna.

Ils rejoignirent les autres, et sir Oliver fit les présentations. Azzie prit position en tête du cortège, ce qui était logique puisque, selon ses dires, il connaissait la région. Sir Oliver vint lui tenir compagnie un moment.

– Savez-vous ce que la route nous réserve, dans l'immédiat ?

– Les vingt prochaines lieues, nous les ferons dans la forêt, expliqua Azzie. D'ailleurs, nous devrons camper dans les bois, cette nuit. Mais aucun bandit n'a été signalé dans ce coin depuis environ un an, donc nous devrions être tranquilles. Demain soir, nous aurons rallié une petite auberge où le couvert est ma foi fort bon. La robe des moines qui la tiennent est attachée avec un cordon bleu, assurément !

Cette nouvelle fit autant plaisir à sir Oliver qu'à mère Joanna, qui aimaient leur confort et avaient un bon coup de fourchette. Et puis Antonio s'avérait être un compagnon de voyage tout à fait plaisant. Le jeune marchand roux avait beaucoup d'histoires à raconter sur la vie à Venise et à la cour des Doges. Certaines étaient étranges, d'autres carrément triviales, ce qui ne les rendait que plus amusantes. D'autres parlaient des drôles de manières des démons et des diables qui, disait-on, visitaient Venise plus que toute autre ville.

Ainsi passa la journée. Le soleil parcourait son chemin dans le ciel, sans se presser plus que de coutume. De petits nuages traversèrent le ciel, telles des nefs cotonneuses appareillant pour le port céleste du coucher de soleil. Une douce brise agita le faîte des arbres. Les pèlerins s'enfoncèrent dans la forêt, prenant leur temps car il était inutile de précipiter une journée qui s'écoulait avec la sage lenteur de l'éternité.

Le calme qui régnait dans la forêt était absolu, surnaturel. On n'entendait pas un bruit en dehors du cliquetis des harnais et, de temps à autre, la voix d'un archer qui chantait une ballade. Enfin, le soleil atteignit son zénith et entama doucement sa descente paisible vers l'autre côté du ciel.

La caravane s'enfonça un peu plus dans la forêt, jusqu'à l'endroit où la lumière du jour se charge de l'ombre verte du feuillage. Dans les voitures, les pèlerins piquaient du nez et, sur leurs chevaux, les cavaliers relâchaient leurs brides. Une biche passa en courant sous le museau des premiers chevaux et disparut dans un éclair brun et blanc, plongeant dans les taillis. Mère Joanna talonna sa monture, mais ne sut trouver l'énergie nécessaire à une poursuite. La nature tout entière et ceux qui la traversaient semblaient sous le charme de cette forêt.

Lorsque le soir fut presque tombé, Azzie trouva une petite clairière herbue et suggéra que ce serait une bonne idée d'y passer la nuit, étant donné que la partie du chemin restant à parcourir était moins bien tracée et donc plus difficile. Les pèlerins furent heureux de suivre son conseil.

Les laquais défirent les attelages et conduisirent les chevaux jusqu'à un ruisseau tout proche. Les pèlerins descendirent de voiture, ceux qui étaient à cheval descendirent de leurs montures et les attachèrent. Les adultes installèrent un endroit où dormir tandis que les enfants, Puss en tête, se mettaient à jouer à chat.

Azzie et sir Oliver marchèrent jusqu'à la lisière de la forêt, où un chêne abattu leur fournit tout le petit bois nécessaire au démarrage d'un bon feu. Après avoir rassemblé branches et brindilles, sir Oliver ramassa deux silex et du lichen. Il n'avait jamais été très doué pour faire du feu, mais personne d'autre ne semblait disposé à se lancer, et il n'osa pas demander à Antonio.

Les étincelles volèrent vers le lichen, qui était bien sec, mais s'éteignirent presque aussitôt. Le vent du diable courait juste au-dessus du sol, contrairement à l'habitude. Oliver essaya de nouveau, puis essaya encore, mais rien n'y fit. Le méchant petit vent balayait ses efforts. Oliver avait même du mal à produire une étincelle. Plus il essayait, moins ses silex semblaient efficaces. Et on aurait dit que le petit vent n'en faisait qu'à sa guise : lorsque Oliver réussit enfin à faire démarrer un tout petit feu, une bourrasque soudaine, venue d'une autre direction, l'éteignit.

Il se leva, lâcha un juron, se frotta les genoux, qu'il avait douloureux, à force.

— Si vous permettez, j'aimerais faire ça pour vous, proposa Azzie.

— Si vous y arrivez... soupira Oliver en lui tendant le silex.

D'un geste, Azzie lui fit comprendre qu'il n'en avait pas besoin. Il frotta l'index de sa main droite dans la paume de sa main gauche, puis le pointa sur le lichen. Un petit éclair bleu courut de son doigt jusqu'au lichen, le lécha un instant, puis s'éteignit. Et une jolie petite flamme le remplaça. Aucune bourrasque ne vint l'éteindre, on aurait dit que le vent avait reconnu son maître.

Sir Oliver voulut parler, mais aucun mot ne sortit de sa gorge.

– Je ne pensais pas vous surprendre de la sorte, dit Azzie. C'est juste un petit truc que j'ai appris en Orient.

Sir Oliver remarqua alors que dans ses yeux dansaient de toutes petites flammes rouges.

Azzie se détourna et se dirigea vers les voitures d'un pas tranquille.

3

Azzie s'approcha de mère Joanna, occupée à monter la petite tente qu'elle emportait toujours en pèlerinage. En toile de coton vert, elle se fondait bien dans la forêt, avec des piquets en bambou pour lui donner forme et une série de cordelettes pour l'amarrer au sol. Mère Joanna était justement en train d'essayer de démêler l'écheveau qui s'était formé pendant le voyage. Les cordelettes n'étaient plus qu'un gros nœud qui n'avait rien à envier au nœud gordien.

– C'est le travail du diable, de défaire une chose pareille, soupira-t-elle.

– Alors laissez-moi essayer, suggéra Azzie.

Elle lui tendit l'amalgame de cordes. Azzie leva son index gauche, souffla dessus. Son doigt devint jaune canari, et l'ongle s'allongea pour devenir une serre couleur acier. Azzie frappa le nœud de sa serre, un nuage de fumée verte flotta quelques instants autour des cordelettes. Lorsqu'il se dissipa, Azzie lança les cordes à mère Joanna, qui tenta de les attraper, mais elles se dénouèrent avant de l'atteindre et retombèrent les unes après les autres sur le sol.

– Ça alors... murmura-t-elle.

– C'est un truc de fakir, on me l'a enseigné dans un bazar de l'Orient, expliqua Azzie avec un grand sourire.

Elle le regarda, remarqua les petites flammes rouges qui dansaient dans ses yeux, et fut soulagée lorsque Azzie s'éloigna en sifflotant.

Plus tard ce soir-là, les pèlerins étaient réunis autour du feu. Tous les membres du convoi étaient présents, à l'exception d'Azzie, qui avait déclaré avoir envie de marcher un peu pour se détendre avant d'aller se coucher. Oliver et mère Joanna étaient assis un peu à l'écart du reste du groupe.

– Ce marchand, disait sir Oliver, qu'en pensez-vous, ma mère ?

– J'en pense qu'il me donne la chair de poule.

– Moi aussi. Il dégage quelque chose de mystérieux, vous ne trouvez pas ?

– Si, tout à fait. D'ailleurs, il y a à peine une heure de cela, j'ai eu avec lui un… disons un court échange qui m'a laissée songeuse.

– Moi aussi ! Quand il a vu que j'avais du mal avec le feu, il l'a allumé lui-même – avec son index !

– Son index, et quoi d'autre ?

– Rien d'autre. Il l'a pointé, et les flammes sont apparues. Il m'a dit que c'était un vieux truc de fakir appris en Orient. Mais moi ça m'avait plutôt l'air d'être de la sorcellerie.

Mère Joanna le regarda un moment, puis lui raconta ce qui s'était passé avec les cordelettes de sa tente.

– Ça n'est pas normal, tout ça, conclut sir Oliver.

– Non. Ça n'est pas normal du tout.

– Et ça n'est pas un truc de fakir non plus.

– Certainement pas. Et puis vous avez vu les petites lumières rouges qui brillent dans ses yeux ?

– Comment ne pas les remarquer ? C'est une marque du diable, non ?

– Tout à fait. Je l'ai lu dans le *Petit Manuel de l'Exorciste*.

À ce moment précis, Azzie réapparut en sifflotant joyeusement. Sur son épaule, il portait un jeune cerf.

– Permettez-moi de vous offrir le repas de ce soir, dit-il. Peut-être un de vos coquins pourrait-il dépecer ce noble animal et le faire rôtir pour nous ? Je vais prendre un bain dans le ruisseau, là-bas. Chasser le cerf, ça fait transpirer !

Et il s'éloigna en sifflotant.

4

Les pèlerins se levèrent juste avant les premières
lueurs du jour. Tandis que le soleil faisait timide-
ment son apparition à travers le feuillage, ils réuni-
rent leurs affaires, se restaurèrent rapidement et
reprirent la route. Toute la journée, ils cheminèrent
à travers la forêt, attentifs au moindre signe de danger. En dehors des moustiques, ils ne firent pas de
rencontres désagréables.

Comme le soir venait, sir Oliver et mère Joanna,
un peu nerveux, cherchaient les signes annoncia-
teurs de la présence d'une auberge, comme Azzie
l'avait promis. Ils avaient peur d'avoir été trompés.

Mais Azzie avait dit vrai, et soudain l'auberge
apparut droit devant eux, maison en pierre à un
étage, avec une réserve à bois, un enclos pour les
bêtes, et une cahute pour les domestiques.

Frère François, barbu robuste et corpulent, les ac-
cueillit, leur serra la main à tous.

Azzie entra en dernier, et donna à frère François
un sac de pièces d'argent.

— Pour notre vivre et notre couvert à tous.

Puis il eut un rire et un regard bizarres, et frère
François eut un mouvement de recul, comme s'il
avait été frappé par quelque mauvaise pensée.

– Monseigneur, demanda le dominicain, n'ai-je pas déjà fait votre connaissance ?

– Il est possible que vous m'ayez vu à Venise, dit Azzie.

– Non, ce n'était pas à Venise. C'était en France, à propos du retour d'un homme à la vie.

Azzie se souvenait de l'incident, mais n'avait aucune raison d'éclairer le moine à ce sujet. Il secoua poliment la tête.

Après cela, frère François parut préoccupé, ailleurs. Il expliqua le fonctionnement de l'auberge à ses clients, mais il avait visiblement du mal à se concentrer sur ses propres paroles. Il regardait sans arrêt du côté d'Azzie en marmonnant des choses incompréhensibles, et se signa même à la dérobée.

Lorsque Azzie lui demanda s'il pouvait s'installer dans la petite pièce, à l'étage, frère François accepta avec empressement. Puis il resta un long moment à secouer la tête en contemplant les pièces déposées par Azzie dans le creux de sa main. Enfin, il s'adressa à mère Joanna et à sir Oliver.

– Ce jeune homme, qui est avec vous, vous le connaissez depuis longtemps ?

– Pas du tout, répondit sir Oliver. Vous a-t-il roulé ?

– Non, non. Au contraire.

– Que voulez-vous dire ?

– Il a accepté de payer six liards pour cette chambre et a déposé ces pièces de cuivre dans ma main. Puis il a dit : « Oh, et puis après tout, au diable l'avarice ! » il a pointé le doigt sur les pièces, et elles se sont changées en argent.

– En argent ! s'écria mère Joanna. Vous êtes sûr ?

– Certain. Regardez vous-même.

Et il leur tendit une pièce. Ils la regardèrent tous les trois comme si c'était le diable en personne.

Plus tard, lorsque Oliver et mère Joanna cherchèrent frère François pour lui parler du repas du lendemain matin, ils ne le trouvèrent nulle part. Ils finirent par découvrir, accroché à la porte de l'office, un petit mot qui disait : « Messeigneurs, veuillez m'excuser, mais je viens de me souvenir que j'avais un rendez-vous urgent avec l'abbé de Saint-Bernard. Je prierai Dieu pour qu'Il protège vos âmes. »

– C'est curieux, tout de même, dit Oliver. Qu'en pensez-vous ?

Mère Joanna serra les lèvres.

– Cet homme avait peur, c'est pour cela qu'il est parti.

– Mais s'il pense qu'Antonio est un démon, pourquoi ne pas nous l'avoir dit, au moins ?

– À mon avis, il avait trop peur pour dire un seul mot, étant donné que ce démon a choisi de voyager en notre compagnie.

Elle réfléchit un instant avant d'ajouter :

– Et d'ailleurs, peut-être bien que nous devrions avoir peur, nous aussi.

Le soldat et la religieuse restèrent assis ensemble un long moment, fixant les flammes d'un regard sinistre. Sir Oliver remuait les braises, mais rien de ce qu'il voyait dans les flammes ne lui plaisait. Mère Joanna frissonna sans raison apparente car il n'y avait pas de courant d'air.

– Nous ne pouvons pas continuer comme ça, dit-elle enfin.

– Non, vous avez raison.

– Si c'est un démon, nous devons prendre des mesures, assurer notre protection.

– Mais comment en être sûrs ?

– Il faut le lui demander.

– Allez-y. Je vous en serai éternellement reconnaissant.

– Eh bien… c'est-à-dire… je pense que vous vous en sortirez mieux que moi. Vous êtes un soldat, après tout. Regardez-le bien en face et posez-lui la question.

– Je ne veux pas risquer de l'insulter, répliqua sir Oliver après réflexion.

– Cet Antonio n'est pas un être humain.

– Quoi qu'il soit, il verra peut-être une objection à ce que nous le sachions.

– Il faut pourtant bien que quelqu'un lui parle.

– Oui, évidemment…

– Et si vous êtes un tant soit peu courageux…

– Bon, bon. D'accord, je lui parlerai.

– De toute façon, c'est un démon, j'en suis sûre, affirma mère Joanna. Des petites lumières rouges qui dansent dans un regard, ça ne trompe pas. Et vous avez remarqué le bas de son dos ? La bosse qui soulève son pourpoint ne peut guère suggérer autre chose qu'une queue !

– Un démon ! Ici, avec nous ! Mais nous allons devoir le tuer, non ?

– Ça se tue, un démon ? À mon avis, ça ne doit pas être facile.

– Vous croyez ? Je n'ai aucune expérience en la matière.

– Je n'en ai qu'un tout petit peu. La branche de l'Église pour laquelle je travaille ne s'occupe pas d'éloigner les mauvais esprits, en principe. Nous laissons ce genre de chose aux autres ordres. Mais il se trouve toujours quelqu'un pour vous raconter telle ou telle histoire.

– Qui raconte que… ?

– Que tuer un démon est une tâche difficile, pour ne pas dire impossible. Et qu'en plus, si on arrive à le tuer, c'est qu'il ne s'agissait probablement pas d'un démon, mais d'un humain, malheureusement doté

132

par la nature d'yeux avec des petites lumières rouges. Vous parlez d'une situation embarrassante... Dans ces cas-là, c'est la tuile.

– Diablement compliqué, comme situation, en effet... Mais qu'allons-nous faire, alors ?

– Je suggère que nous prévenions les autres, puis que nous réunissions toutes les reliques que nous avons pour tenter d'exorciser ce mauvais esprit.

– Ça risque de ne pas lui plaire, dit Oliver, songeur.

– Tant pis. Il est de notre devoir d'exorciser les démons.

– Oui, bien sûr.

N'empêche, Oliver ne trouvait pas l'idée si bonne que ça.

Les autres membres du groupe ne furent pas surpris d'apprendre que mère Joanna supputait la présence d'un démon parmi eux. En ces temps agités, c'était quelque chose qu'on avait toujours plus ou moins à l'esprit. Un peu partout, on parlait de statues qui pleuraient, de nuages qui parlaient, et Dieu sait quoi encore. Il était de notoriété publique qu'un grand nombre d'esprits mauvais avaient été mis en circulation et qu'ils passaient le plus clair de leur temps sur Terre, à essayer de tenter les hommes. D'ailleurs, tout bien considéré, il était étonnant qu'on ne vît pas de démons plus souvent.

Ils attendirent, mais Azzie ne descendit pas de sa chambre. De sorte qu'ils finirent par voter pour envoyer Puss le chercher.

La jeune fille frappa à sa porte avec beaucoup moins d'aplomb que d'habitude. Azzie ouvrit la porte. Il était très élégant, en longue cape de velours rouge et gilet vert émeraude, et sa chevelure rousse était soigneusement coiffée. On aurait dit qu'il attendait une invitation.

– Ils voudraient vous parler, lui dit Puss en montrant la salle commune, en bas.

– Parfait. J'attendais justement ce moment.

Il brossa une dernière fois ses cheveux, ajusta sa cape et descendit avec Puss. Tous les membres du pèlerinage étaient là. Les domestiques n'avaient pas été consultés, ils étaient dehors, dans l'écurie, occupés à ronger leurs croûtons de pain et leurs têtes de harengs.

Sir Oliver se leva et salua longuement avant de prendre la parole.

– Veuillez nous excuser, monseigneur, mais nous avons réfléchi, et, je dois dire, nous sommes inquiets. Si vous pouviez nous rassurer, vous nous enlèveriez une belle épine du pied.

– Et quel est le problème ? demanda Azzie.

– Eh bien… commença sir Oliver, j'irai droit au but. Vous ne seriez pas un démon, par hasard ?

– Eh bien… je serai franc : si.

L'assemblée tout entière en resta bouche bée.

– Ce n'est pas exactement la réponse que j'attendais, dit sir Oliver. Vous n'êtes pas sérieux, n'est-ce pas ? Je vous en prie, dites-moi que vous n'êtes pas sérieux !

– Mais je suis très sérieux, au contraire, répondit Azzie. Je vous l'ai déjà prouvé, d'ailleurs, dans le seul but de m'éviter l'ennui d'avoir à vous convaincre. Êtes-vous convaincus ?

– Tout à fait !

Mère Joanna opina du bonnet.

– Très bien, reprit Azzie. De cette façon, nous savons tous à quoi nous en tenir.

– Je vous remercie, dit sir Oliver. Auriez-vous donc l'amabilité de vous en aller et de nous laisser continuer en paix notre pèlerinage ?

– Ne dites pas de bêtises. Je me suis donné un mal fou pour monter cette affaire. Et j'ai une proposition à vous faire.

– Mon Dieu ! s'exclama sir Oliver. Un marché avec le diable !

– Vous en faites un peu trop, là, calmez-vous. Et écoutez-moi, plutôt. Si mon offre ne vous plaît pas, vous n'êtes pas obligés de l'accepter, et nous serons quittes.

– Vous êtes sérieux ?

– Sur mon honneur de Prince des Ténèbres.

Azzie n'était pas vraiment un Prince des Ténèbres, mais un brin d'emphase, de temps en temps, ça ne mangeait pas de pain, surtout devant un parterre de gentilshommes et de dames bien nés.

– Bien, dit sir Oliver. Je suppose que vous écouter ne peut pas nous faire de mal.

6

Parlant haut et fort, Azzie se lança :

– Mesdames et messieurs, je suis en effet un démon. Mais j'espère que vous ne m'en voudrez pas. Car, après tout, qu'est-ce qu'un démon ? Rien de plus qu'un nom donné à celui qui sert l'un des deux camps dont les confrontations gouvernent toute existence, humaine ou surnaturelle. Je fais référence, bien sûr, au Bien et au Mal, à la Lumière et aux Ténèbres. Permettez-moi avant tout d'insister sur l'absolue nécessité de l'existence de deux faces pour chaque chose, deux faces sans lesquelles tout serait d'une platitude insupportable. J'aimerais aussi vous faire remarquer que ces deux faces doivent impérativement être à égalité, ou presque. Car si seul le Bien existait, comme certains semblent le souhaiter, personne ne pourrait faire l'effort moral qui permet l'amélioration de soi, et qui est le moteur même du progrès humain. Il n'y aurait pas de différence entre les choses, rien ne permettrait de distinguer la grandeur du mesquin, le désirable du répréhensible.

Là, Azzie s'interrompit, demanda du vin, s'éclaircit la gorge et reprit :

– L'existence d'une compétition permanente entre ces deux grands principes que sont le Bien et le Mal étant établie et admise, il va de soi qu'un camp ne peut pas systématiquement gagner, car sinon il n'y a plus de compétition. L'issue de l'affrontement doit rester incertaine, les deux concurrents obtenant la prépondérance à tour de rôle sans qu'aucun résultat définitif soit prononcé avant l'ultime dénouement. À cet égard, nous respectons une règle très ancienne, celle de la dramaturgie, qui n'obtient jamais de meilleurs effets que lorsqu'elle met en scène deux forces égales. Le Bien n'est même pas censé être beaucoup plus puissant que le Mal, car dès lors que l'issue de l'affrontement est connue, et définitive, la compétition perd tout son intérêt.

» Ce postulat étant accepté, nous pouvons passer au point suivant, qui en découle. S'il est possible que les Ténèbres s'opposent à la Lumière, ou que le Mal s'oppose au Bien, alors ceux qui servent l'un ou l'autre ne doivent pas subir notre mépris. Nous ne devons pas laisser notre conviction abêtir notre raison ! Si le Mal est nécessaire, ceux qui le servent ne peuvent être qualifiés de superficiels, méprisables, malfaisants ou inconséquents. Je ne dis pas qu'il faut les suivre, mais ils doivent au moins être écoutés.

» Ensuite, j'aimerais insister sur le fait que le Mal, si l'on fait abstraction de sa mauvaise réputation, possède un certain nombre de qualités, ne serait-ce qu'en termes de vivacité d'esprit. Cela pour dire que le principe du Mal, comme celui du Bien, dégage un pouvoir de séduction qui lui est inhérent, et auquel les hommes peuvent choisir de céder de leur plein gré. En d'autres termes, le Mal, ça peut être très sympa, et personne ne devrait culpabiliser de le

choisir, étant donné que c'est un principe aussi vénérable et respectable que le Bien.

» Mais doit-on être puni pour avoir frayé avec le
Mal ? Mes amis, tout cela n'est que propagande de la
part du Bien, et ne constitue en aucun cas une
vérité. Si le Mal a le droit d'exister, alors l'homme a
le droit de le servir.

Azzie but une gorgée de vin et regarda son public.
Captivé. Oui, il était captivé.

– Je vais maintenant vous exposer clairement ma
proposition. Mesdames et messieurs, je suis Azzie
Elbub, démon de quelque époque ancienne, et
homme d'entreprise venu de très loin. Je suis ici, mes
amis, pour monter une pièce. J'ai besoin de sept
volontaires. Votre mission, si vous l'acceptez, sera
plaisante et peu onéreuse. En récompense, vous verrez votre vœu le plus cher réalisé. En fait, c'est là
l'objectif de ma pièce : démontrer qu'une personne
peut voir son souhait le plus cher exaucé sans forcément s'éreinter pour l'obtenir. N'est-ce pas là une jolie
morale ? Je pense pour ma part qu'elle est source
d'espoir pour nous tous, et reflète plus fidèlement la
façon dont se passent les choses en réalité que sa
réciproque, qui veut qu'on doive travailler et posséder certaines qualités d'âme pour obtenir ce qu'on
désire. Dans ma pièce, je prouverai qu'il n'est point
besoin d'être vertueux, ni particulièrement efficace,
pour être récompensé. Voilà, mesdames et messieurs. Réfléchissez-y. Ah, j'ajoute que vos âmes ne
courront aucun danger, n'ayez aucune inquiétude de
ce côté-là.

» Je vais maintenant me retirer dans ma chambre.
Ceux qui sont intéressés peuvent monter me voir
cette nuit, je leur ferai part des conditions exactes.
C'est avec plaisir que je reparlerai de tout cela avec
chacun d'entre vous, en tête à tête.

Sur quoi Azzie salua bien bas son public et remonta. Il eut le temps de dîner frugalement d'un peu de fromage et de pain, qu'il arrosa d'un verre de vin. Puis il attisa les braises dans l'âtre, ranima le feu et s'installa.

L'attente ne fut pas longue.

7

Assis dans sa chambre, à peine attentif aux murmures de la nuit, il lisait un vieux parchemin qui sentait le moisi, de l'espèce de ceux qui sont éternellement disponibles dans les librairies les plus populaires de l'Enfer. Il adorait les classiques. Malgré des dons certains pour l'innovation, qui l'avaient entraîné dans l'aventure qu'il vivait aujourd'hui, Azzie était traditionaliste de cœur.

On frappa à la porte.

— Entrez, dit-il.

Sir Oliver apparut. Le chevalier avait quitté son armure, et semblait ne porter aucune arme. Peut-être savait-il qu'il valait mieux ne jamais être armé en présence d'un suppôt de Satan.

— J'espère que je ne vous dérange pas…

— Pas du tout, dit Azzie. Prenez un siège. Je vous sers un verre de vin ? Que puis-je pour vous ?

— C'est à propos de votre offre…

— Elle vous intrigue, n'est-ce pas, mon offre ?

— En effet. Vous avez dit, à moins que j'aie mal compris, que vous pouviez faire en sorte que le souhait le plus cher de quelqu'un soit exaucé.

— C'est en effet ce que j'ai dit.

– Et vous avez insisté sur le fait qu'il n'était point besoin d'un talent particulier pour voir son rêve se réaliser.

– D'où l'intérêt de la chose ! Parce que si vous y réfléchissez deux secondes, celui qui a un talent spécial au départ, il n'a pas besoin de mon aide, si ?

– Évidemment. Vous expliquez tellement bien les choses…

– Vous êtes trop bon. Alors, que puis-je pour vous ?

– Eh bien, ce que je voudrais, c'est devenir un grand guerrier, dont la renommée s'étendrait bien au-delà des frontières, je voudrais être le pair de celui qui portait le même nom que moi, cet Olivier qui combattit avec l'arrière-garde de Roland, à l'époque de Charlemagne.

– Je vois… Continuez.

– Je veux remporter une victoire importante, contre toute attente, et sans risquer d'être blessé.

Azzie sortit un bloc de parchemin, un stylet à taille automatique, et écrivit : « Pas de risque de blessure. »

– Je veux que par monts et par vaux on connaisse mon nom, et qu'on l'associe à ceux d'Alexandre ou de Jules César. Je veux commander une petite troupe d'excellents hommes, de champions inégalés, qui sauront compenser leur petit nombre par une férocité et une adresse sans bornes.

– Férocité et adresse, nota Azzie, en soulignant « férocité » parce que ça faisait plus joli.

– Quant à moi, bien sûr, continua sir Oliver, je serai le meilleur d'entre eux. Mes qualités de guerrier seront sans égales. Et ces qualités, mon cher démon, je désire les acquérir sans que cela me coûte ni me fatigue. J'aimerais aussi avoir mon propre royaume, qu'on m'offrirait gracieusement, et dans lequel je me retirerais avec une jolie jeune femme, une princesse de préférence, qui m'épouserait, me ferait un tas de beaux mioches et avec laquelle je vivrais heureux longtemps, longtemps, longtemps. J'insiste sur ce dernier détail. Je ne veux pas de coup de théâtre en fin de parcours qui me rende amer ou triste.

Azzie nota : « Doit vivre heureux et longtemps, longtemps, longtemps », mais ne le souligna pas.

– Voilà, en gros, c'est tout, conclut sir Oliver. Vous pensez pouvoir y arriver ?

Azzie relut la liste. Pas de risque de blessure. Férocité et adresse. Doit vivre heureux longtemps, etc.

Sur ce dernier point, il fronça les sourcils, puis leva les yeux.

– Je peux prendre en charge certains aspects de votre requête, mon cher Oliver, mais pas tous. Non pas que j'en sois incapable, attention, mais comme je vous l'ai expliqué, ma pièce met plusieurs personnes en scène, et, à ce rythme-là, pour exaucer tous les vœux de tout le monde, il faudrait des palanquées de miracles et un temps fou. Alors je vais faire en sorte que vous puissiez, sans courir le moindre danger, gagner une importante bataille pour laquelle vous serez largement récompensé en espèces sonnantes et trébuchantes et en estime de la part de vos semblables. Le reste, ce sera votre affaire.

– Bon, soupira sir Oliver, j'aurais aimé quelque chose de plus complet, mais avec ça je devrais pouvoir m'en tirer. En démarrant comme héros riche et célèbre, je suis sûr que je peux obtenir le reste par moi-même. J'accepte votre offre, mon cher démon ! Et permettez-moi de vous dire que, contrairement à beaucoup, je suis loin d'être opposé aux pouvoirs du Mal. J'ai souvent pensé que Satan avait raison sur bien des points, et puis sa compagnie est indubita-

blement plus distrayante que celle de son homo-
logue austère du Paradis.

– J'apprécie l'effort que vous faites pour me plaire,
mais je ne tolérerai aucune diffamation à l'encontre
de notre digne opposant. Nous autres qui agissons
au nom du Bien ou du Mal travaillons en trop
étroite collaboration pour nous diffamer les uns les
autres. C'est que la Lumière et les Ténèbres parta-
gent le même cosmos, voyez-vous.

– Je vous prie de m'excuser. Il est évident que je
n'ai rien à reprocher au Bien.

– Vous êtes excusé. Par moi en tout cas. On peut
commencer, maintenant ?

– Oui, monseigneur. Désirez-vous que je signe un
parchemin de mon sang ?

– Cela ne sera pas nécessaire. Vous m'avez fait
part de votre accord, il est désormais enregistré. Et
ainsi que je vous l'ai précisé tout à l'heure, votre âme
vous reste acquise.

– Qu'est-ce que je fais, alors ?

– Prenez ça.

De sous sa cape, Azzie tira une petite clé en argent
très travaillé. Sir Oliver la regarda à la lumière,
admiratif d'une telle facture.

– Et qu'ouvre-t-elle, monsieur le démon ?

– Rien. C'est un charme Cretinia à double barillet.
Rangez-le dans un endroit sûr. Continuez votre pèlerinage. À un moment – dans quelques secondes
peut-être, ou dans quelques heures, mais peut-être
aussi dans quelques jours – vous entendrez un gong.
C'est le bruit que fera le charme lorsqu'il se mettra
en position Marche. Vous devrez alors le prendre et
le conjurer de vous mener jusqu'à sa moitié. L'objet
est programmé pour ça, mais insistez si vous consta-
tez une petite hésitation de sa part, ça ne lui fera pas
de mal. Il vous mènera donc jusqu'à sa moitié, qui se

trouve auprès d'un cheval magique. Dans une des sacoches de selle de l'animal, vous trouverez un chandelier d'or. C'est clair, jusque-là ?

– Limpide. Il faut trouver un chandelier.

– Ensuite, vous devrez vous rendre à Venise – si vous n'y êtes pas déjà. Tout de suite après votre arrivée, peut-être même un peu avant, vous découvrirez que votre vœu a été exaucé. Une cérémonie officielle, avec toute la pompe de circonstance, sera organisée lorsque tout sera terminé. Après ça, vous serez libre de profiter de votre bonne fortune.

– Tout cela me paraît très bien. C'est quoi, le hic ?

– Le hic ? Il n'y a pas de hic !

– En général, dans ce genre d'histoires, il y en a un, maugréa sir Oliver.

– Et qu'est-ce que vous y connaissez, vous, à ce genre d'histoires ? C'est votre rayon, peut-être, les histoires de magie ? Bon, allez, ça suffit, maintenant. Vous êtes partant, oui ou non ?

– Oui, oui, oui ! Je pars, je cours, je vole. Je voulais simplement savoir en gros où je mettais les pieds. Et si vous me permettez une dernière remarque, je trouve que c'est beaucoup de complications pour pas grand-chose. Pourquoi ne puis-je pas aller directement chercher le chandelier ?

– Parce qu'il vous faudra faire deux, trois petites choses entre le moment où le charme se met en marche et votre grand retour en féroce guerrier vainqueur de toutes les armées d'Europe.

– Et... ces petites chose, elles ne seront pas trop difficiles ?

Azzie commença à en avoir ras la tignasse.

– Bon, écoutez, ça va bien, maintenant, hein ! Soyez prêt à faire ce qu'on vous demandera de faire, point. Et si vous avez le moindre doute sur vos dispositions, rendez-moi la clé. Parce que si vous craquez en plein milieu de l'histoire, vous allez le sentir passer.

— Non, non, aucun risque, dit sir Oliver en brandissant la clé, comme pour se rassurer.

— Comme je l'ai déjà dit, vous recevrez ultérieurement d'autres instructions.

— Vous ne pouvez pas m'en dire un tout petit peu plus ?

— Vous devrez prendre des décisions.

— Des décisions ? Ouh là ! Je ne suis pas sûr d'aimer ça. Bon, tant pis. Je prendrai les choses comme elles viendront, et tout se passera bien, n'est-ce pas ?

— C'est ce que je m'échine à vous faire comprendre. Satan n'attend rien de plus d'un homme qu'il fasse son devoir, et le fasse de son mieux. Les règlements du Mal interdisent d'en demander plus.

— Très bien. Bon, eh bien, je vous laisse, alors.

— Bonne nuit, dit Azzie.

SIXIÈME PARTIE

1

Lorsque enfin elle fut libérée de la boîte de Pandore, Ylith alla tout droit faire son rapport à l'archange Michel. Elle le trouva dans l'immeuble de la Toussaint, plongé dans un tas de listings parcheminés. Il était tard, les autres anges et archanges étaient déjà partis. Mais dans le bureau de Michel, les chandelles étaient encore allumées. Il avait passé la journée à lire les rapports de ses différents émissaires en poste un peu partout dans l'univers. Ce que certains racontaient l'ennuyait considérablement.

Il leva les yeux en entendant Ylith.

– Tiens ? Bonsoir, ma cocotte. Que se passe-t-il ? Tu sembles un peu chiffonnée.

– À vrai dire, il vient de m'arriver une aventure.

– Ah bon ? Raconte, je t'en prie.

– Rien de bien grave, en réalité. Un idiot m'a invoquée, j'ai répondu, et Hermès m'a enfermée dans la boîte magique de Pandore. J'ai finalement réussi à m'en sortir, avec l'aide de Zeus.

– Zeus ? Vraiment ? Cette vieille branche est encore dans le circuit ? Je pensais qu'il avait raccroché et se prélassait dans le Monde de l'Ombre.

– Oui, c'est bien là-bas qu'il se trouve, mais il s'est projeté jusqu'à moi dans la boîte magique.

– Ah, oui, c'est vrai. J'oubliais que les anciens dieux pouvaient faire ce genre de chose. Mais les petits anges que tu devais accompagner en voyage d'études dans les cimetières anglais, ils sont restés seuls ?

– Dès que je suis sortie de la boîte de Pandore, j'ai confié les enfants à sainte Damoiselle et suis venue vous faire mon rapport.

– Et sainte Damoiselle n'a pas tordu le nez quand tu lui as demandé de faire du baby-sitting ?

– Elle était trop contente de faire quelque chose d'un peu plus concret, pour une fois. C'est fou, tout de même, comme les poèmes peuvent vous figer dans des rôles dont on ne peut pas se défaire, vous ne trouvez pas ?

Michel hocha la tête.

– J'ai un travail important pour toi, sur Terre, dit-il.

– C'est parfait, j'adore visiter les lieux saints.

– Il s'agit de faire un peu plus que du tourisme, cette fois. Il s'agit d'Azzie.

– Ah.

– Il semblerait que ton ami démoniaque ait encore une idée derrière ses oreilles en pointe. Une idée particulièrement farfelue.

– C'est bizarre, je l'ai croisé récemment, à York, et son seul projet était d'aller voir une pièce morale.

– Eh bien, on dirait que cette pièce lui a donné des idées. Tout indique qu'il travaille à quelque chose. Mes observateurs m'ont rapporté qu'il s'est mis en relation avec Pietro l'Arétin, cet horrible suppôt de Satan. Étant donné le penchant avéré d'Azzie pour l'inattendu, je suis sûr qu'il nous prépare encore un mauvais coup.

– Mais pourquoi vous faire du souci à propos d'une simple pièce ?

– Je pense justement qu'il ne s'agit pas d'une « simple » pièce. À en juger d'après les états de service d'Azzie, notamment pour ce qui concerne les affaires du Prince Charmant et de Johann Faust, cette nouvelle entreprise, quelle qu'elle soit, risque de provoquer un affrontement direct des forces du Bien et du Mal, et pour tous, ce sera « Marche ou crève », alternative ô combien alléchante ! Juste au moment où nous pouvions enfin vivre en paix dans le cosmos ! Bien sûr, il ne s'agit que de rumeurs, mais nous devons en tenir compte, d'autant qu'elles nous viennent tout droit des vestes retournées et placées par nos soins parmi les Forces du Mal pour nous tenir au courant des faits et gestes de l'ennemi. Ylith, j'ai vraiment besoin que tu ailles faire un petit tour là-bas.

– Par petit tour, je suppose que vous voulez dire fouiner partout le plus discrètement possible, telle l'espionne moyenne ? Et puis d'abord, qu'entendez-vous par « nous » ?

– Dieu et moi. Je te demande tout cela en Son nom, bien sûr.

– Oui. Comme d'habitude. Et pourquoi Il ne fait jamais Ses commissions Lui-même ? demanda Ylith d'un ton impertinent.

– Un grand nombre d'entre nous se sont déjà demandé pourquoi le contact avec Lui n'est jamais direct. Avec moi aussi Il parle toujours par un intermédiaire. C'est un mystère, et nous ne sommes pas censés le discuter.

– Pourquoi ?

– Il faut savoir faire confiance, c'est tout. Pour l'heure, nous devons découvrir ce que prépare Azzie. Rejoins-le, invente n'importe quelle excuse pour justifier ta présence, et vois à quoi il s'occupe. Je peux me tromper, mais il me semble que notre jeune démon orgueilleux ne pourra pas te cacher très long-temps son dessein. À l'heure qu'il est, son projet devrait être en plein boum.

– Très bien. J'y vais tout de suite alors.

– S'il te plaît. Et juge par toi-même. Si tu découvres qu'Azzie Elbub a sous le coude un plan visant à la subversion de l'humanité et à la glorification de Satan, et si l'occasion se présente, mets-lui quelques bâtons dans les roues, ça ne pourra pas lui faire de mal. Ha ! Mon humour est un peu limite, je sais.

– Vous m'ôtez les mots de la bouche, ironisa Ylith.

2

Allongés sur leurs lits jumeaux, dans leur chambre, Puss et Quentin contemplaient les ombres qui traçaient des hachures sur le plafond.

– Tu crois qu'Antonio est un vrai démon ? demanda Quentin, qui était assez jeune et avait encore un peu de mal à faire la distinction entre le réel et l'affabulation.

– Je crois que oui, répondit Puss.

Elle réfléchissait depuis un assez long moment à ce qu'elle désirait le plus au monde. La première chose qui lui était venue à l'esprit, c'étaient des cheveux blonds, comme ceux de son frère. Soyeux, et bouclés, et longs, d'un blond paille, et pas de ce jaune cuivré qu'affectaient certaines filles. Mais était-ce là une chose à souhaiter plus que toute autre ? Puss avait vaguement honte d'un souhait aussi trivial et, contrairement à son habitude, écouta attentivement Quentin lorsqu'il lui expliqua ce qu'il demanderait au démon s'il allait lui proposer ses services.

– D'abord, je voudrais un cheval à moi tout seul, annonça-t-il d'un ton décidé. Et une épée à moi, aussi. C'est ridicule de la part de père de dire que me faire faire une épée, c'est jeter l'argent par les fenêtres parce que, d'ici un ou deux ans, elle sera trop petite. Je vois pas à quoi ça sert d'être riche si on peut même pas acheter des choses qui seront trop petites un jour.

— Très juste, remarqua Puss. Une épée, alors. Et quoi d'autre ?

— Un royaume, je crois que tout bien réfléchi, ça me dit rien, continua Quentin, pensif. Il faudrait toujours être sur place, s'en occuper… Moi je pense que le roi Arthur, même si c'était de Camelot qu'il s'occupait, il était pas vraiment heureux, tu crois pas ?

— J'en doute.

— Et puis j'aimerais partir à la quête de plein de choses.

— Comme Lancelot ? Il n'était pas très heureux non plus.

— Non, mais ça, c'est parce qu'il était idiot. Tomber amoureux de la reine alors qu'il avait tant d'autres dames à sa disposition, pfff… Et puis pourquoi choisir, d'abord ? Moi je préférerais être comme Gauvain, voyager, avoir une femme à chaque étape, être en mauvaise posture, gagner des trésors, les perdre, tout ça. Il avait le plaisir de conquérir les choses sans devoir s'en occuper après.

— Un peu comme s'il avait tous les jouets qu'il voulait, sans avoir à les ranger ?

— Exactement.

— Très pratique. Et qu'est-ce que tu voudrais d'autre ?

— Un animal de compagnie magique, répondit sans hésitation Quentin. Un lion qui m'écouterait, moi et personne d'autre, et tuerait les gens que j'aime pas.

— C'est un peu exagéré, ça, tu ne crois pas ?

– Enfin, il tuerait ceux que j'aime pas si je le laissais faire, mais, en vrai, je le laisserais pas. Et s'ils m'énervaient trop, je les tuerais moi-même, en duel, et puis je serais grièvement blessé, et mère me soignerait.

– Les mères ne soignent pas les blessures des héros, remarqua Puss.

– Dans mes aventures, si. C'est moi qui décide, alors.

– Dommage que tu sois trop jeune pour faire un pacte avec un démon.

– Pas si sûr, dit Quentin en s'asseyant sur son lit, très sérieux. J'ai bien envie d'aller le voir tout de suite.

– Quentin ! Tu n'y penses pas ! s'insurgea Puss, pensant que si Quentin insistait, il serait de son devoir, en tant que sœur aînée, d'y aller avec lui, et peut-être de formuler un vœu elle-même, histoire de lui tenir compagnie.

Quentin se leva et entreprit de s'habiller. Son menton tremblait un peu sous l'effet de sa propre audace, mais le jeune garçon semblait résolu.

Au même moment, dans un coin de la pièce, il y eut un éclair de lumière suivi d'un nuage de fumée. Les deux enfants, effrayés, regagnèrent leurs lits. Lorsque la fumée se dissipa, une jolie jeune femme brune se tenait devant eux.

– Comment vous avez fait ça ? demanda Quentin. Vous faites partie du pèlerinage ?

– Je suis venue vendre mes œufs aux pèlerins, répondit la jeune femme. J'habite dans une ferme tout près d'ici et je viens d'arriver à l'auberge. Je m'appelle Ylith.

Les enfants se présentèrent l'un après l'autre. Et s'empressèrent de lui raconter ce qu'Antonio avait proposé aux pèlerins. D'après leur description, Ylith reconnut Azzie.

– Je veux aller faire un vœu moi aussi, dit enfin Quentin.

– Certainement pas, répondit fermement Ylith.

L'enfant sembla plus que soulagé, mais demanda néanmoins :

– Pourquoi ?

– Parce qu'un enfant bien élevé ne demande pas à un démon d'exaucer ses vœux.

– Mais les autres, ils demandent bien, eux, insista Puss. Ils vont en profiter, et pas nous.

– Vous vous apercevrez bien vite que non, dit Ylith. Certaines de ces personnes seront impliquées dans des histoires bien différentes de ce qu'on leur a promis.

– Comment vous le savez ? demanda Puss.

– Je le sais, c'est tout. Bien, maintenant, les enfants, il est temps de faire dodo. Je vais vous raconter une histoire, si vous voulez.

3

Ylith leur raconta une histoire d'agneaux et d'enfants qui batifolaient dans les collines de sa Grèce natale. Puss et Quentin s'endormirent très vite, elle les borda, souffla la chandelle et sortit sur la pointe des pieds. Dans la salle commune, elle trouva plusieurs pèlerins, assis à une table près du feu. Ils commentaient les événements de la journée.

– C'est un démon, alors ? C'est sûr ? demandait une des servantes à un valet.

– Qu'est-ce qu'il peut être d'autre ?

C'était le valet de sir Oliver. Il s'appelait Morton Kornglow, était mince, avait vingt-deux ans, l'intention de ne pas rester valet toute sa vie, et portait sur son visage les stigmates du choc provoqué par l'étrange nouvelle.

Ylith s'assit à côté d'eux.

– Qu'offre-t-il, ce démon ? demanda-t-elle.

– Mon maître m'a dit qu'il devait faire un tour de passe-passe pour voir son vœu le plus cher exaucé, expliqua Kornglow. Et quand je suis allé dans sa chambre, il n'était plus là. Disparu.

– Il est peut-être juste allé faire un tour dehors, suggéra Ylith.

– On l'aurait vu descendre. Et il est pas du genre à sauter par la fenêtre pour atterrir dans le foin. Non, il est parti faire le travail du démon, j' vous l' dis, moi. Et honnêtement, ça m'a tout l'air d'être un travail à ma portée !

– Non, tu ferais ça ? s'exclama la servante avec un regard admiratif.

– J'y pense sérieusement, rétorqua Kornglow. Je peux jouer dans la pièce du démon aussi bien que n'importe qui, du moment qu'il n'y a pas besoin de s'appeler sir Machin ou sir Truc.

Ylith le regarda.

– Une pièce ?

– C'est ce que m'a dit sir Oliver. Le démon est en train d'en monter une. Il suffit de faire ce qu'on fait d'habitude, et on sera amplement récompensé, à ce qui paraît. C'est exactement le genre de vie qui me conviendrait.

Ylith se leva.

– Veuillez m'excuser, je dois aller voir quelqu'un.

Et d'un pas rapide, elle sortit et s'enfonça dans l'obscurité.

– Où tu crois qu'elle est allée ? demanda la servante.

Kornglow haussa les épaules.

– Si elle a un rendez-vous, c'est forcément avec un ange ou un démon. Y a rien d'autre par ici, à part les loups.

En chemin, Ylith parlait toute seule.

– Alors c'est donc ça ! Il va vraiment le faire ! Il va monter une pièce immorale ! Eh bien, quand Michel entendra ça…

4

– Il monte une pièce immorale ? répéta Michel.

– Ça m'en a tout l'air, en effet.

– Quelle audace !

– Je ne vous le fais pas dire.

– Retourne là-bas et surveille-le. Si tu trouves un moyen subtil d'empêcher ses plans d'aboutir, ne te gêne pas. Mais il faut que ça reste discret, hein ! Pas de coup de théâtre, si je peux me permettre.

– Je comprends, dit Ylith.

– Allez, en route. Je t'enverrai peut-être Babriel en renfort, on ne sait jamais.

– Ça serait bien !

Bien qu'Ylith et Babriel ne sortent plus ensemble, elle gardait un bon souvenir de leur histoire. Elle n'avait pas oublié ce qu'était le péché, et son corps tout entier était parfois en manque du bon vieux temps.

Le souvenir de sa liaison avec Azzie lui revint à l'esprit aussi. Il y avait eu quelque chose de vraiment chouette entre eux. Selon ses critères de l'époque, bien sûr.

Elle secoua la tête pour effacer toutes ces pensées. À force, elles risquaient de lui attirer des ennuis.

5

Après avoir renvoyé Kornglow, sir Oliver resta assis un long moment sur le bord de son lit, réfléchissant à l'audacieuse décision qu'il venait de prendre. Il avait peur, évidemment. Comment pouvait-il en être autrement après une conversation avec un démon ? Et pourtant, l'offre de sir Antonio était tout bonnement trop alléchante pour la laisser passer. Même si les hommes d'Église se plaignaient du fait que les Forces Obscures tentaient sans relâche de séduire les hommes, cela se produisait en réalité assez rarement. Ce n'était en tout cas jamais arrivé à personne de sa connaissance, et encore moins à lui.

Cette idée plaisait à Oliver. Un fort désir brûlait en lui depuis son enfance – obtenir quelque chose de grand, de précieux et d'important au prix d'efforts aussi minimes que possible. Ce genre d'aspiration était difficile à confier à quelqu'un. Les gens avaient du mal à comprendre.

Bien qu'il fût très tard, il n'avait pas sommeil. Il se servit un verre de vin et tirait de sa poche les quelques biscuits qu'il avait mis de côté au dîner en prévision d'un petit casse-croûte nocturne, lorsque son regard s'arrêta sur le mur, à sa droite.

Il avala précipitamment, renversa du vin sur son pourpoint. Il y avait une porte dans ce mur. Une porte normale, tout ce qu'il y avait d'ordinaire. Mais une porte qui ne se trouvait pas là auparavant, il en était presque certain.

Sir Oliver se leva, s'en approcha, l'examina. Était-il possible qu'il ne l'eût pas remarquée en entrant ? Il en tourna la poignée, essaya de l'ouvrir. Elle était verrouillée.

Bon, eh bien, très bien, alors. Il retourna s'asseoir. Et puis il lui vint une idée. Il sortit de sa poche le charme Cretinia que lui avait confié Azzie et retourna vers la porte.

Doucement, il introduisit la clé d'argent dans la serrure, elle s'y logea avec un onctueux clic. D'un très léger mouvement, il amorça un tour vers la gauche, juste pour voir ce qui allait se produire. La clé tourna pratiquement toute seule, et le verrou se libéra.

Oliver tourna la poignée, la porte s'ouvrit. Il reprit la clé et la remit dans sa poche. Puis il jeta un œil dans l'entrebâillement. Derrière la porte s'ouvrait un long couloir mal éclairé, et dont on ne voyait pas le bout. Oliver était certain que ce passage ne menait nulle part dans l'auberge, ni dans la forêt. Il menait Dieu savait où, et on attendait du chevalier qu'il s'y engage.

Brrrr…

Mais au bout, il y avait la récompense !

Il eut une éphémère vision. Lui, en armure rouge, sur un puissant cheval de bataille, à la tête d'une compagnie de héros, pénétrant dans une cité, acclamé par tous.

– Diantre, voilà qui serait vraiment revigorant ! dit-il tout haut.

Il s'engagea dans le couloir, pas encore tout à fait prêt à s'impliquer, mais plutôt dans l'esprit d'un gamin trempant un orteil dans de l'eau qui pouvait s'avérer très froide. Derrière lui, la porte se referma aussitôt.

Il avala sa salive, mais n'essaya pas de battre en retraite. Un léger pressentiment lui avait dit que, de toute façon, ce genre de chose risquait d'arriver. C'était comme ça que ça commençait, les aventures. Un truc vous poussait, et hop, vous étiez pris dans l'engrenage. Forcé d'aller jusqu'au bout.

Il avança dans le passage, très prudemment d'abord, puis avec de plus en plus d'entrain.

6

Il y avait suffisamment de lumière, bien que sir Oliver n'arrivât pas à voir d'où elle venait. C'était une lumière grise, un peu comme celle du crépuscule, et c'était une lumière triste, qui laissait presque augurer le pire. Il continuait d'avancer, et le passage semblait continuer de s'étirer devant lui. Des murs pendaient de fines branches dont les feuilles donnaient à l'ensemble une touche bucolique pas désagréable.

Peu à peu, sous les pas de sir Oliver, le sol devint celui d'un sous-bois, et une luminescence naturelle éclaira son chemin. Il ne voyait pas très loin devant lui cependant, car les branches l'en empêchaient.

Au bout d'un moment, le feuillage s'éclaircit et il pénétra dans une prairie herbue de l'autre côté de laquelle se trouvait un château, construit sur une petite île, avec des douves et un pont-levis. Le pont-levis était descendu.

Sir Oliver pénétra dans l'enceinte et avisa une porte, qui s'ouvrit à son approche. À l'intérieur, il y avait un joli salon avec, dans la cheminée, un feu qui crépitait joyeusement. Une dame était assise sur un tabouret, à côté de la porte. Elle se leva et se tourna vers lui.

– Entrez, preux chevalier, dit-elle. Je m'appelle Alwyn, avec un *y*, et je vous souhaite la bienvenue. Mon époux est un assassin sanguinaire, mais l'hospitalité de ma demeure exige que je vous invite à dîner, puis que je vous offre un lit pour passer la nuit, et enfin, le petit déjeuner demain matin.

– Ça me paraît tout à fait bien, dit Oliver. Mais si je peux me permettre, il y a une chose que j'aimerais réellement savoir. Vous n'auriez pas, par hasard, un cheval magique qu'on vous aurait confié pour moi ?

– Un cheval magique ? De quelle couleur ?

– Eh bien, c'est justement le problème, voyez. Je n'en sais rien. On m'a simplement dit qu'un cheval magique m'attendait quelque part et devait me conduire jusqu'à un chandelier d'or. Ensuite... À dire vrai, je ne sais pas trop ce qui est supposé se passer ensuite. Je crois qu'en principe je deviens le seigneur d'une importante compagnie de soldats. Ça ne vous dit rien ?

– Hélas, j'ai bien peur que non, répondit Alwyn. Je n'ai qu'un très petit rôle dans cette histoire.

Elle sourit. Ses cheveux bruns étaient magnifiques, à peine décoiffés, sa poitrine ronde et haute. Oliver la suivit à l'intérieur.

Ils traversèrent plusieurs pièces, toutes décorées dans les tons rouge, noir et argent, et renfermant moult blasons et portraits d'ancêtres à l'air sombre qui semblaient avoir avalé leur armure. Dans chaque cheminée, une flambée craquait et lançait des éclairs rougeoyants. Ils traversèrent six pièces en tout. Dans la septième, une table était dressée, recouverte d'une nappe damassée immaculée sur laquelle était disposée de la vaisselle en argent.

– Que voilà un décor réjouissant ! dit sir Oliver en se frottant les mains.

Pâté d'oie, confiture de groseilles, œufs, pain aux céréales, accompagnés d'une grande variété de boissons, la chère promettait d'être bonne. La table était préparée pour deux personnes, et Oliver commença à se demander si on ne lui avait pas préparé autre chose.

– Prenez place, je vous en prie, dit Alwyn. Mettez-vous à l'aise.

Un chaton blanc apparut sous la voûte de l'entrée. Il avança d'un pas délicat jusqu'à Alwyn, se frotta contre ses jambes. Elle émit un petit rire et se baissa pour jouer avec lui. Oliver en profita pour échanger son assiette avec celle de la jeune femme. Les deux assiettes étaient identiques, à la différence près qu'au bord de la sienne avaient été disposés deux radis alors que celle d'Alwyn n'en avait qu'un. Il rectifia prestement ce détail afin que l'échange passât inaperçu. Lorsqu'elle se redressa, Alwyn ne parut rien remarquer.

Ils mangèrent, Alwyn servit deux verres de vin de Bourgogne d'une grande bouteille. Son attention fut attirée alors par un petit fox qui vint gambader dans la pièce, et Oliver en profita pour échanger leurs verres. Elle ne s'aperçut de rien.

Se félicitant de son habileté, il s'attaqua alors aux victuailles, catégorie de combat dans laquelle il excellait. Il mangea avec avidité, but goulûment, car tout était ravissement du palais. Cette nourriture était une nourriture de rêve, dont les saveurs avaient quelque chose de magique que jamais jusque-là il n'avait rencontré. Bientôt, il sentit que se répandait dans son corps l'effet caractéristique de quelque drogue opiacée, émoussant ses sens, lui faisant tourner la tête.

– Vous ne vous sentez pas bien, chevalier ? demanda Alwyn en le voyant s'affaisser sur son siège.

– Un petit moment de fatigue, rien de plus.

– Vous avez échangé nos assiettes ! s'écria-t-elle en remarquant l'épaisse empreinte du pouce d'Oliver sur le bord de la sienne.

– Le prenez pas mal, balbutia Oliver, dans un état second. C'est une vieille coutume de chez moi. Vous prenez ça tout le temps ?

– Bien sûr. Sans ma potion pour dormir, j'ai diablement du mal à rejoindre Morphée, le soir.

– Eh bien, vous me voyez sacrément désolé de l'avoir prise...

Il articulait avec peine, ses yeux paraissaient pressés de se retourner, d'ouvrir ce passage vers le rêve qu'il aurait préféré ne pas prendre.

– Ça fait effet combien de temps ?

La réponse d'Alwyn fut couverte par la vague de sommeil qui se referma sur le cerveau de sir Oliver. Il lutta comme un homme secoué par le ressac, réussit à émerger dans l'écume pour retomber aussitôt dans le profond lac noir au centre duquel il se trouvait, et qui l'engloutit comme un bain chaud. Il fit des efforts démesurés pour maintenir la tête hors des flots savonneux, lutta contre d'étranges pensées, d'indescriptibles intuitions. Et puis, sans même s'en rendre compte, il céda.

Lorsqu'il rouvrit les yeux, la femme était partie. Le château avait disparu. Il se trouvait dans un endroit complètement inconnu.

7

Quand Ylith les rejoignit, l'émoi était grand chez les pèlerins. Sir Oliver avait disparu pendant la nuit, sans laisser de trace. Morton Kornglow, son valet, n'expliquait pas cette disparition autrement que par la magie.

Ylith examina les alentours et termina son enquête dans la chambre qu'avait occupée sir Oliver. La légère odeur d'acide prussique qui y flottait était la preuve quasi indubitable qu'un charme Cretinia avait été utilisé dans cette pièce moins de vingt-quatre heures auparavant.

Il n'en fallait pas plus à Ylith. Elle attendit d'être seule, puis fit rapidement opérer sa magie. Elle avait toujours sur elle les ingrédients de base, dans un petit nécessaire à sorcellerie très pratique, et bientôt, sous forme vaporeuse, elle fut sur la route, traversant la vaste forêt dans laquelle sir Oliver avait disparu.

La trace qu'elle retrouva du chevalier la mena jusqu'au château d'Alwyn. Ylith connaissait vaguement cette femme. C'était une sorcière aussi, de la vieille école, attachée aux traditions, et Ylith pensa tout de suite qu'elle devait travailler pour Azzie.

Le temps était venu de lire l'avenir immédiat. Elle avait réuni suffisamment d'indices pour alimenter les instruments de lecture futuristique, qu'elle mit en branle.

Les résultats ne la surprirent pas. Sir Oliver était en train de vivre une aventure en compagnie d'Alwyn. Azzie avait fait les choses simplement, pour aller au plus vite. Après, Oliver allait devoir marcher pas mal de temps, puis il sortirait de la forêt et poursuivrait son but, qui se trouvait sur le versant sud des Alpes italiennes.

Le plus logique, c'était de l'intercepter à la sortie de la forêt. Mais après ? Il fallait trouver le moyen de l'arrêter, mais sans lui faire de mal.

— Je sais !

Elle rangea ses instruments de lecture et prononça une formule magique pour appeler un djinn de sa connaissance. Il apparut peu après, grand, noir, l'air d'avoir très mauvais caractère. Ylith lui expliqua rapidement la situation, et la façon dont il fallait arrêter ou ralentir sir Oliver.

— Avec plaisir, dit l'ex-démon récemment converti au Bien. Désirez-vous que je l'abatte ?

Ce genre de créature, conversion ou pas, avait toujours un fâcheux penchant pour la violence, déjà assez mal vu en période de calme, quand pourtant le Ciel essayait de faire preuve d'une certaine largesse d'esprit. Mais le calme, c'était terminé, et les sentiments des intellectuels du Paradis, on n'avait plus le temps de s'en inquiéter.

— Non, ce serait trop, dit Ylith. Mais ce rouleau de barrière invisible qu'on a pris aux magiciens de Baal, il y a quelques années, tu te souviens ?

— Oui, madame. Il a été déclaré incompatible et stocké dans un des entrepôts.

— Trouve dans lequel et procure-t'en un morceau de bonne taille. Voilà ce que je veux que tu en fasses.

8

Oliver se redressa lentement.

– Ouh là, qu'était-ce donc, tout ce galimatias-là ? se demanda-t-il à voix haute.

Derrière son front, il sentait les signes précurseurs d'une migraine aiguë. Quelque chose avait foiré. Il n'aurait pas su dire quoi, mais il savait que c'était mauvais signe.

Il se leva et regarda autour de lui. L'endroit était pratiquement dénué de toute caractéristique, et malgré la lumière, il n'y voyait rien. La seule chose dont il était sûr, c'était de la grisaille qui régnait partout.

Il entendit un frottement d'ailes, une petite chouette vint se poser sur son épaule et le fixa d'un regard impénétrable très en harmonie avec la neutralité du décor alentour.

– Pourrais-tu me dire où je me trouve ?

La chouette pencha la tête de côté.

– Difficile à dire. Ce n'est pas une position facile, vieux frère.

– Comment ça ?

– De toute évidence, vous vous êtes laissé encercler par une barrière invisible.

Sir Oliver ne croyait pas à ces histoires de barrières invisibles. Jusqu'à ce qu'il avance et essaie de pousser la supposée barrière.

Son doigt ne passa pas au travers.

Aucun chemin ne la contournait.

Il fit part de ses constatations à la chouette.

– Bien sûr, dit le volatile. C'est une voie secondaire.

– Une voie secondaire ? Et qui va où ?

– Les voies secondaires tournent en rond. C'est dans leur nature.

– Mais ça ne va pas, ça. Je ne peux pas me permettre de tourner en rond, moi, j'ai un cheval magique à trouver, qu'est-ce que tu crois !

– Vous ne trouverez rien de ce style dans les environs.

– En fait, je cherche un chandelier d'or.

– Ça doit être joli, ça, dites donc. Mais je n'ai pas cet article en magasin.

– Une bague magique ferait l'affaire.

La chouette eut un mouvement de recul.

– Oh ! La bague ! Mais oui, je l'ai là, attendez.

Elle farfouilla dans ses plumes, trouva une bague et la donna à Oliver, qui la fit tourner entre ses doigts. C'était un assez joli bijou, un gros saphir sur une monture en or. Il lui sembla voir bouger des ombres dans la pierre.

– Vous ne devriez pas la regarder trop longtemps de suite, conseilla la chouette. Elle sert à faire de la magie, pas à être regardée.

– De la magie ? Mais qu'est-ce que je dois faire ?

– Ils ne vous ont pas dit ?

– Non.

– Eh ben, y en a qui ne font pas leur boulot correctement, dit la chouette. Je pense que vous devriez vous plaindre.

Oliver regarda autour de lui. Se plaindre, d'accord, mais à qui ? Il n'y avait que la chouette.

– Me voilà bien, tiens. Et comment veux-tu que je vive d'exaltantes aventures si je suis coincé ici ?

– On pourrait faire une ou deux réussites, suggéra la chouette. Pour passer le temps.

– Je ne joue pas aux cartes avec les oiseaux.

La chouette sortit de sous son aile un petit jeu de cartes et se mit à les battre. Elle lança un regard interrogateur vers Oliver.

– Bon, bon, allez, ça va. Distribue.

Très vite, il se prit au jeu. Il avait toujours aimé les réussites. C'était le meilleur moyen de passer le temps.

– À vous de faire, dit la chouette.

9

De retour à l'auberge, Azzie astiqua sa boule de cristal et jeta un œil dedans. Elle resta trouble jusqu'à ce qu'il se rappelle qu'il fallait dire : « Montre-moi ce que fait sir Oliver. » La boule clignota pour indiquer qu'elle avait enregistré le message, et s'éclaircit pour montrer Oliver dans une forêt grise, qui jouait aux cartes avec une chouette.

– Ce n'est pas du tout ce qui était prévu, ça, dit Azzie, pensif.

Il avait besoin d'un coup de main.

– Où est mon messager ?

La porte s'ouvrit, un petit homme entra.

– Apporte ce mot à l'Arétin sur-le-champ, dit Azzie en grattant du bout d'un ongle un parchemin qu'il plia en deux et tendit au messager.

– Où vais-je le trouver ? demanda ce dernier.

– À Venise, sans aucun doute. Occupé à faire la bombe avec mon argent.

– Je pourrais avoir un charme, pour y aller ?

– Tu es censé avoir tes propres pouvoirs, non, que je sache ? grommela Azzie. Allez, c'est bon, prends-en un sur la table. Un Grand Public, hein.

Le messager plongea la main dans le saladier en verre et en empocha une poignée.

– À Venise ! lança-t-il à l'intention de celui qu'il avait gardé dans la main.

Et il disparut.

Tout s'était passé si rapidement qu'Azzie n'avait pas eu le temps de reconnaître Quentin, qui venait de saisir au vol sa chance de participer enfin à cette folle aventure.

10

Pendant ce temps, l'Arétin réalisait que l'acompte
versé par Azzie était vraiment arrivé à point nommé.
Le pamphlétaire avait toujours voulu organiser une
grande fête, une vraie java qui ferait danser toute
cette bonne vieille cité de Venise et démontrerait une
fois de plus qu'il était grand seigneur et savait ce que
ripailler voulait dire. Cette fête, elle durait déjà
depuis plusieurs jours et plusieurs nuits – depuis le
départ d'Azzie.

L'Arétin avait fait venir tout exprès un orchestre
d'Allemagne. Les musiciens avaient défait leurs
pourpoints et levaient le coude sans se faire prier.
L'atmosphère était joyeuse et conviviale. Dommage
qu'un messager vînt interrompre un aussi réjouissant épisode.

Il était assez jeune. C'était un enfant, en réalité, en
chemise de nuit de surcroît, un très bel enfant aux
épaisses boucles blondes.

Quentin, un peu essoufflé par le voyage au-dessus
des Alpes que le charme dérobé à Azzie lui avait fait
faire, fut amené par un serviteur jusqu'à l'Arétin. Il
salua bien bas l'éminent auteur et annonça :
– Je vous apporte un message.

– Je n'en ai pas vraiment besoin pour l'instant, dit l'Arétin. La fête bat son plein.

– C'est de la part d'Azzie, insista Quentin. Il veut que vous veniez tout de suite.

– Je vois. Et qui es-tu, toi ?

– Je suis un des pèlerins. Ce qui s'est passé, c'est que quand ma sœur Puss – son vrai nom, c'est Priscilla, mais on l'appelle Puss – quand elle s'est endormie, j'ai décidé d'aller faire un tour. J'avais pas sommeil. En fait, j'ai presque jamais sommeil. Alors je suis monté au premier étage, j'ai vu une porte, je l'ai ouverte, et avant d'avoir eu le temps de dire ouf, j'étais devenu messager.

– Mais comment fais-tu pour te déplacer ? s'étonna l'Arétin. Tu es un mortel, comme moi.

– Oui, bien sûr. J'ai pris quelques charmes à Azzie.

– J'espère que tu dis vrai, soupira l'écrivain, songeur. Et que veut Azzie ?

– Que vous le rejoigniez. Tout de suite.

– Où est-il ?

– Je vais vous emmener. Avec un charme.

– Tu es bien sûr qu'on peut faire confiance à ces machins ?

Quentin ne daigna même pas répondre. Il lui avait fallu très peu de temps pour se familiariser avec ces accessoires un peu particuliers, et il brûlait de raconter à Puss que voyager sur Trans Charme Airways, c'était simple comme bonjour.

11

Azzie avait prévu de fêter l'entrée de sir Oliver dans le passage, car cela signifiait que sa pièce immorale avait réellement commencé. Tout ce que l'Arétin avait à faire, c'était observer la progression du chevalier, et l'écrire. Mais à peine Oliver avait-il été lancé qu'il avait commencé à avoir des problèmes.

Azzie ne perdit pas une seconde. Pour trouver ce qui s'était passé, il suivit la piste de sir Oliver dans le royaume de la féerie grâce aux signes révélateurs qui permettent au Mal de suivre les progrès de l'Innocence. Ainsi, il pénétra dans l'étrange forêt où les terres de la réalité et celles de la féerie se confondent.

Après avoir longuement erré dans les tristes allées de la forêt, il arriva à une clairière, à l'autre bout de laquelle il vit sir Oliver, assis sur un tronc, et une chouette posée en face de lui. Ils jouaient aux cartes avec un petit jeu qui était juste de la bonne taille pour que la chouette puisse tenir les cartes dans ses serres.

Azzie hésita entre le rire et les larmes. Il avait envisagé un destin plus… reluisant pour Oliver.

Il se précipita vers lui.

– Dites donc, Oliver ! Ça suffit, la rigolade, faudrait voir à prendre du souci, là.

Mais il ne fut pas entendu, et ne put s'approcher à moins de vingt pas du pèlerin, une espèce de mur invisible caoutchouteux l'empêchant d'avancer. De toute évidence, le mur faisait aussi office d'isolateur phonique, et bloquait ou déformait l'image, car Oliver ne vit pas Azzie.

Ce dernier suivit les contours du cercle invisible jusqu'à se trouver exactement en face du chevalier et se posta là, attendant qu'il lève les yeux. Mais lorsque Oliver regarda effectivement dans cette direction, ce fut comme s'il voyait à travers Azzie, et très vite, il retourna à sa partie de cartes.

Pour Azzie, ce qui se passait était des plus inquiétants. Cela allait bien au-delà du domaine de la plaisanterie plus ou moins fine dans lequel il excellait. Qui avait bien pu s'immiscer dans cette histoire ?

Il soupçonna d'abord Babriel, mais les capacités mentales de l'ange n'étaient pas développées au point de lui permettre de concevoir et d'exécuter un tel dessein. Alors qui ? Michel ? Il ne retrouvait pas ici la finition soignée caractéristique de tout ce que l'archange entreprenait. Et puis ce genre d'histoire, ce n'était pas son style – sauf que, par désespoir, il était capable de tout.

Restait Ylith. Impossible de ne pas envisager cette éventualité. Mais qu'avait-elle fait, précisément ?

L'instant d'après, elle se tenait à ses côtés.

– Bonjour, Azzie, dit-elle. À moins que j'aie raté mon exercice de divination, il me semble que tu pensais à moi, là, tout de suite.

Son sourire était franc, beau, et ne laissait rien paraître.

– Qu'est-ce que tu as fait ?

175

– J'avais envie de te jouer un petit tour. Il s'agit d'une barrière invisible, aux normes tout ce qu'il y a de plus standard.

– Très amusant. Enlève-la, maintenant ! s'énerva Azzie.

Ylith avança jusqu'à la barrière invisible, la tâta.

– C'est bizarre, dit-elle au bout d'un moment.

– Qu'est-ce qui est bizarre ?

– Je n'arrive pas à trouver l'anomalie qui fait fonctionner la barrière. Elle devrait être là, en principe.

– Bon, allez, ça suffit, cette histoire, dit Azzie. Je vais voir Ananké.

12

Ananké avait invité ses vieilles copines les trois Moires à prendre le thé. Pour la circonstance, Lachésis avait fait un gâteau, Clotho avait fait toutes les boutiques de souvenirs de Babylone pour trouver LE cadeau idéal, et Atropos avait apporté un petit recueil de poèmes.

Ananké n'avait pas pour habitude d'apparaître sous forme humaine.

– Vous pouvez me traiter de vieille iconoclaste, se plaisait-elle à dire, mais pour moi, rien de vraiment important ne devrait pouvoir être représenté.

Ce jour-là, pourtant, et parce qu'elle aimait beaucoup les trois Moires, elle s'était trouvé une bonne grosse Allemande d'âge mûr en tailleur strict et chignon.

Pour leur petite dînette, Ananké et les Moires s'étaient retrouvées sur les pentes du mont Icone. Le thym et le romarin embaumaient l'air, le ciel était d'un bleu profond et, de temps à autre, de petits nuages venaient caracoler dans l'immensité, rats albinos sur fond azur.

Ananké servait le thé lorsque Lachésis remarqua un point dans le ciel qui venait dans leur direction.

– Regardez ! s'écria-t-elle. Voilà quelqu'un !

– J'ai pourtant demandé qu'on ne me dérange pas, grommela Ananké.

Qui avait osé ? En tant que Principe Suprême, ou presque, elle avait l'habitude que les gens se fassent tout petits en entendant son nom. Elle aimait se considérer comme Celle à Qui On Doit l'Obéissance, même si c'était un petit peu mégalo, comme attitude.

Le point devint une silhouette, qui devint un démon en plein vol. Azzie effectua un atterrissage gracieux tout près de l'endroit où pique-niquaient ces dames.

– Coucou ! dit-il en s'inclinant. Désolé de vous déranger. Vous allez bien, j'espère ?

– Dis-moi de quoi il s'agit, répondit Ananké d'un ton froid. Et tu as intérêt à ce que ça soit important.

– Ça l'est. J'ai décidé de monter une pièce immorale, histoire de faire le pendant à toutes les pièces morales dont mes opposants ne cessent d'abreuver le monde, et dont le prétendu message est aussi stupide qu'insensé.

– Et c'est pour me donner des nouvelles de ta pièce que tu viens déranger mon pique-nique ? Ça fait un bail que je te connais, vaurien, et tes petits jeux, je m'en tape le coquillard. En quoi ta pièce me concerne-t-elle ?

– Mes ennemis me mettent des bâtons dans les roues, expliqua Azzie, et vous avez pris parti pour eux plutôt que pour moi.

– Et alors ? Le Bien de temps en temps, ça ne peut pas faire de mal, se défendit Ananké.

– Je vous l'accorde. Mais cela ne m'ôte pas pour autant le droit de m'y opposer, n'est-ce pas ? Et votre rôle est de vous assurer que je peux faire valoir mes arguments.

– C'est vrai, reconnut Ananké.

– Alors vous allez faire en sorte que Michel et ses anges arrêtent de m'embêter, d'accord ?

– Je n'ai guère le choix. Bien, maintenant, si tu veux bien nous laisser, le thé refroidit.

Azzie dut se contenter de cette laconique réponse.

SEPTIÈME PARTIE

1

Michel était dans son bureau et se reposait dans le Modèle Original du Fauteuil Idéal de Platon – l'archétype de tous les fauteuils et, par définition, le plus confortable qui ait jamais été conçu. Il ne lui manquait qu'un cigare. Mais le tabac était un vice auquel il avait renoncé depuis longtemps, ce qui fait que, finalement, il ne lui manquait rien.

Le bien-être total est aussi difficile à éprouver pour un archange que pour un homme, et Michel n'aurait en aucun cas pris ce moment pour un dû. Il en profitait au maximum, sans pouvoir néanmoins s'empêcher de se demander combien de temps ce pur moment de béatitude allait durer.

On frappa à la porte.

Il eut aussitôt le sentiment que ce qui allait suivre ne lui plairait pas. Il envisagea de faire la sourde oreille, ou de dire : « Allez-vous-en », mais s'y refusa. Quand on est archange, il est certains plaisirs auxquels on renonce une fois le seuil du bureau franchi.

– Entrez, dit-il.

La porte s'ouvrit, un messager entra. Il était petit, c'était un enfant aux boucles blondes, vêtu d'une chemise de nuit, avec un paquet dans une main, et une poignée de charmes dans l'autre. Quentin prenait son rôle de messager de plus en plus au sérieux.

– J'ai un paquet pour l'archange Michel.

– C'est moi.

– Signez là.

Michel parapha le bon de livraison imprimé sur feuille d'or que lui tendait Quentin. Le jeune garçon le plia, le rangea et donna le paquet à l'archange. Il était assez lourd.

– Tu n'es pas un ange, n'est-ce pas ? demanda Michel.

– Non, monsieur.

– Tu es un petit homme, c'est ça ?

– Tout juste.

– Alors pourquoi travailles-tu pour une messagerie surnaturelle ?

– J'en sais rien, dit Quentin. Mais c'est super chouette. Ça sera tout ?

– Je crois que oui.

Quentin fit fonctionner son charme et disparut.

Michel se gratta la tête, puis regarda son paquet et en déchira le papier d'emballage gris. Une grosse brique en bronze apparut, sur un côté de laquelle était gravé quelque chose. Michel la tendit vers la lumière pour pouvoir déchiffrer et lut : « Michel ! Arrête immédiatement de fourrer ton nez dans la pièce du démon Azzie. Monte ta propre pièce si ça te chante, mais laisse celle d'Azzie tranquille. Bien amicalement, Ananké. »

Michel posa la brique, sa bonne humeur complètement à plat. Mais pour qui se prenait-elle, cette Ananké, à donner des ordres à un archange ? Il n'avait jamais vraiment accepté l'idée que la Nécessité, Ananké, gouverne le Bien et le Mal. Qui avait décidé une chose pareille ? Encore une histoire de prévisions foireuses. Si seulement Dieu était encore là… Lui seul pouvait arbitrer cette gabegie. Mais Il était parti, et sans qu'on sache vraiment comment, cette Ananké avait pris la relève. Et maintenant, voilà qu'elle dictait sa conduite à Michel.

– Elle ne peut pas faire des lois contre moi comme ça, dit-il à voix haute. Elle est peut-être le Destin, mais elle n'est pas Dieu.

Et il décida qu'il allait s'occuper de tout ça.

Une petite vérification lui confirma qu'il avait plusieurs moyens d'agir à propos de la pièce d'Azzie. La retarder, simplement, allait peut-être suffire.

2

– Essaie encore, dit Héphaïstos.

– Et qu'est-ce que tu crois que je fais ? dit Ganymède. J'y arrive pas, je te dis.

Tous les dieux étaient regroupés autour de leur côté de l'interface, l'autre côté étant la boîte de Pandore, dans la chambre de Westfall, sur Terre. C'était l'itinéraire qu'avait choisi Zeus pour s'échapper, et maintenant tous les dieux et toutes les déesses essayaient de faire la même chose, sans succès. Héphaïstos, le forgeron des dieux, avait tenté d'élargir le passage, mais il n'avait pas l'habitude de travailler sur les interfaces.

Soudain, un faible bourdonnement se fit entendre, ils reculèrent tous. L'instant d'après, Zeus apparut et se planta devant eux, fort et glorieux.

– Et le grand homme fit son retour ! dit Héra, qui avait un penchant très net pour le sarcasme.

– La paix, femme ! dit Zeus.

– Facile à dire, railla Héra. Tu pars jouer à tes sales petits jeux sur Terre pendant qu'on reste enfermés dans cet insupportable endroit. Pour un chef des dieux, tu te poses là !

– Je suis le meilleur chef dont vous puissiez rêver, répondit Zeus. Je n'ai pas perdu mon temps. J'ai un

184

plan. Mais vous devez m'obéir, votre liberté en dépend. Elle dépend de votre coopération aussi. Alors arrêtez de râler, pour une fois. Si j'ai bien compris, l'archange Michel doit arriver d'une minute à l'autre.

— Ah ! L'ennemi en personne ! s'écria Phébus Apollon.

— Non, rétorqua Zeus, un allié potentiel. Il va nous demander quelque chose. Nous devons lui parler calmement, et faire ce qu'il veut.

— Et ensuite ?

— Ensuite, les enfants, nous saisirons la chance qui nous est offerte de reprendre le monde en main.

— Ah, c'est le petit nouveau ! dit Zeus lorsque Michel arriva enfin.

L'archange détesta d'entrée ce qualificatif, qui laissait penser qu'il était quelque divinité nouvellement promue au pinacle et non un être spirituel possédant un pouvoir égal à celui de Zeus.

— Surveillez vos manières, dit-il à Zeus. Nous possédons encore des pouvoirs capables de vous faire sauter, vous et votre bande de sybarites débraillés, et de vous envoyer au plus profond de l'Enfer.

— On en revient justement, rétorqua Zeus. Et quand on a connu le pire, il n'a plus tout à fait le même effet sur vous les fois suivantes. Enfin passons. Qu'est-ce que je peux faire pour vous ?

— Vous n'êtes pas sans savoir, je suppose, qu'un nouveau pouvoir a fait son apparition dans le cosmos ?

— L'affaire a en effet attiré notre attention. Et alors ?

— Vous êtes au courant de la pièce immorale que le démon Azzie est en train d'essayer de monter ?

– J'en ai entendu parler.

– Si elle a l'effet que je redoute sur l'humanité, vous en ferez autant les frais que nous.

– Mais qu'est-ce que vous croyez ? Nous autres dieux grecs n'avons rien à faire avec les notions de Bien et de Mal.

– Ce projet va au-delà du Bien et du Mal.

– Ah… Et alors ?

– Non seulement ce projet est amoral, mais il fiche en l'air l'idée que la personnalité fait le destin.

– Hein ? Qu'est-ce que vous dites ? demanda Zeus.

– Je savais bien que ça vous ferait réagir, ça, dit Michel. Mais ce n'est pas tout. Azzie va non seulement monter une pièce qui démontrera que Personnalité n'est pas Destin, mais aussi que la Vie sans supervision divine vaut tout à fait le coup d'être vécue.

– C'est trop, ça, alors ! Il faut à tout prix mettre un terme à cette entreprise ! Mais comment ?

– Nous devons adopter la tactique du retard, expliqua Michel. Je ne peux rien faire personnellement, Ananké m'a déjà remonté les bretelles. Mais si vous, ou mieux, un de vos enfants pouvait me rendre un petit service…

Phébus se leva.

– Je serais ravi de vous donner un coup de main, dit-il en souriant. Que voulez-vous que je fasse ?

– J'aurais besoin des Cyclopes, commença Michel. En gros, je veux faire la même chose que ce que Phébus avait fait pour Ulysse. Ensuite, j'aurais encore un petit boulot pour celui ou celle d'entre vous qui s'occupe des orages, des pluies et des vents.

Athéna réfléchit un instant puis se tourna vers Zeus :

186

– Nous avions opté pour une division du travail, dans ce domaine. Beaucoup de dieux sont concernés, y compris Poséidon, et toi-même, Zeus.

– C'est vrai, acquiesça le chef des dieux. Nous allons donc devoir assigner quelqu'un d'autre à la météo. Arès, ça te dirait de faire la guerre avec des moyens très naturels ?

– Du moment que ça fait souffrir les gens, je suis O.K., moi, grogna Arès.

– Bien, alors écoutez-moi, dit Michel. Voici deux ou trois trucs que vous devez connaître en matière de fabrication météo.

3

– Ça y est, je l'ai ! lança une voix de femme.

Il y eut un cliquetis, suivi du bruit d'une barrière qui tombe.

Oliver se leva aussitôt, et entreprit de chercher les limites de son confinement.

Il n'y en avait pas, alors il se mit à marcher.

Il n'était pas très sûr de sa destination, mais comme il disposait d'un charme Cretinia, il imagina que tout irait pour le mieux. D'ailleurs, le charme le poussait, le tirait dans une direction bien précise, alors il n'y avait pas à s'en faire. Très vite, il se rendit compte qu'il parcourait de grandes distances. Lorsque le charme le tira vers bâbord, il se laissa faire.

Bientôt, il fut sur une plage. Il continua à marcher, arriva aux abords d'une grande caverne. Elle avait quelque chose d'inquiétant, et il envisagea d'abord de passer au large, mais il avisa un vieux panneau cloué juste au-dessus de l'entrée sur lequel était écrit : « Porteurs de Bague Charme Express – Bienvenue » et, en dessous, en tout petit : « Ne partez pas sans elle. » Alors il entra.

Un géant assis sur un tabouret se tenait à l'entrée.

– Vous avez la bague ? demanda-t-il à Oliver.

– Bien sûr, répondit le chevalier en la montrant.

Le géant l'examina minutieusement.

– Parfait. C'est bien vous.

Sur quoi il se leva et fit rouler un énorme rocher devant l'entrée de la caverne.

– Qu'est-ce que vous faites ? demanda Oliver.

– J'exécute les ordres, répondit le géant en reprenant place sur son tabouret.

– Et maintenant, que va-t-il se passer ?

– Croyez-moi, vaut mieux que vous en sachiez rien.

– Mais je veux savoir ! Dites-le-moi !

– Je vais vous manger.

– Vous plaisantez !

– Je ne plaisante pas du tout. Vous avez déjà rencontré un géant qui aimait la plaisanterie ?

– Mais je ne vous ai jamais rien fait de mal ! gémit Oliver.

– Ça n'a rien à voir avec ça.

– Avec quoi ça a à voir, alors ?

– Désolé, petit père, mais mon ordre de mission est on ne peut plus clair. Mange le type à la bague. Voilà ce qu'il y avait d'écrit.

– Quel type, avec quelle bague ?

– C'est pas précisé. Le type à la bague, point.

– Mais ça peut être n'importe qui !

– Écoute, petit père, peut-être qu'ils n'ont pas eu le temps d'être plus précis.

– Et si vous mangez le mauvais type ?

– Eh bien, on pourra dire que c'était quelqu'un qu'avait pas beaucoup de pot dans la vie, mais ça ne sera pas ma faute.

– Évidemment. N'empêche que c'est vous qu'on accusera.

– Comment vous le savez ?

– Quand il y a un problème, que ça soit votre faute ou pas, c'est pas vous qu'on accuse, peut-être ?

– Y a du vrai dans ce que vous dites, faut reconnaître.

Le géant se leva et alla un peu plus loin dans la caverne, où étaient installés un fauteuil, un lit et une lanterne. Oliver regarda autour de lui, à la recherche d'une arme, mais ne trouva rien qui puisse même faire office de bâton. Ce qu'il vit, en revanche, c'était un morceau de papier épinglé à la chemise du géant.

– Qu'est-ce que vous avez, sur l'épaule ?

– C'est le bordereau d'expédition qu'ils m'ont donné.

– Et qu'est-ce qu'il y a écrit dessus ?

– Juste que je dois rester ici jusqu'à ce que le type avec la bague se pointe.

– Et rien d'autre ?

– Pas que je sache.

– Laissez-moi regarder.

Mais le géant ne l'entendait pas de si bonne oreille. Son bordereau d'expédition, il y tenait, c'était le sien à lui et il n'avait aucune intention de le montrer à un étranger. À plus forte raison à un étranger qu'il allait manger.

Oliver comprenait bien tout cela, mais il était déterminé à voir ce qui était écrit sur ce papier. La seule chose qu'il trouva à proposer au géant fut un massage du dos.

– Et pourquoi est-ce que je voudrais un massage du dos ? demanda le géant, sceptique.

– Parce qu'après on se sent en pleine forme, voilà tout.

– Mais je me sens très bien comme ça, moi, dit le géant, alors que, de toute évidence, c'était faux.

– Je vois ça. Mais qu'est-ce que c'est qu'être bien, finalement ? Bien, ce n'est pas grand-chose. Ce n'est presque rien. Être en pleine forme, en revanche, c'est autre chose. Et je suis sûr que ça vous plairait.

190

– J'ai pas besoin de ça, moi, dit le géant.

– Quelle est la dernière fois où vous vous êtes senti en pleine forme ? Mais je veux dire vraiment au top, hein ! insista Oliver.

– Ben… Ça fait un petit moment, déjà. Tout le monde se fiche de comment se sent un géant. La plupart des gens pensent qu'un géant, ça n'a pas de sentiments, alors… Personne ne demande jamais des nouvelles de sa santé, et encore moins comment il va. On nous prend pour des idiots, mais on est quand même suffisamment intelligents pour nous rendre compte que les gens se fichent de nous comme de leur première cotte de mailles.

– Ça, c'est tout à fait vrai. Alors, ce massage ?

– D'accord. Faut que j'enlève ma chemise ?

– C'est comme vous préférez.

Le géant s'allongea sur le long rocher plat qui lui servait de lit et que pendant la journée il transformait en canapé en y posant de gros cailloux qui ressemblaient à des coussins – c'est pas parce qu'on est géant qu'on doit négliger la décoration.

Oliver lui retroussa sa chemise et entreprit de lui tapoter, malaxer le dos, doucement d'abord, puis avec un peu plus d'énergie car le géant se plaignit de ne rien sentir. Alors il claqua, pinça, martela, sans quitter des yeux le morceau de papier attaché à la chemise par une agrafe en bronze.

Enfin, il réussit à lire ce qui était écrit : « Ce géant est vulnérable uniquement sous l'aisselle gauche, qui n'a pas été blindée pour des raisons de ventilation. Il est recommandé au géant de ne jamais laisser quoi que ce soit approcher cette zone. » Suivait le sceau du fabricant, illisible.

Bon, c'était toujours ça, mais ça n'était pas grand-chose. Comment atteindre l'aisselle gauche du géant ? Même la droite était inaccessible.

Une ombre traversa le rocher qui fermait la caverne. Oliver leva les yeux. Un homme assez grand, très bien habillé – avec la mode italienne on n'était jamais déçu – apparut

– Bonjour, je suis Pietro l'Arétin, dit-il. C'est Azzie qui m'envoie. Si vous pouviez accélérer un peu la manœuvre et terminer votre massage, on se remettrait au travail, qu'en pensez-vous ?

– Qui est-ce ? demanda le géant, qui somnolait.

– Ne vous inquiétez pas, le rassura Oliver. C'est pour moi.

– Dites-lui de s'en aller. Après le massage, je suis censé vous dévorer.

Oliver leva les yeux au ciel, fit un geste implorant, l'air de dire : « Mais qu'est-ce que j'ai fait pour mériter ça ? »

De son côté, l'Arétin venait de se rendre compte de la présence du géant. Il avança doucement, d'un pas méfiant, craignant d'en voir surgir d'autres.

– Il est blindé ? chuchota-t-il à l'adresse d'Oliver.

– Oui. Blindage total en dehors de l'aisselle gauche.

– Alors il va falloir le faire s'étirer.

– Facile à dire.

– Vous savez s'il y a du raisin dans le coin ?

– Je vais demander, répondit Oliver, qui avait tout de suite compris l'idée de l'Italien.

– Du raisin ? s'étonna le géant. Pourquoi faire ?

– Le repas du condamné. C'est la coutume.

– Jamais entendu parler. Mais ça devrait pouvoir se trouver. Il était du tonnerre, votre massage.

Le géant se leva, fit signe à Oliver de le suivre et sortit de la caverne. À quelques pas de là se trouvait une vigne grimpante.

– Elle est trop haute, je n'arrive pas à attraper les grappes, se plaignit le chevalier.

– Attendez, je vais vous aider.

Le géant tendit le bras, exposant de fait son aisselle. L'Arétin lança son épée à Oliver, mais celui-ci hésita. Le géant avait levé le bras droit.

– Essayez quand même ! l'encouragea Pietro.

Oliver serra les dents et plongea l'épée dans l'aisselle du géant. Elle était blindée, comme il l'avait craint, mais pas si bien que ça. L'épée s'enfonça sans grande difficulté.

– Ouille ! Mais pourquoi vous me faites mal ?

– Il le fallait. Vous alliez me tuer.

– J'aurais changé d'avis.

– Et comment vouliez-vous que je le sache ?

Le géant tomba, se mit à grincer des dents.

– J'aurais dû m'en douter. Un géant qui gagne, ça s'est jamais vu. Au fait, le chandelier que vous cherchez, c'est moi qui l'ai. Il est au fond de la caverne.

Et, dans un ultime soupir, il rendit l'âme.

– Vite ! dit l'Arétin. Allez chercher le chandelier !

Oliver courut au fond de la caverne, le trouva caché derrière un rocher. Il avait désormais la bague, la clé et le chandelier. Il fit deux pas en avant, leva les yeux et fit un bond en arrière.

L'Arétin avait disparu. Devant lui se tenait quelqu'un d'autre.

4

– Qui êtes-vous ? demanda Oliver.

– Votre commandant en second, sir, répondit l'homme. Globus est mon nom. Servir les grands ma mission.

La vision périphérique d'Oliver se mit enfin en place, et il réalisa qu'il se trouvait dans un endroit complètement différent. Prendre le chandelier avait apparemment suffi. Plus de plage à l'horizon. Il était au milieu d'une grande prairie, près d'un village, avec des montagnes d'un côté et une large plaine de l'autre, au creux de laquelle scintillait un fleuve. Sur les berges du fleuve était installé un campement.

– Quelle est cette troupe ? demanda Oliver.

– La Compagnie Blanche, répondit Globus.

La Compagnie Blanche était célèbre. Son premier commandant, sir John Hawkwood, avait mené ses hommes jusqu'à bien des victoires, et pas des moindres, à travers l'Italie. Ils étaient une dizaine de milliers, prêts à combattre n'importe qui en Europe – Lettons basanés, Polonais échevelés, Germains moustachus, Italiens aux oreilles percées, Français à coiffure crantée, Écossais à sourcils broussailleux. Ces hommes étaient les plus vaillants, les plus gaillards, les plus assoiffés de sang, mais aussi les plus obéissants de tous les soldats du monde civilisé, et même du monde barbare.

— Où est Hawkwood ? demanda Oliver.

— Sir John est en congé en Angleterre. Il n'avait pas envie d'y aller, mais mon maître lui a offert une somme qu'il ne pouvait refuser, expliqua Globus.

— Qui est ton maître ?

— Je ne le nommerai pas. Mais je peux vous dire que c'est un diablement bon bougre. Il m'a demandé de vous remettre ceci.

De son havresac, Globus tira un instrument long et fin et le tendit à Oliver, qui reconnut immédiatement le bâton de commandement que l'on remet à un maréchal d'infanterie.

— C'est votre insigne de commandant. Montrez-le aux soldats, et ils vous suivront jusqu'au bout du monde.

— Où faut-il que j'aille ?

— Nous sommes en ce moment sur le versant sud des Alpes. Vous n'aurez qu'à marcher tout droit par là puis suivre le fleuve jusqu'à Venise, dit Globus en indiquant une direction vaguement méridionale.

— C'est tout ? Je n'ai qu'à mener les hommes jusqu'à Venise ?

— C'est tout.

— Alors en route, mauvaise troupe !

Sir Oliver exultait.

5

Oliver approcha de la tente pourpre qui lui avait été réservée. À l'intérieur, assis sur un tabouret pliant et occupé à se faire les ongles à l'aide d'une petite lime en argent, se trouvait Azzie.

– Tiens ! Salut, chef ! s'écria Oliver.

– Bienvenue à votre commandement, maréchal. Êtes-vous satisfait ?

– C'est merveilleux. Vous m'avez dégoté une troupe formidable. J'ai vu quelques soldats en arrivant. Des durs de durs, pas vrai ? Celui qui s'avisera de me barrer la route le regrettera amèrement, désormais ! Au fait, je dois me battre contre quelqu'un en particulier ?

– Bien sûr. Lorsque vous irez vers le sud, ce que j'aimerais que vous fassiez dès la fin de cet entretien, vous tomberez nez à nez avec l'avant-garde des Fous Furieux de la Mort.

– Ouh là ! Ça a l'air d'être des durs, ceux-là aussi. Vous pensez que c'est bon, pour moi, de commencer par des costauds ?

– Ils ne sont pas costauds du tout. Je leur ai donné ce nom parce que ça fait bien dans les journaux. En fait, il s'agit d'un groupe de paysans affranchis, des gens de la région à qui on a retiré leurs terres parce

196

196

qu'ils ne pouvaient pas payer d'exorbitants impôts. Ils sont armés de haches et de faux, n'ont pas d'armures, ni d'arcs, ni même de lances dignes de ce nom. Et ils ne sont que deux cents face à vos dix mille hommes. De plus, non seulement ils sont extrêmement mal préparés au combat, mais ils se trahiront les uns les autres et fuiront dès les premiers affrontements. Vous pouvez me croire, c'est du garanti sur facture.

– Ça me paraît pas mal, dit Oliver. Et ensuite ?

– Ensuite vous marcherez sur Venise. Nous aurons préparé la presse.

– La presse ? Mais je n'ai rien fait qui mérite la torture !

– Vous vous méprenez. La presse, c'est le nom que l'on donne à tous ceux qui font connaître certaines choses à d'autres gens : peintres, poètes, écrivains, ce genre de personnes, vous voyez ?

– Jamais entendu parler.

– Vous feriez mieux de vous tenir un peu au courant si vous tenez à devenir célèbre pour vos victoires. Comment voulez-vous devenir légendaire si les écrivains ne relatent pas vos exploits ?

– Je pensais que ça se faisait tout seul, comme ça.

– Pas du tout. J'ai engagé les meilleurs poètes et écrivains de ce siècle, le divin Arétin en tête, pour chanter vos louanges. Le Titien nous fera une grande affiche de propagande dépeignant la victoire qui vous plaira. Je demanderai à un compositeur d'écrire un ballet travesti sur cette victoire, quelle qu'elle soit.

Azzie se leva et se dirigea vers la sortie. Dehors, il tombait quelques gouttes, et de gros nuages noirs avaient surgi de derrière les Alpes.

– On dirait qu'il va y avoir du gros temps, dit-il. Mais ça ne durera pas, j'en suis sûr, et vous et vos hommes pourrez bientôt vous mettre en route pour Venise. Pour ce qui est de communiquer avec eux, de la langue à utiliser, etc., voyez avec Globus. Il fera en sorte que tout le monde comprenne vos ordres.

— Très bien. Justement, je me demandais comment procéder, dit Oliver, qui ne se demandait rien du tout mais désirait montrer qu'il suivait.

— Bonne chance. Je pense que nous nous croiserons à Venise, ici ou là.

HUITIÈME PARTIE

1

Les ténèbres avaient envahi le ciel de toute l'Europe, et celui de la petite auberge dans laquelle Azzie – entre deux expéditions de reconnaissance et de soutien – continuait de recruter pour sa pièce.

– Quoi de neuf, l'Arétin ?

– Eh bien, mon cher, Venise bourdonne déjà des rumeurs selon lesquelles il se préparerait un événement étrange et sans précédent. Personne ne sait quoi exactement, mais ça discute ferme. Les Vénitiens ne sont pas dans le secret des Êtres Surnaturels, même si notre singularité aurait depuis longtemps dû nous ouvrir les portes de cet autre monde. On se réunit jour et nuit sur la place Saint-Marc pour discuter de la dernière merveille entrevue dans le ciel. Mais vous ne m'avez pas fait venir pour vous conter les ragots.

– Je vous ai fait venir, mon cher Pietro, pour que vous rencontriez certains des participants à ma pièce dès maintenant. De cette manière, vous pourriez les conseiller encore mieux par la suite. C'est dommage que vous ayez manqué sir Oliver. C'est un bon modèle de chevalier, je pense que nous serons fiers de lui.

– Je l'ai aperçu en montant, dit l'Arétin sans grand enthousiasme. C'est assez inhabituel, de recruter le premier candidat venu et de lui donner le rôle sans autre forme de procès. Mais il fera l'affaire, je n'en doute pas. Qui est le deuxième ?

– On ne va pas tarder à le savoir. Si j'ai bonne ouïe, ce sont des pas que j'entends dans l'escalier.

– En effet. Et au bruit qu'ils font, je dirais qu'ils appartiennent à une personne dont l'existence sur terre est restée jusqu'à présent totalement insignifiante.

– Comment faites-vous ? J'aimerais tant connaître le secret de cette téléperception.

L'Arétin sourit doctement.

– Vous remarquerez que les bottes émettent un bruit de frottement, et que cela s'entend malgré la porte et le couloir qui nous séparent de l'escalier. Cela, mon cher, est le bruit caractéristique du cuir non tanné. Il est assez aigu, aussi en déduit-on que les bottes sont raides, et que lorsqu'elles frottent l'une contre l'autre, elles provoquent un son identique à celui de deux pièces de métal. Aucun homme de qualité ne porterait pareilles chausses, donc il doit s'agir d'un pauvre.

– Cinq ducats si vous avez raison, dit Azzie.

Les pas s'arrêtèrent devant la porte, on frappa.

– Entrez, dit le démon roux.

La porte s'ouvrit, un homme entra lentement, jetant un coup d'œil de part et d'autre de l'encadrement, comme s'il n'était pas sûr de l'accueil qu'on lui réserverait. Il était grand, blond, et portait une chemise de toile grossière usée jusqu'à la trame et rapiécée de toutes parts. À ses pieds, des bottes en cuir semblaient avoir été moulées sur ses mollets.

– Je vous paierai plus tard, dit Azzie à l'Arétin. (Puis il se tourna vers l'étranger.) Je ne vous connais pas, monsieur. Faites-vous partie du pèlerinage ou êtes-vous arrivé au bénéfice de la nuit tombée ?

– Corporellement parlant, je fais partie du groupe, répondit l'homme. Mais spirituellement, je n'en fais pas partie.

– Voilà un manant qui a de l'esprit, dit Azzie. Et quel est votre nom, monsieur ? Et votre situation ici-bas ?

– On m'appelle Morton Kornglow. Je suis palefrenier de formation mais j'ai été promu au rang de valet de sir Oliver car je viens du village de ses ancêtres et j'ai toujours su manier l'étrille. Ainsi je puis assez justement me dire l'un des vôtres du point de vue physique, mais les hommes ont tendance à se regrouper par affinité d'esprit, ce qui exclut de fait les chiens et les chats qui les accompagnent, ainsi que leurs serviteurs, qui ne valent guère plus que les animaux. Permettez-moi de vous demander tout de suite, monsieur, si ma position sociale ici-bas m'empêche de participer à cet événement. Le recrutement n'est-il ouvert qu'aux nobles ou un manant aux ongles sales peut-il lui aussi se porter volontaire ?

– Dans le monde spirituel, répondit Azzie, les différences que font les hommes entre eux perdent leur sens. Vous êtes pour nous des âmes à prendre revêtues d'un corps temporaire que vous abandonnerez sous peu. Mais assez parlé de ça. Voudriez-vous partir pour nous à la recherche d'un des chandeliers, Kornglow ?

– Assurément, monsieur le démon. Car même si je suis un homme du peuple, j'ai un souhait. Mais le réaliser risquerait de poser quelques problèmes.

– Et quel est ce souhait ?

– Avant que vous ne vous joigniez à nous, nous avons fait un détour pour visiter les terres de Rodrigue Sforza. Les gentils ont mangé à sa table tandis que les vilains comme moi ont dîné dans l'office. Par la porte entrouverte, nous pouvions suivre le déroulement du repas, et c'est là que mon regard s'est posé sur Cressilda Sforza, l'épouse du seigneur Sforza lui-même. C'est la plus exquise des femmes. Sa chevelure est soyeuse et souple, et son teint ferait pâlir d'envie les anges. Sa taille est menue, et ses courbes…

— Ça ira comme ça, l'interrompit Azzie. Épargnez-nous le reste de votre leçon d'anatomie, et dites-moi ce que vous voulez de cette dame.

— Mais qu'elle m'épouse, évidemment ! s'exclama Kornglow.

L'Arétin ne put retenir un éclat de rire, qu'il camoufla de son mieux dans une quinte de toux. Même Azzie n'avait pu s'empêcher de sourire, tant ce valet rustre et gauche aurait été mal assorti à une belle et noble dame.

— Eh bien, monsieur, dit Azzie, vous visez haut quand vous faites la cour !

— Un pauvre homme peut espérer séduire Hélène de Troie s'il le désire. Dans son imagination, elle peut très bien le choisir entre tous les hommes, et le trouver plus désirable que Pâris lui-même. Dans un rêve, tout peut arriver. Et ce que vous proposez, n'est-ce pas une sorte de rêve, Excellence ?

— Je suppose que oui, soupira Azzie. Bien. Si nous devons exaucer votre vœu, il faudra vous anoblir, afin que rien ne puisse empêcher votre mariage.

— J'ai rien contre.

— Il nous faudra également obtenir le consentement de lady Cressilda, souligna l'Arétin.

— Je m'en chargerai, le moment venu, dit Azzie. C'est un défi que vous nous posez là, Kornglow, mais je pense qu'on devrait pouvoir s'en tirer.

L'Arétin fronça les sourcils.

— Le fait que cette dame soit déjà mariée, mon cher, risque de vous gêner un peu dans vos projets.

— Nous avons du personnel à Rome qui s'occupe des détails de ce genre, répondit Azzie. Quant à vous,

Kornglow, vous allez devoir faire deux ou trois petites choses. Êtes-vous prêt ?

– Du moment que ce n'est pas trop fatigant… Un homme ne devrait jamais avoir à agir contre sa nature, et ma nature, c'est d'être paresseux à un point que si le monde en était informé, on ferait de moi un prodige, on parlerait de moi dans le grimoire des records.

– Rien de trop difficile, promit Azzie. Je pense que nous pourrons nous passer de l'habituel combat à l'épée, étant donné que vous n'avez pas été formé pour cela.

Azzie tira de la poche de son gilet une des clés magiques et la tendit à Kornglow, qui la fit tourner entre ses doigts.

– Vous partirez d'ici, expliqua Azzie. La clé vous mènera jusqu'à une porte, que vous franchirez. Vous trouverez ensuite un cheval, et un chandelier magique dans une de ses sacoches. Sur ce cheval, vous trouverez ensuite l'aventure, et au bout vous attendra votre Cressilda aux cheveux d'or.

– Génial ! C'est quand même drôlement épatant, la chance qui vous sourit aussi facilement !

– N'est-ce pas ? La facilité, c'est formidable, et c'est une morale que j'entends prêcher auprès des hommes. La chance, c'est une denrée à portée de main, alors pourquoi se fatiguer à lui courir après ?

– Voilà une morale qui me plaît ! dit Kornglow. Elle me botte, votre histoire !

Et serrant la clé dans sa main, il courut saisir la chance qui n'allait pas manquer de se présenter.

– Encore un client satisfait, commenta Azzie avec un petit sourire.

– Le suivant attend à la porte, fut la réponse de l'Arétin.

2

Mère Joanna était assise dans sa chambre, à l'auberge.

Derrière sa porte, dans les couloirs, elle entendait de drôles de bruits. D'origine naturelle ou surnaturelle, elle n'aurait su le dire, mais elle les soupçonnait de venir de pèlerins ayant décidé de profiter de l'offre de sir Antonio et se rendant furtivement à son appartement.

Malgré ses fonctions, mère Joanna savait ce qu'était le désir. Elle-même avait certaines envies et, connaissant peu la mesure, en sentait l'intense brûlure dans son corps tout entier. Son poste de mère supérieure était plus politique que religieux, et elle avait toujours considéré sa mission comme une grande entreprise. Son couvent, à Gravelines, avec soixante-douze nonnes et un assez grand nombre de domestiques et de personnes chargées de s'occuper des bêtes, fonctionnait comme une petite ville. Dès le début, mère Joanna s'y était sentie bien. Il était possible qu'elle ait été faite pour régner sur ce microcosme. Petite, elle n'avait jamais aimé, comme les autres fillettes, jouer à la poupée ou rêver au Prince Charmant. En revanche, elle avait toujours eu le goût de donner des ordres à ses oiseaux ou à ses épagneuls – assis, couché, mange tes graines – et de les gronder dès que l'occasion s'en présentait.

Adulte, cette habitude ne l'avait pas quittée. Les choses auraient peut-être été différentes si elle avait été belle, mais c'était loin d'être le cas. Joanna tenait du côté Mortimer de la famille. Large visage sans teint bien défini, cheveux secs, plats, qu'il valait mieux ne pas laisser pousser, solide ossature qui prédisposait plus à bretter et à labourer qu'à s'abandonner aux langueurs de l'amour. Elle voulait être riche et crainte de tous, et servir l'Église lui avait semblé être le meilleur moyen d'y arriver. Elle était pieuse, comme tout le monde pourrait-on dire, mais sa piété butait sans cesse sur son sens pratique, et en l'occurrence, elle était convaincue que l'occasion qui se présentait, il fallait la saisir et ne pas attendre la saint-glinglin, à savoir le moment où le pape se déciderait enfin à lui confier un couvent plus important.

Elle réfléchit longuement, marchant de long en large dans sa chambre, faisant et refaisant la liste de ses désirs, tentant de déterminer lequel était le plus ardent. Chaque bruit dans le couloir la poussait un peu plus vers la porte. De toute évidence, nombreux étaient ceux qui, parmi les pèlerins, avaient décidé de répondre à l'offre de sir Antonio. Sans doute ne tarderait-il pas à avoir les sept personnes requises, et alors mère Joanna n'aurait plus jamais cette chance de voir ses désirs exaucés. Enfin, elle se décida à agir.

Elle sortit sans bruit de sa chambre, se faufila dans les sombres couloirs et monta le plus discrètement possible à l'étage, faisant la grimace chaque fois que, sous ses pas, une marche grinçait. Devant la porte de la chambre de sir Antonio, elle réunit tout son courage et frappa doucement.

– Entrez, ma chère, lui répondit la voix d'Azzie. Je vous attendais.

Elle avait beaucoup de questions à poser. Azzie la trouva fatigante, mais réussit à la rassurer. Lorsqu'il lui demanda quel était son désir le plus ardent, cependant, il la trouva tout à coup beaucoup moins bavarde. Une expression de gêne triste apparut sur son large visage.

– Ce que je voudrais, dit-elle, c'est quelque chose dont je n'ose même pas parler. C'est trop honteux, trop mal.

– Allons, allons, dit Azzie. Si vous ne pouvez pas vous confier à votre démon, à qui, alors ?

Joanna ouvrit la bouche, se ravisa et, un pouce en direction de l'Arétin, demanda :

– Et lui ? Il faut qu'il m'entende aussi ?

– Bien sûr. C'est notre auteur. Comment voulez-vous qu'il prenne note de nos aventures s'il n'est pas présent ? Ne pas raconter ces incroyables aventures serait un crime, un crime qui nous condamnerait à errer dans la vaste inconscience de l'existence jamais relatée que vivent la plupart des gens. Mais l'Arétin nous immortalisera, ma chère ! Notre poète saura avec nos exploits les plus insignifiants composer un sonnet immortel.

– Bon, bon. Disons que vous m'avez convaincue, démon, bougonna Joanna. Je vous avoue, donc, que depuis toujours je rêve d'être une redresseuse de torts mondialement connue, dont les accomplissements seraient relatés dans de longues ballades. Une sorte de Robin des Bois femme, quoi – avec beaucoup de temps libre pour la chasse.

– Je vais voir ce que je peux faire, dit Azzie. Nous allons commencer tout de suite. Prenez cette clé.

Il expliqua à mère Joanna ce qui allait se passer en matière de bague, de porte, de chandeliers et de chevaux magiques, et lui fit prendre la route aussitôt après.

– Et maintenant, dit-il en se tournant vers l'Arétin, je crois que nous avons le temps de nous rafraîchir le gosier avant le candidat suivant. Comment trouvez-vous que ça se passe, jusqu'ici ?

– Honnêtement, j'ai du mal à me faire une idée. En général, les pièces sont écrites avant, et tout est prévu. Là, le cafouillis est général, rien n'est sûr. Ce Kornglow, là, que représente-t-il exactement ? La fierté outrecuidante ? L'humeur bucolique ? L'inextinguible courage ? Et mère Joanna ? Faut-il la mépriser ou la plaindre ? Ou un peu des deux ?

– C'est troublant, n'est-ce pas ? Mais c'est comme dans la vie, vous en conviendrez.

– Sans aucun doute. Mais comment dégager des maximes morales convenables de tout ce fatras ?

– Ne vous inquiétez pas, l'Arétin. Quoi que les personnages fassent, nous trouverons comment faire en sorte que cela illustre ce dont nous parlons depuis le début. Souvenez-vous : l'auteur a toujours le dernier mot, et se trouve donc en position de conclure que son idée de départ a été démontrée, que cela soit vrai ou non. Passez-moi la bouteille.

3

Lorsque Kornglow se retrouva dans un coin de la vieille écurie, il fut plus que surpris de voir un cheval sellé là où il n'y en avait pas quelques minutes auparavant. C'était un grand étalon blanc dont les oreilles se dressèrent en entendant approcher le valet. Comment cette noble monture était-elle arrivée jusqu'ici ? Et puis il réalisa qu'il se trouvait dans un tout autre endroit que celui auquel il pensait. La clé magique avait dû le faire passer par une de ces portes dont avait parlé Azzie, et son aventure avait peut-être déjà commencé.

Mais il devait s'en assurer. Remarquant que le cheval portait deux sacoches, il en ouvrit une et glissa un bras à l'intérieur. Sa main rencontra quelque chose de lourd, métallique, allongé. Il tira. Un chandelier ! Et à moins de se tromper, il était en or. Kornglow le remit précautionneusement dans la sacoche.

Le cheval hennit en le regardant, comme s'il l'invitait à l'enfourcher et à partir ; mais Kornglow secoua la tête et sortit de l'écurie. L'imposant manoir qu'il découvrit à moins de vingt mètres était à n'en pas douter la demeure du seigneur Rodrigue Sforza, celle-là même dans laquelle il avait vu pour la première et seule fois dame Cressilda.

C'était sa maison. Elle était à l'intérieur.

Mais son époux aussi, très certainement. Tout comme ses domestiques, gardes, laquais, bourreaux...

Bon. Pas la peine de précipiter les choses. La componction déploya ses ailes noires au-dessus de lui, et Kornglow entreprit de réfléchir. Pour la première fois, il prit un peu de recul par rapport à son aventure, et la trouva finalement un brin cucul la praline. C'étaient les nobles, d'ordinaire, qui faisaient ce genre de choses. Bon, parfois, dans les légendes populaires, les manants jouaient un petit rôle. Mais lui, avait-il l'étoffe d'un tel héros ? Il n'en aurait pas mis sa main à couper. Il se savait doué d'une certaine facilité à rêvasser mais sinon, jamais il ne se serait mis tout seul dans un tel pétrin. Était-il capable d'aller jusqu'au bout ? Dame Cressilda en valait-elle la peine ?

– Pourquoi, monsieur, fit alors une petite voix à ses pieds, posez-vous votre regard sur ce manoir comme si quelqu'un de très spécial vous y attendait ?

Kornglow baissa les yeux. À côté de lui se trouvait une toute petite fille de ferme en corsage brodé et jupe plissée. Ses cheveux bruns bouclés étaient légèrement décoiffés, son regard était impertinent, sa silhouette rebondie et courbée aux bons endroits et son sourire doux et lascif. Un mélange explosif.

– C'est la demeure du seigneur Sforza, n'est-ce pas ? demanda Kornglow.

– En effet. Vous n'auriez pas dans l'idée d'enlever dame Cressilda, par hasard ?

– Pourquoi dites-vous ça ?

– Pour aller droit au but. Il s'agit d'un petit jeu, organisé par un certain démon de ma connaissance.

– Il m'a dit que dame Cressilda m'appartiendrait.

– C'est facile, pour lui, de promettre. Moi, je suis Léonore, simple fille de ferme aux yeux de tous, mais en vérité bien plus que ça, je peux vous l'assurer. Je suis ici pour vous dire que la dame avec laquelle vous envisagez de finir vos jours est en réalité une garce de la pire espèce. Gagner son cœur reviendra en gros à vous damner jusqu'au trognon.

Un tel discours surprit évidemment Kornglow, qui regarda Léonore avec un intérêt que chaque seconde renforçait.

– Je sais plus quoi faire, maintenant, dit-il enfin. Pourriez-vous me conseiller ?

– Ça, c'est dans mes cordes. Je vais vous lire les lignes de la main et je vous dirai tout ce que j'y verrai. Venez par là, nous serons plus à l'aise.

Elle l'entraîna dans l'écurie, jusqu'à un coin où le foin formait de confortables coussins. Ses yeux étaient grands et sauvages, de la couleur de la magie, elle semblait légère comme une plume. Elle lui prit la main et le fit asseoir à côté d'elle.

4

Tout semblait indiquer que le projet d'Azzie aiguisait considérablement l'attention du Monde Spirituel. La rumeur disait même que les paris étaient ouverts, et que les choses ne se déroulaient pas tout à fait comme prévu. Le problème numéro un, évidemment, était la soudaine arrivée des anciens dieux, Zeus et sa bande. De tels événements nécessitaient l'urgente attention de Michel, et c'est dans cet état d'esprit qu'il rencontra l'ange Babriel.

L'entretien de Babriel avec l'archange eut lieu dans la salle du conseil du complexe administratif Porte-du-Paradis, au centre du Paradis. L'immeuble était un bâtiment très haut, aérien pour ainsi dire, stimulant, et les anges adoraient y travailler. En plus de la joie ineffable qu'ils éprouvaient à être tout près du Très Haut, travailler dans un bijou d'architecture les ravissait.

En ce début de soirée, il pleuvait sur le quartier des Bonnes-Vibrations, comme on appelait parfois le centre du Paradis. Babriel se pressait dans les couloirs en marbre, se permettant quelques petits envols de vingt ou trente pas pour aller plus vite, même si un peu partout on pouvait lire sur des pan-

neaux : IL EST INTERDIT DE VOLER DANS LES COU-
LOIRS.

Enfin, il arriva devant la porte des bureaux de Michel, dans l'aile gauche, frappa et entra.

L'archange était à sa table de travail, entouré d'ouvrages de référence ouverts. Un ordinateur ronronnait doucement sur le côté, la lumière était douce et dorée.

– C'est pas trop tôt, dit-il. (Et, l'espace d'un tout petit instant, il eut même l'air en colère.) Il va falloir que vous repartiez tout de suite.

– Que se passe-t-il ? demanda Babriel en s'asseyant sur une des petites banquettes installées en face du bureau de Michel.

– Azzie et son histoire de pièce, ça prend des proportions invraisemblables. Il semblerait que notre démon ait recours aux services d'Ananké en personne, qui lui a donné l'autorisation expresse de faire des miracles en vue de la réalisation de son projet. Pour couronner le tout, Ananké a déclaré qu'à nous, la Lumière, ne seraient plus accordés de privilèges spéciaux sur simple justification du fait que nous représentons le Bien. J'ai également appris de source sûre qu'Azzie envisage de soustraire Venise à la réalité pour en faire une entité spéciale. Sais-tu ce que cela veut dire ?

– Pas vraiment, non.

– Cela veut dire que ce nuisible démon pourra, dans l'absolu en tout cas, récrire l'histoire selon son point de vue.

– Mais une Venise abstraite n'aurait aucun impact sur le déroulement de l'histoire humaine.

– C'est exact. Mais elle pourrait servir de modèle à toutes les âmes insatisfaites qui pensent que l'histoire devrait être autre que ce qu'elle est en réalité – le récit des tribulations et des souffrances de

212

l'homme sur Terre. Le concept de réécriture fiche complètement en l'air la doctrine de la Prédestination. Il ouvre à l'homme les portes d'un royaume où le Hasard peut jouer un rôle encore plus important que celui qu'il joue déjà.

– Ouh là ! C'est grave, ça, s'inquiéta Babriel.

Michel acquiesça.

– L'ordre même du cosmos en serait bouleversé. Notre prééminence, si ancienne soit-elle, est remise en question, ici. Le principe du Bien devient sujet à controverse.

Babriel le regarda, bouche bée.

– Mais nous en retirons tout de même une chose, continua Michel.

– Quoi donc ?

– Nous nous retrouvons dégagés de l'obligation de justice et d'équité. Ce qui veut dire que nous n'avons plus à mettre de gants. Il ne s'agit plus d'un combat de gentilshommes. Nos scrupules, nous allons enfin pouvoir les mettre au fond de notre poche, avec un mouchoir par-dessus, et passer aux choses sérieuses, nous battre !

– Exactement ! renchérit Babriel, bien que jusque-là il n'ait pas eu le sentiment que l'archange s'était beaucoup encombré de scrupules dans l'exercice de ses fonctions. Mais que voulez-vous que je fasse, au juste ?

– Nous venons d'apprendre qu'Azzie a recours à des chevaux magiques pour réaliser son plan.

– C'est bien de lui, ça…

– Il n'y a aucune raison pour qu'on le laisse arriver à ses fins sans réagir. Retourne sur Terre, Babriel, et va jusqu'à la demeure du seigneur Rodrigue Sforza. Un cheval magique attend dans son écurie, destiné à Kornglow. Vois ce que tu peux faire.

– À vos ordres, mon archange ! fit Babriel, au garde-à-vous.

Et il s'envola à travers les couloirs, à grands battements d'ailes. C'était du sérieux, cette mission !

En à peine plus d'une demi-seconde, il arriva sur Terre. Une autre demi-seconde pour s'orienter et il s'envola de nouveau pour le manoir des Sforza. Il se posa en douceur dans la cour.

L'aurore poignait à l'horizon, et personne n'était encore levé. Babriel regarda autour de lui, et se dirigea vers l'écurie. D'un coin sombre lui parvinrent aussitôt les bruits caractéristiques d'un homme contant fleurette à une servante, un échantillon complet, avec frottement d'étoffe, gloussements et soupirs divers et variés. Un hennissement lui fit tourner la tête. Juste à côté se trouvait un étalon blanc à la selle duquel étaient accrochées des sacoches en cuir travaillé. Il cajola le bel animal et le détacha.

– Viens, ma beauté. Viens avec moi, chuchota-t-il en l'entraînant.

5

Kornglow réalisa tout à coup qu'il était allongé dans la paille, pris dans un entrelacs de bras et de jambes dont seule une moitié lui appartenait. À travers les planches disjointes de l'écurie, le soleil brillait, et des odeurs de paille, de crottin et de cheval assaillirent ses narines. Il se dégagea de l'étreinte de celle avec qui il s'était abandonné de la sorte, se rajusta prestement et se leva.

– Pourquoi te presses-tu? demanda Léonore en ouvrant les yeux. Reste encore un peu.

– Pas le temps, pas le temps, dit Kornglow en fourrant les pans de sa chemise dans ses hauts-de-chausses, et ses pieds dans ses bottes. Je dois partir pour une aventure!

– Oublie l'aventure. Nous nous sommes trouvés, toi et moi, qu'importe le reste?

– Non, non! Je ne peux pas rester! Je dois poursuivre ma route! Où est mon cheval magique?

Kornglow fit le tour de l'écurie, mais l'étalon n'y était plus. Tout ce qu'il trouva fut un petit âne pie attaché à un pieu, et qui se mit à braire en le voyant, toutes dents jaunes dehors. Sceptique, Kornglow l'examina de plus près.

– Mon pur-sang serait-il par enchantement devenu un âne ? Ça ne peut être que ça ! Je monterai donc cet animal, et assurément, le moment venu, il retrouvera son aspect original.

Il détacha l'âne, l'enfourcha et, d'un violent coup de talon dans les côtes, le fit partir au petit trot. L'animal n'aimait pas trop cette idée, mais il était d'humeur coopérative. Aussi traversa-t-il tranquillement la cour, passa devant le poulailler, longea le potager et s'arrêta à la porte du manoir.

– Ouh ouh ! Y a quelqu'un ? lança Kornglow.

– Qui est là ? lui répondit une grosse voix masculine.

– Celui qui entend demander la main de dame Cressilda !

Un gros bonhomme en costume de chef cuisinier apparut dans l'embrasure de la porte.

– Vous avez perdu la tête ? demanda-t-il d'un ton rogue et pas aimable pour un sou. Elle est mariée ! Et son époux vient de rentrer !

La porte s'ouvrit un peu plus. Sortit alors un homme de grande taille, bien habillé, l'air sévère, hautain, une rapière au côté.

– Je suis Rodrigue Sforza, annonça-t-il d'un ton qui, qu'on le veuille ou non, laissait mal augurer de la suite. Que se passe-t-il, exactement ?

Le cuisinier s'inclina.

– Maître, ce rustre dit qu'il vient demander la main de dame Cressilda, votre épouse.

Sforza fixa Kornglow d'un regard d'acier.

– Est-ce la vérité, manant ?

Kornglow avait la comprenette un peu lente, mais il sentit que quelque chose ne tournait pas rond. En principe, tout aurait dû aller comme sur des roulettes, et voilà que rien ne se passait comme prévu. Il en déduisit que c'était la perte de son cheval magique qui l'avait fait se fourvoyer à ce point. Mais lorsqu'il fit faire un rapide demi-tour à sa monture et lui ordonna de galoper, celle-ci s'arrêta net et se cabra. Le vol plané fut spectaculaire, l'atterrissage douloureux.

– Gardes ! appela Sforza.

Ses hommes apparurent aussitôt, bouclant leur pourpoint, attachant leur fourreau.

– Enfermez cet homme dans le donjon ! ordonna Sforza.

Et Kornglow se retrouva dans l'obscurité d'un cachot, à compter les chandelles qui tournaient devant ses yeux, les gardes de Sforza y étant allés un peu fort.

6

– Eh bien, Morton, on peut dire que vous vous êtes fichu dans un sacré pétrin.

Kornglow se redressa, ébloui. L'instant d'avant, il était seul dans le donjon de Sforza, occupé à panser ses blessures tout en réfléchissant à l'étendue de ses malheurs. Le seul confort qu'offrait son cachot était une paillasse moisie jetée à même le sol en terre battue, et s'y sentir à l'aise aurait nécessité bien des efforts ou des substances fumables. Mais voilà qu'il se retrouvait à l'air libre. Tous ces changements de dernière minute l'épuisaient, à dire vrai, et l'étrange roulis qu'ils provoquaient avait tendance à lui tournebouler l'estomac.

Azzie se tenait debout devant lui, splendide dans sa cape rouge sang et ses bottes en cuir souple.

– Excellence ! s'écria Kornglow. Je suis tellement content de vous voir !

– Tiens donc ! Je suis pourtant au regret de te dire que ton aventure est compromise avant même d'avoir vraiment commencé. Mais comment t'es-tu débrouillé pour égarer ton cheval magique ?

Kornglow sauta à pieds joints sur la bonne vieille excuse que depuis des siècles les hommes ne se lassent pas d'avancer.

218

– J'ai été tenté par une sorcière, et pas des moindres. Roulée ! Je ne vous dis que ça. Et je ne suis
qu'un homme, moi ! Qu'est-ce que je pouvais faire ?

Puis il raconta son aventure avec la belle Léonore.
Azzie y détecta une touche familière.

– Le cheval était là au début de ton aventure ?
demanda-t-il à Kornglow.

– Mais oui, Excellence ! Seulement quand je l'ai
cherché, après, il avait disparu. Remplacé par un
âne. Vous pourriez m'en fournir un autre, dites, que
j'essaie encore un coup ?

– Les chevaux magiques, ça ne court pas les chemins. Si vous aviez su le mal qu'on a eu à se procurer celui-là, vous en auriez mieux pris soin.

– Mais il doit bien exister un autre objet magique
qui puisse faire l'affaire, non ? Ça doit forcément
être un cheval ?

– Non. Nous pouvons peut-être trouver autre
chose, en effet.

– Et cette fois, je ferai tout bien comme il faut,
Excellence ! Mais… il y a autre chose.

– Quoi donc ?

– J'aimerais changer de vœu.

Azzie le regarda fixement.

– Qu'est-ce que c'est que cette histoire ?

– J'avais demandé la main de dame Cressilda,
mais j'ai changé d'avis. Elle pourrait m'en vouloir
toute la vie, rapport au fait que je suis pas un gentilhomme. Mais la jolie Léonore, elle m'irait comme
un gant. Alors c'est elle que je veux.

– Ne soyez pas ridicule. Votre dossier a été enregistré, vous aurez Cressilda.

– Mais elle est déjà mariée !

– Ça, vous le saviez. Et quelle différence cela fait-
il ?

– Une différence énorme ! Je continuerai à vivre dans le même monde que son mari. Et vous n'allez pas pouvoir passer votre temps à me protéger, si ?

– Effectivement… Mais vous avez fait votre choix. Vous vouliez Cressilda, vous aurez Cressilda.

– Rien dans notre accord ne stipulait que je ne pouvais pas changer d'avis. L'inconstance est un des traits les plus marqués de ma personnalité, et je trouve injuste qu'on me demande de stabiliser mon instabilité d'humeur.

– Je vais y réfléchir. Vous aurez ma réponse très bientôt.

Et Azzie disparut. Kornglow s'installa pour un petit somme, puisqu'il n'avait rien d'autre à faire.

Mais une fois encore, il fut réveillé en sursaut. Azzie était de retour, avec un nouveau cheval blanc si beau que personne n'aurait pu douter qu'il était magique.

Un petit entretien avec Léonore avait confirmé ce qu'Azzie soupçonnait depuis le début : elle n'était pas plus humaine que lui. Il s'agissait en fait d'un elfe de grande taille qui se déguisait en être humain.

– Les elfes sont méchants, dit-elle à Azzie. Comme je suis plus grande que la majorité d'entre eux, ils se moquent de moi, me traitent de géante et disent que personne ne voudra jamais m'épouser. Mais en femme, je suis petite, et les hommes me trouvent adorable. Si j'épouse un humain, il est certain que je vivrai bien plus longtemps que mon mari. Mais tant qu'il sera sur terre, je serai aux petits soins pour lui, je vous assure.

Juste à ce moment, Kornglow arriva sur le cheval magique.

L'elfe devint timide, tout à coup. Mais qui ne l'aurait été en constatant que les puissances du Mal intervenaient pour faire plaisir à quelqu'un ?

– Monseigneur, dit Léonore à Azzie, je sais que notre bonheur n'était pas dans vos intentions, mais je vous en remercie quand même. Qu'exigez-vous de mon cher et tendre ?

– Simplement qu'il vous fasse monter en croupe et vous emmène le plus vite possible jusqu'à Venise. J'ai des monceaux de choses à vous faire faire là-bas et je ne sais pas si j'aurai le temps de vous préparer d'autres aventures pour la route.

– Nous irons directement à Venise, alors, puisque c'est ce que vous désirez. Je ferai en sorte que Kornglow ne se disperse pas trop.

Et les amoureux s'éloignèrent sur le cheval magique.

Azzie les regarda en secouant la tête. Les choses n'allaient pas du tout comme prévu. Aucun des acteurs ne jouait le rôle qu'on lui avait confié. C'était ce qui arrivait, supposa-t-il, lorsqu'on ne leur donnait pas le texte.

Assise dans un fauteuil en bois de rose sculpté, devant la fenêtre du salon, au premier étage, dame Cressilda faisait de la tapisserie. Elle repiquait le *Jugement de Pâris* en rose et bleu lavande, mais avait l'esprit ailleurs. Et après quelques points, elle posa son ouvrage, soupira et regarda par la fenêtre. Sa chevelure blond cendré encadrait son visage comme l'aile d'une colombe. Ses traits fins étaient songeurs.

Il était encore tôt, mais déjà, le soleil s'annonçait chaud. En bas, dans la cour, quelques poules se disputaient un épi de maïs. De la cabane où les servantes faisaient la lessive du mois montaient des chants, accompagnés, au loin, par le hennissement d'un cheval. Dame Cressilda décida qu'elle irait à la chasse un peu plus tard dans la journée. Cette perspective, pourtant, ne l'enthousiasmait guère, car le gros gibier, les sangliers et les cerfs avaient été décimés par des générations de chasseurs, la famille Sforza étant propriétaire de ces terres depuis la nuit des temps. Elle-même était assez habile à ce sport – une véritable Diane chasseresse, disaient d'elle les poètes de la cour. Mais leurs bêtises ne l'intéressaient pas, pas plus que les plaisanteries forcées de Rodrigue lorsqu'ils se retrouvaient à la table du petit déjeuner, de temps à autre.

Dans un coin de la cour, quelque chose de blanc attira le regard de Cressilda. C'était un cheval, qui avançait lentement sur la terre battue, tête haute, narines frémissantes. Son pas était alerte, son allure fière. L'espace d'un instant, on aurait dit que la silhouette scintillante d'un être ailé avançait devant lui, le tenant par la bride. Cette vision plongea Cressilda dans la perplexité. Jamais elle n'avait vu ce cheval dans les écuries Sforza, et elle les connaissait tous, du poulain aux vieilles carnes qui finissaient leurs jours dans la prairie. Elle connaissait aussi les meilleurs chevaux de la région, et celui-ci n'en faisait pas partie.

Et pas de cavalier dans les parages. D'où ce pur-sang avait-il bien pu surgir, avec sa crinière blanche qui brillait au soleil et cet œil au regard étrange ? Il y avait de la magie là-derrière, assurément...

Dame Cressilda courut vers les escaliers, les descendit précipitamment, traversa les pièces de réception qui dormaient sous la poussière et sortit dans la cour. Le cheval blanc était à la porte. Il parut la reconnaître, secoua sa noble tête tandis qu'elle approchait. Cressilda caressa son museau velouté, l'étalon hennit doucement, secoua de nouveau la tête.

– Qu'essaies-tu de me dire ? demanda la jeune femme.

Elle ouvrit la sacoche qui était à portée de sa main, espérant y découvrir quelque indice concernant le propriétaire du cheval. Mais elle n'y trouva qu'un chandelier qui, de toute évidence, était en or, du plus pur des ors rouges. Un message l'accompagnait, écrit sur un parchemin roulé : « Suivez-moi, et faites un vœu, il sera exaucé. »

Un vœu! Elle n'avait plus pensé depuis tant d'années à celui qu'elle avait fait autrefois! Était-il possible que cet étalon soit celui grâce auquel son rêve allait se réaliser? Était-il l'envoyé du Ciel? Ou de l'Enfer?

Peu importait. Elle sauta en selle. Le cheval frissonna, coucha ses oreilles, puis se calma lorsqu'elle lui flatta l'encolure.

– Emmène-moi jusqu'à celui qui t'envoie, dit-elle. Je veux savoir, quoi qu'il arrive.

Il partit au petit trot.

8

– Un cheval de bataille ? Tu dis que mon épouse est partie sur un cheval de bataille ?

Lord Sforza avait la réputation d'avoir les neurones un peu empâtés, mais question chevaux, il s'y connaissait – et il comprenait ceux qui fuyaient avec eux, surtout sa femme.

Le thaumaturge de la cour reprit son récit au début.

– Oui, monseigneur. C'était un cheval comme jamais on n'en avait vu dans cette contrée. D'un blanc pur, fier, d'allure noble. Dame Cressilda l'a vu et, sans un instant d'hésitation, s'est mise en selle. Nous ignorons où elle est allée.

– Tu l'as vue de tes yeux ?

– De mes yeux à moi, monseigneur.

– Penses-tu qu'il s'agissait d'un cheval magique ?

– Je ne sais. Mais je peux me renseigner.

Les deux hommes se trouvaient dans le laboratoire de l'alchimiste, situé dans la grande tour. Avec des gestes rapides et précis, le thaumaturge alluma le feu sous son alambic, attendit que la chaleur soit intense puis y jeta différentes poudres. Les flammes tournèrent au vert, puis au violet. Il observa minu-

tieusement la fumée multicolore qu'elles déga-
geaient, puis se tourna vers Sforza.

– Mes esprits les plus familiers m'indiquent qu'en
effet il s'agissait d'un cheval magique. Vous allez très
probablement devoir faire une croix sur votre dame,
car celles qui s'en vont sur un cheval magique
reviennent rarement, et de toute façon, si elles
reviennent, croyez-moi, c'est pas pour rigoler.

– Enfer et damnation !

– Vous pouvez porter plainte auprès de mes
esprits, monseigneur. Il y a peut-être une chance de
la récupérer.

– Mais je ne veux pas la récupérer ! Je suis plus
que ravi d'être débarrassé d'elle. Elle est d'un ennui,
tu ne peux pas imaginer. Je suis heureux que Cressilda soit partie. Ce qui m'embête, c'est le cheval
magique. Il n'en passe pas tous les quatre matins,
n'est-ce pas ?

– Pour ça non. C'est très rare, ce genre de bestiole.

– Et il a fallu que ça tombe sur elle. Alors que si ça
se trouve, ce cheval, c'était pour moi qu'il était venu.
Comment a-t-elle pu oser partir sur le seul cheval
magique à fouler mes terres depuis des temps
immémoriaux ?

Le thaumaturge tenta de le réconforter, mais
Sforza le repoussa et quitta la tour à grands pas pour
retourner dans son manoir. Il était savant – de son
point de vue tout du moins – et le fait qu'un événement aussi intéressant que celui-ci se soit produit
sans qu'il ait pu y assister lui restait en travers de la
gorge. Le plus dur à avaler, cependant, c'était qu'en
général cheval magique signifiait réalisation d'un
souhait, et que là aussi, il avait tout raté. C'était
l'occasion d'une vie, et il l'avait laissée passer.

Convaincu de cela, il fut littéralement époustouflé
lorsque, une heure plus tard, en descendant faire un

tour dans ses écuries, histoire de passer le temps, il trouva dans un des boxes un autre cheval blanc, qu'il n'avait jamais vu auparavant.

C'était un étalon, et il était blanc. Pas tout à fait aussi imposant peut-être qu'un cheval magique dans l'idée de Sforza, mais tout de même bien ressemblant. Sans hésiter, le comte se mit en selle.

– Et maintenant, on va voir ce qu'on va voir ! s'écria-t-il. Emmène-moi là où tu emmènes les gens d'habitude !

Le cheval se lança au petit trot, puis au petit galop, et enfin au grand galop.

Cette fois, c'est parti. En avant pour de nouvelles aventures, pensa Sforza en se cramponnant. Parce que magique ou pas, ça remuait drôlement, là-dessus.

9

Le jour était levé. À l'auberge, les pèlerins restants s'apprêtaient à avaler bouillie de flocons d'avoine et pain noir tandis que les domestiques préparaient les chevaux.

Dans sa chambre, Azzie ruminait, toujours en compagnie de l'Arétin. Le nombre de volontaires qui s'étaient présentés à l'audition était décevant.

– Mais que font les autres ? demanda le démon à voix haute. Qu'est-ce qui les retient ?

– La peur ? suggéra l'Arétin. A-t-on vraiment besoin de sept personnes ?

– Peut-être pas, après tout. On prendra ce qu'on trouvera. Et peut-être devrait-on s'arrêter là.

Juste à ce moment, on frappa.

– Aha ! se réjouit aussitôt Azzie. Je savais bien qu'on aurait d'autres participants. Ouvrez la porte, mon cher Pietro, et voyons qui vient nous proposer ses services.

Un peu las, l'Arétin se leva, traversa la pièce et ouvrit. Une très belle jeune femme entra. Blonde, le teint diaphane, de fines lèvres parfaitement dessinées, elle portait une robe bleu ciel et des rubans d'or dans les cheveux. Son air était grave.

– Madame, dit Pietro, y a-t-il quelque chose que nous puissions faire pour vous ?

– Oui, je crois, répondit la jeune femme. Êtes-vous celui qui a envoyé le cheval magique ?

– Ah, là, c'est à mon ami Antonio que vous allez devoir vous adresser.

Après l'avoir fait asseoir, Azzie reconnut que oui, il était responsable de la venue des chevaux magiques, et que oui, avec chaque cheval était comprise la réalisation d'un souhait, et qu'enfin jouer dans sa pièce était la seule condition requise pour l'obtention de tels privilèges. Il expliqua ensuite qu'il était un démon, mais pas un démon effrayant. Un démon plutôt gentil, d'après certains. Et comme ces révélations ne parurent pas décourager Cressilda, il lui demanda comment elle s'était procuré le cheval magique.

– Il est sorti de mon écurie et s'est arrêté dans la cour. Je suis montée en selle et je l'ai laissé faire. Il m'a conduite jusqu'ici.

– Mais ce n'est pas à vous que je l'ai envoyé, expliqua Azzie. Ce cheval était prévu pour quelqu'un d'autre. Vous êtes sûre que vous ne l'avez pas volé, ma chère ?

Cressilda se leva, offensée.

– Vous m'accusez d'être une voleuse de chevaux ?

– Non, non, bien sûr que non. Ça n'a pas l'air d'être votre genre. N'est-ce pas, Pietro ? À tous les coups, c'est notre ami Michel qui se paie notre tête encore une fois. Mais voyez-vous, Cressilda, ce cheval ouvre réellement à son propriétaire les portes d'un monde dans lequel son vœu le plus cher peut se réaliser. Et il se trouve que j'ai besoin d'une ou deux personnes pour ma pièce, alors si vous vous portez volontaire… Étant donné que vous avez déjà le cheval…

– Oui ! s'écria Cressilda. Sans hésitation !

– Et quel est votre souhait ? demanda Azzie, persuadé qu'elle allait se lancer dans un récit sentimental dégoulinant d'eau de rose, avec beau prince, vie conjugale heureuse et marmots à la pelle.

– Je veux devenir un guerrier, dit-elle. Je sais que c'est assez inhabituel pour une femme, mais il y a eu Jeanne d'Arc, tout de même. Et avant elle Boadicée. Je veux mener des hommes au combat.

Azzie réfléchit, tourna et retourna le problème dans tous les sens. Rien de tout cela ne figurait dans son plan de départ, et l'Arétin n'avait pas l'air emballé par la tournure que prenaient les événements. Mais il fallait que la pièce avance, et finalement, il avait accepté le principe qui consistait à prendre ceux qui se présentaient, quels qu'ils soient.

– Je pense que nous allons pouvoir faire quelque chose pour vous, dit-il enfin. Je vais juste avoir besoin d'un peu de temps pour tout organiser.

– C'est parfait, dit Cressilda. Au fait, si vous voyez mon époux, Rodrigue Sforza, ne vous croyez pas obligé de lui dire où je me trouve.

– Je suis la discrétion même.

Cressilda repartie, Azzie et l'Arétin s'installèrent pour préparer une scène. Mais avant même qu'ils aient pu commencer, une silhouette se posa sur la fenêtre et frappa au carreau avec insistance.

– Vous voulez bien ouvrir, l'Arétin ? C'est un ami.

Le Vénitien alla ouvrir la fenêtre. Un petit lutin à longue queue entra et voleta dans la pièce. Il était de la famille des diablotins, que les Puissances des Ténèbres employaient pour faire circuler l'information.

– Lequel d'entre vous est Azzie Elbub ? demanda-t-il. J'ai pas le droit à l'erreur.

— C'est moi, dit Azzie. Quel message m'apportes-tu ?

— C'est à propos de mère Joanna, expliqua le lutin. Et je crois qu'il vaut mieux que je reprenne tout depuis le début.

10

Mère Joanna avait pris la grand-route en direction de Venise. Elle avait coupé à travers la forêt, pensant retrouver sir Oliver et continuer son voyage avec lui. Il faisait beau et la forêt résonnait de multiples chants d'oiseaux, ce qui avait mis la religieuse d'excellente humeur. Le ciel italien était d'un bleu doux, et ici et là couraient de petits ruisseaux d'une eau claire et scintillante par-dessus lesquels on avait envie de sauter. Mais mère Joanna ne se laissait pas aller à ce genre d'enfantillage. Elle imposait un pas régulier à sa monture, s'enfonçant imperturbablement dans la forêt. Elle arrivait justement là où la densité du feuillage en faisait un endroit sombre et triste lorsqu'elle entendit hululer une chouette et pressentit tout à coup l'imminence d'un danger.

– Qui est là ? lança-t-elle d'un ton inquiet, car devant elle, les bois étaient soudain menaçants.

– Ne bougez plus, ou je vous transperce, répondit une grosse voix d'homme.

Joanna se retourna vivement, mais la fuite s'avérait impossible. La forêt était si dense que son cheval arrivait à peine à trotter. Optant pour la prudence, elle tira sur les rênes et annonça :

232

– Je suis la mère supérieure d'un couvent, et je vous préviens que vous risquez la damnation éternelle si vous me touchez.

– Ravi de faire votre connaissance, répondit la voix. Je suis Hugh Dancy, plus connu sous le nom de Brigand de la Forêt-Périlleuse.

Les branches s'écartèrent et un homme apparut. Bien bâti, il était dans la force de l'âge, brun, et portait un justaucorps en cuir et des bottes. D'autres hommes sortirent à leur tour des fourrés, une douzaine en tout. À l'expression concupiscente qu'elle lut sur leurs visages, mère Joanna devina qu'ils n'avaient pas vu de femme depuis un certain temps.

– Descendez de ce cheval, ordonna Hugh. Vous allez m'accompagner jusqu'à notre campement.

– Certainement pas.

La religieuse agita les rênes. Son cheval magique fit deux pas puis s'arrêta. Hugh l'avait pris par la bride.

– Descendez, répéta-t-il. Ou c'est moi qui vous ferai mettre pied à terre.

– Quelles sont vos intentions ?

– Faire de vous une vraie femme. Nous rejetons le célibat que vous impose l'Église. Avant la fin du jour, vous serez mariée à l'un d'entre nous.

Joanna mit pied à terre.

– Plutôt mourir, dit-elle calmement.

– De petite mort, alors, ironisa Hugh.

Au même moment, à quelque distance de là, on entendit d'étranges craquements. Les hommes blêmirent, jetant des regards apeurés de tous côtés. Les craquements se firent plus proches.

– Nous sommes perdus ! hurla un des brigands.

– C'est le grand sanglier ! s'écria un autre.

– La fin est proche, soupira un troisième.

Mère Joanna en profita pour prendre les choses en main. Elle n'avait pas fait que chasser le faucon, sur ses terres.

Elle arracha sa lance à un brigand et se tourna vers l'endroit d'où venaient les bruits. Quelques instants plus tard, un énorme sanglier noir jaillit d'un buisson. La religieuse se campa devant lui, planta l'arrière de la lance dans le sol et pesa de tout son poids dessus.

– Allez, viens donc, gros porc ! le défia-t-elle. Ce soir, au menu, il y a des côtelettes !

La bête se rua vers elle et vint s'empaler sur la lance. Elle s'écroula dans une mare de sang, continua de sursauter quelques instants en émettant de petits grognements, puis rendit l'âme.

Mère Joanna posa un pied sur sa victime, en retira la lance d'un geste puissant et se tourna vers le chef des brigands.

– De quoi parliez-vous, déjà ? De petite mort ?

Il recula, les autres l'imitèrent.

– Ce… ce que je voulais dire, c'était qu'on aurait pu mettre un petit animal à mort, balbutia-t-il. Vous vous joignez à nous pour le dîner, j'espère ?

– Oui, oui, restez ! insista un des hommes, déjà occupé à dépecer le sanglier.

– Pourquoi pas ? dit mère Joanna.

– Vous êtes une véritable Diane chasseresse, souligna Hugh. Et vous serez traitée comme telle.

11

La nouvelle ne fit guère plaisir à Azzie. Il allait partir au secours de mère Joanna lorsqu'on frappa de nouveau à la porte de sa chambre. C'était Rodrigue Sforza.

– C'est vous qui envoyez les chevaux magiques ? demanda le comte sans ambages.

– Qu'est-ce que ça peut vous faire ?

– J'en ai un. Alors je veux que mon souhait se réalise.

– Ce n'est pas si facile que ça. Vous devez au préalable faire un petit travail pour moi.

– Je suis prêt. Mais dites moi d'abord si vous exaucerez mon vœu le plus cher. Je veux que ma renommée dépasse celle d'Érasme et qu'on me considère comme un modèle de sagesse.

– Rien de plus facile.

– Faut quand même que vous sachiez que je ne sais ni lire ni écrire.

– Il en faut plus pour nous arrêter.

– Vraiment ? Je pensais que pour acquérir de nombreuses connaissances, lire et écrire était la condition *sine qua non*.

– C'est le cas, en effet. Mais ce qu'il nous faut, c'est une réputation. Le reste, les connaissances, tout ça,

dans votre cas, ce sont des bagages inutiles, non ?
Écoutez-moi bien. Vous allez vous lancer dans une
aventure.

– Pas dangereuse, j'espère.

– Je l'espère aussi. Mais j'ai un truc à régler, avant.
Attendez-moi ici. Je reviens tout de suite.

Azzie ôta sa cape, détacha ses ailes et s'envola par
la fenêtre avec le lutin chargé de lui montrer le chemin.

Il trouva mère Joanna dans le campement des brigands. Hugh et elle étaient penchés au-dessus d'une
carte, occupés à discuter de ce qui ressemblait beaucoup à l'attaque d'un convoi, deux jours plus tard.
Comme Azzie allait arracher un bras à un des brigands, hilare, qui avait bu plus que de raison, elle
l'arrêta.

– Hé, ho, attention, là. Ce sont mes hommes. C'est
moi qui commande, ici, dit-elle.

– Comment ? s'étonna Azzie.

– Mon vœu a été exaucé plus tôt que prévu, apparemment. Et je vous en suis tout à fait reconnais-
sante.

– C'est rien, c'est rien, bredouilla Azzie. Tâchez
d'être à Venise pour la cérémonie, c'est tout.

– Bien sûr. Et mon âme, au fait, je la garde ou
pas ?

– Vous la gardez. C'était convenu comme ça.

– Parfait. On se voit à Venise, alors. Ciao !

Azzie repartit aussitôt, atterré.

NEUVIÈME PARTIE

1

Le premier signe indicatif de l'échappée belle des dieux grecs, qui avaient réussi la première évasion collective du Monde de l'Ombre, fut enregistré à 013.32 Temps Sidéral Universel, lorsque le directeur du département des études démoniaques de l'Université Infernale de Brimstonic remarqua qu'un de ses subalternes n'était pas rentré d'une expédition. L'assistant du subalterne en question expliqua qu'un groupe de divinités en goguette lui était tombé sur le râble alors qu'il gratouillait de vieux os sur un site archéologique, près du Mont Olympe.

Le directeur appela la prison des Limbes, pour savoir si des incidents avaient eu lieu récemment.

– Allô ? Qui est à l'appareil ?

– Cicéron, gardien du pénitencier des Limbes, section des divinités indésirables, sous-section des détenus d'apparence humaine.

– J'aurais voulu avoir un renseignement sur les dieux grecs. Zeus et sa bande. Ils sont bien toujours sous les verrous ?

– Je regrette, mais nous venons d'apprendre qu'une évasion avait eu lieu. Ils sont en cavale.

– Et vous pensez pouvoir leur remettre le grappin dessus ?

– J'ai peur que cela ne soit pas si facile que ça. Ces vieux dieux grecs sont assez puissants, vous savez. Il va falloir qu'Ananké intervienne si on veut les récupérer.

– Bien. Merci du renseignement, je vous recontacterai.

2

– Nous revoilà dans ce bon vieux cosmos ! s'écria Phébus.

– Si je m'écoutais, je m'agenouillerais pour embrasser la terre, dit Héphaïstos.

La première chose qu'ils firent fut d'organiser un grand dîner de fête au cours duquel ils passèrent Zeus au barbecue, chantèrent « Il était grand, il était beau, il sentait bon le sable chaud », et imitèrent pour rire son style emphatique et solennel. Ils sacrifièrent les animaux habituels et mirent du sang partout parce que le sacrifice, c'était un boulot de domestique et que les dieux n'y connaissaient rien. Ils se soûlèrent et racontèrent des histoires graveleuses en riant d'un rire bien gras.

Zeus tapa du poing sur la table pour obtenir leur attention.

– Je voudrais vous remercier tous. C'était très gentil de votre part d'organiser ce dîner pour moi.

– Pour Zeus, hip hip hip hourra !

– Merci, merci. Bien, maintenant, il va falloir passer aux choses sérieuses. J'ai un peu réfléchi à ce que nous pourrions faire, puisque nous ne sommes plus dans le Monde de l'Ombre. Je trouve que nous devrions travailler ensemble.

– Travailler ensemble ? demanda Athéna. Mais on n'a jamais fait ça !

– Cette fois, il le faut, répondit Zeus d'un ton ferme. C'est l'absence de cohésion qui nous a mis dedans, la dernière fois. Alors on ne va pas faire la même erreur deux fois, quand même ! Nous devons absolument trouver un projet auquel nous pourrons tous participer, quelque chose qui servira nos intérêts communs. J'ai ouï dire que la grande nouveauté sur terre, c'est la pièce qu'un jeune démon moderne est en train d'essayer de monter pour l'édification du peuple. Ce démon, Azzie Elbub, envisage de récompenser très largement sept acteurs pour aucune raison en particulier. Ça vous dit quelque chose ?

Il se tut un instant, attendit une réponse qui ne vint pas. Les dieux et les déesses, assis sur leurs chaises de camping dorées, l'écoutaient sans rien dire. Il reprit la parole.

– Avant tout, il faut absolument mettre un terme à cette espèce d'interprétation morale vague et sans intérêt dont se gargarisent les puissances spirituelles parvenues comme le démon dont je viens de parler. N'avons-nous pas, nous, dieux anciens, déclaré que la personnalité faisait le destin ? Et cela n'est-il pas aussi vrai aujourd'hui qu'hier ?

– Si nous agissons, dit Hermès, les Puissances du Mal risquent de ne pas beaucoup apprécier nos divins pieds sur leurs plates-bandes.

– Je me fiche bien des humeurs de ces messsieurs-dames, répondit Zeus. Si ça ne leur plaît pas, ils savent comment y remédier.

– Mais vous croyez que c'est raisonnable de se lancer à corps perdu dans la bataille, si vite ? Ne serait-il pas préférable d'opter pour l'arbitrage ? Je suis sûr qu'on pourrait trouver quelque chose à arbitrer, insista Hermès. Et en attendant, nous pourrions adopter un profil bas, ou même nous cacher.

– Ça ne changerait rien du tout. Les autres, les Puissances des Ténèbres et de la Lumière, feront tout pour nous renvoyer dans la réserve des Limbes. Et de toute façon, où irions-nous ? Je ne vois pas où nous pourrions nous cacher dans l'Univers. Tôt ou tard, on nous retrouvera. Alors amusons-nous un peu tant que c'est possible, et défendons notre manière d'agir – la ruse divine !

Ils portèrent plusieurs toasts à la ruse divine, sainte doctrine de leur cru. Puis leurs regards se posèrent loin, bien loin au-delà de l'Olympe, et ils aperçurent sir Oliver et ses hommes avançant dans un paysage vallonné.

– De quoi s'agit-il ? demanda Athéna tandis qu'avec ses collègues elle regardait les soldats armés, auxquels visiblement s'étaient jointes des hordes de pèlerins.

– Qu'arrivera-t-il lorsqu'ils atteindront Venise ? demanda Hermès.

– Leur chef obtiendra ce qu'il désire le plus au monde, leur expliqua Zeus. Et peut-être que, par voie de conséquence, les autres aussi.

– On ne va pas laisser faire ça, quand même ? s'indigna Athéna.

Zeus rigola et convoqua sur-le-champ les dieux des vents, dont Zéphyr et Boréas, qui partirent balayer l'Europe, l'Asie Mineure et une partie de l'Asie, où ils ramassèrent toutes les brises de production locale, qu'ils fourrèrent dans un grand sac de cuir avant de les offrir à Zeus. Le Dieu des Dieux défit les liens de cuir qui fermaient le sac et regarda à l'intérieur. Un vent d'ouest pointa le nez dehors et demanda :

– Mais qu'est-ce qui se passe, à la fin ? Qui capture les vents comme ça ?

– Nous sommes les dieux grecs et nous capturons les vents quand ça nous chante, répondit Zeus.

– Oups, pardon. Je ne pouvais pas deviner. Qu'est-ce qu'il y a pour votre service ?

– J'aimerais que vous fassiez une énorme tempête.

La requête sembla réjouir le vent d'ouest.

– Ah ! Une tempête ! Ça change tout ! Je pensais que vous alliez encore nous demander une de ces douces et délicates brises dont les gens parlent tout le temps.

– Nous nous fichons de ce que les gens veulent, dit Zeus. Nous sommes des dieux et nous voulons un temps de fin du monde.

– Cette tempête, il vous la faut où ? demanda le vent d'ouest en se frottant les mains, qu'il avait transparentes.

– Arès, dit Zeus, tu veux bien accompagner les vents et leur montrer où nous voulons qu'ils soufflent ? Et pendant que tu y seras, tu pourras peut-être te charger aussi des pluies.

– Avec plaisir, dit Arès. Surtout que, pour moi, bidouiller la météo, c'est jamais qu'une autre façon de faire la guerre.

3

C'était le pire des temps qu'ait connu cette région d'Europe depuis Dieu sait quand. D'énormes nuages, gonflés comme des vessies violettes, monstrueux, déchargeaient sans relâche leur cargaison de pluie, une pluie qui semblait posséder un caractère malveillant intrinsèque. Le vent arrachait les lances des mains des soldats et, lorsqu'il s'engouffrait derrière un bouclier, le transformait en voile et propulsait son propriétaire à des lieues de là. La pluie cinglait les visages. Fouettée par le vent, qui la transformait en gouttes minuscules poussées par une extraordinaire force, elle pénétrait dans la moindre fente d'armure, le moindre accroc de vêtement.

Sir Oliver dut hurler dans l'oreille de son second pour être entendu.

— Il faut nous mettre à l'abri !

— Pour ça oui, ça serait la meilleure solution. Mais comment faire passer l'ordre ? Personne ne nous entendra avec ce bruit !

— Quelque chose ne tourne pas rond, dit Oliver. Il vaudrait mieux prévenir Antonio.

Car c'était encore ainsi qu'il faisait référence à Azzie.

— Il a disparu, monseigneur.

– Trouve-le immédiatement !

– Mais où le chercher ?

Les deux hommes se regardèrent, puis contemplèrent la large plaine morne et trempée au milieu de laquelle ils se trouvaient.

4

Zeus ne pouvait se contenter d'un simple déchaînement météorologique. En compagnie de ses enfants, il se mit à travailler sur d'autres projets destinés à faire comprendre à l'humanité que les dieux grecs étaient de retour.

Pour ce faire, il décida d'aller voir par lui-même où en étaient les hommes. Il se rendit d'abord en Grèce. Comme il l'avait craint, la force armée grecque avait pris un sacré coup dans l'aile depuis la grande époque d'Agamemnon.

Il chercha un peu partout pour voir quelles armées étaient disponibles et en activité. En Europe occidentale, elles étaient presque toutes occupées à lutter pour une chose ou une autre. Ce qu'il lui fallait, c'était une force nouvelle, des hommes frais. Il savait exactement où il voulait les envoyer – en Italie. Là-bas, il allait s'installer un nouveau royaume. Son armée s'imposerait sur tous les champs de bataille, ferait en sorte qu'on ne prête allégeance à personne d'autre qu'à lui sous peine d'être mis à mal. En récompense, il offrirait à ses hommes gloire et perfidie. Zeus était de la vieille école, et était convaincu que c'était encore la meilleure, surtout quand le sang coulait.

Mais d'abord, il lui fallait trouver une pythie qui le renseignerait sur la disponibilité des armées existantes. Il consulta l'annuaire des Prophètes et arrêta son choix sur la Pythie de Delphes, qui exerçait présentement la profession de blanchisseuse dans un restaurant de Salonique, incognito, bien sûr.

À Salonique, il bourra son nuage de ténèbres dans une grosse gourde qu'il reboucha avec un morceau de liège de façon à toujours l'avoir à disposition. Puis il se rendit sur l'agora centrale et s'arrêta aux Bassins-Principaux pour demander où il pouvait trouver la blanchisseuse. Un marchand de poissons lui montra le chemin à suivre. Zeus longea le Colisée en ruine et l'hippodrome en passe de le devenir, et la trouva enfin. C'était une vieille femme usée par les soucis, avec une carapace de tortue qui lui servait de cuvette.

Elle était contrainte de pratiquer dans une certaine clandestinité car l'Église avait interdit aux pythies d'exercer leur profession. Posséder ne serait-ce qu'un boa constrictor était interdit car « synonyme de pratiques magiques illégales », alors un python, ce n'était même pas la peine d'en parler. Mais elle disait encore l'avenir à ses amis et à certains aristocrates en disgrâce.

Zeus se présenta drapé dans une cape, mais elle le reconnut aussitôt.

— J'ai besoin d'une consultation, dit-il.

— Ce jour est le plus beau jour de ma vie, soupira la pythie. Dire que je suis en face d'un des anciens dieux… Demandez-moi ce que vous voulez.

— Je veux juste que vous me disiez où je peux trouver une armée.

– Avec joie. Mais votre fils Phébus est le dieu des prophéties, non ? Pourquoi ne vous adressez-vous pas à lui ?

– Je ne m'adresserai ni à Phébus, ni à personne d'autre. Je n'ai pas confiance. Il doit bien y avoir d'autres dieux à qui vous donnez des renseignements, non ? Ne me dites pas que nous, les Olympiens, sommes les seuls. Ce monsieur juif qui était en poste en même temps que moi, là, qu'est-ce qu'il devient ?

– Jéhovah ? Il a beaucoup changé. Mais il ne fait pas dans la prophétie pour l'instant. Il a laissé des ordres très stricts, personne ne doit le déranger.

– Il y en a bien d'autres, tout de même ?

– Bien sûr qu'il y en a d'autres, mais je ne sais pas si c'est une très bonne idée de les déranger avec vos questions. Ils ne sont pas comme vous, Zeus. Vous, vous êtes un dieu très ouvert au dialogue, tout le monde peut bavarder avec vous. Eux, ils sont bizarres et méchants.

– Je m'en fiche. Demande-leur. Si un dieu ne peut plus demander un service à un autre dieu, je ne donne pas cher de l'avenir de l'univers.

La pythie l'entraîna dans son antre, fit brûler des feuilles de laurier sacré, y ajouta double dose de chanvre sacré. Puis elle sortit quelques ustensiles, sacrés eux aussi, les disposa çà et là, fit sortir son serpent de son panier en osier, l'enroula autour de ses épaules et entra en transe.

Très vite, ses yeux se révulsèrent et elle dit, d'une voix que Zeus ne reconnut pas mais qui lui donna des frissons dans le dos :

– Ô Zeus, va donc voir les Mongols.

– C'est tout ? demanda-t-il.

– Fin du message, répondit la pythie avant de s'évanouir.

Lorsqu'elle reprit connaissance, Zeus était perplexe.

– Dans mon souvenir, les oracles étaient exprimés de façon étrange et ambiguë, et il fallait lire entre les lignes. Mais là, le message était clair, précis. La procédure a changé ?

– Je crois, répondit la pythie, que dans les milieux autorisés, on en avait un peu ras la couronne de laurier de l'ambiguïté. Personne n'arrivait jamais à tirer quoi que ce soit de ces circonlocutions un brin prétentieuses.

Zeus quitta Salonique enveloppé dans son nuage et mit cap au nord-est.

5

Zeus rendit visite aux Mongols, qui avaient récemment conquis le sud de l'empire chinois. Se considérant comme invincibles, ils l'attendaient de pied ferme, prêts à l'écouter.

Le chef des Mongols se trouvait à son quartier général, Zeus s'y rendit directement.

– Vous avez fait du bon travail, toi et tes hommes. Vous avez conquis une vaste contrée, mais maintenant, vous voilà inoccupés, vous traînez toute la journée, c'est mauvais pour le moral. Vous êtes un peuple en quête d'un dessein, et moi un dieu en quête d'un peuple. Que diriez-vous de mettre nos quêtes en commun et de mijoter une solution qui nous arrangerait tous ?

– Vous êtes peut-être un dieu, répondit Jagotai, mais vous n'êtes pas notre dieu. Pourquoi vous écouterais-je ?

– Parce que je vous propose de devenir votre dieu. Les Grecs, je commence à en avoir un peu marre. Ce sont des gens inventifs, intéressants, mais décevants pour un dieu qui ne faisait qu'essayer de leur apporter de bonnes choses.

– Vous avez une proposition à me faire ?

Et en moins de temps qu'il n'en faut pour le dire, les cavaliers mongols, brandissant leurs bannières à queue de yak, franchirent les cols des Carpates, débouchèrent dans les plaines du Frioul et dans le XVIᵉ siècle par la même occasion. Pour réaliser ce projet, Zeus eut recours à tous ses pouvoirs. Il aurait pu les transporter directement dans l'espace et dans le temps, mais cela aurait affolé les chevaux.

La panique se répandit dans la population avant même leur arrivée. Partout, on hurlait la même chose : « Les Mongols arrivent ! »

Des familles entières enfourchèrent chevaux, ânes ou bœufs attelés. La grande majorité chargea ce qu'elle put sur son dos et partit sur les routes à la recherche d'un refuge loin de l'envahisseur, loin des ennemis au visage aplati et à la moustache noire. Certains allèrent à Milan, d'autres à Ravenne. Mais pour la plupart, ils allèrent à Venise, ville réputée sûre et à l'abri des invasions, à l'abri derrière ses marais et ses lagons.

6

Les Mongols arrivaient, des mesures extraordinaires étaient prises pour protéger Venise. Le Doge convoqua une session spéciale du Conseil et lui fit diverses propositions. On se mit d'accord pour couper les principaux ponts qui reliaient la ville à la terre ferme. Les Vénitiens se rendraient ensuite sur les côtes pour confisquer les embarcations capables de transporter dix hommes et plus, et les remorquer jusqu'à la ville, ou les couler sur place pour les plus lourdes.

Les problèmes de défense étaient d'autant plus compliqués que la nourriture commençait à manquer. D'ordinaire, les denrées arrivaient quotidiennement par bateau, en provenance de tous les ports de la Méditerranée. Mais les récentes tempêtes avaient sérieusement secoué les marins, et tout commerce maritime était temporairement interrompu. Un rationnement avait dû être imposé, et la situation promettait d'empirer.

Et comme si cela ne suffisait pas, Venise subissait une vague d'incendies sans précédent. Pour être au chaud et au sec, les gens allumaient leurs poêles et ne les surveillaient pas, ou peu. Résultat, on ne comptait plus les maisons détruites, et la rumeur circulait que peut-être certains de ces incendies n'étaient pas accidentels mais allumés par des agents ennemis introduits dans la ville. Une surveillance accrue des étrangers en résulta, et les Vénitiens se mirent à voir des espions à tous les coins de rue.

La pluie tombait, on aurait dit que les dieux des vents humides, aux langues comme des fenêtres mal jointes, étaient lancés dans une conversation sans fin. Corniches, linteaux, flèches, tout ce qui était susceptible de goutter gouttait. Le vent poussait la pluie, mais ne l'emportait pas.

Le niveau de l'eau monta peu à peu dans tout Venise. Les canaux débordèrent, inondèrent les jardins et les places. La place Saint-Marc disparut sous un mètre d'eau, et la crue continua. Ce n'était pas la première fois que Venise subissait l'assaut de la pluie et des inondations, mais de mémoire de Vénitien, jamais on n'avait vu pareil cataclysme.

De forts vents de nord-est, chargés d'un froid tout droit venu de l'Arctique, soufflèrent pendant plusieurs jours sans montrer le moindre signe d'accalmie. Le chef des prévisions météorologiques de la République démissionna de sa charge héréditaire et grassement payée, tant sa mission, qui consistait à prévoir ce genre de catastrophe, le dégoûtait désormais. Partout, on priait les saints, les démons, les effigies, n'importe quoi de préférence, dans l'espoir d'un temps plus clément. Pour ne rien arranger, la peste fit son apparition dans certains quartiers. Et on annonça que les Mongols avaient été vus à une journée de cheval.

Les soucis, l'inquiétude, la peur des forces ennemies massées aux portes de la ville, le perpétuel soupçon, tout cela épuisait les Vénitiens. Les cérémonies habituelles en l'honneur de certains saints tombèrent en désuétude. Les églises ne désemplissaient pas. Jour et nuit, on y priait pour le salut de la ville et l'excommunication des Mongols. Les cloches sonnaient sans cesse, ce qui finit par répandre un courant de joie désespérée dans la ville.

C'était la saison des fêtes, des bals masqués. Le carnaval battait son plein et jamais Venise n'avait été plus belle. Malgré les tempêtes, les chandelles éclairaient brillamment les palais des riches, et la musique résonnait le long des canaux. Dans les rues trempées, on se hâtait, en cape et loup, d'une réception à l'autre. C'était comme si la fête était tout ce qui restait à cette vieille ville fière.

On ne manqua pas de remarquer qu'il y avait quelque chose d'extraordinaire dans ce qui arrivait, quelque chose qui dépassait de loin la logique terrestre, qui avait un arrière-goût de surnaturel et d'avènement du Jugement dernier. Les astrologues se plongèrent dans les vieux parchemins, y trouvèrent des prédictions selon lesquelles la fin du monde était proche, ce qui confirmait leurs intuitions et que les quatre chevaliers de l'Apocalypse traverseraient sous peu le ciel enflammé, juste avant l'ultime coucher de soleil.

Un jour, un étrange incident se produisit. Un ouvrier envoyé par la ville près de l'Arsenal pour évaluer les dégâts causés par la tempête découvrit un trou dans une des digues. Bizarrement, par ce trou ne passait pas d'eau, mais une lumière jaune éblouissante. De l'autre côté, l'ouvrier vit une silhouette indescriptible qui semblait avoir deux ombres. Il courut raconter cela aux autres.

Un groupe de savants se rendit sur les lieux pour étudier ce phénomène étrange. Le trou dans la digue s'était élargi, le jaune lumineux avait pâli, remplacé par un bleu clair surnaturel, surtout à côté de la grisaille environnante. Cette brèche était comme une ouverture à travers la terre et le ciel.

Les savants l'étudièrent le cœur battant. De petits fragments de terre et de sable au bord du trou y étaient attirés. On y jeta un chien errant, il disparut dès qu'il traversa le plan invisible de sa surface.

– D'un point de vue scientifique, dit l'un des savants, il semblerait que ce trou soit un accroc, une déchirure dans le tissu de l'existence.

– Quoi ? Le tissu de l'existence n'est pas indéchirable ? ergota un de ses confrères.

– Cela, nous l'ignorons, répliqua le premier. Mais nous pouvons en déduire qu'un bouleversement est en cours au Royaume Spirituel. Un changement tel qu'il a des effets sur nous ici-bas, sur la surface physique de l'existence terrestre. Même la réalité doit être désormais mise en doute, tant la vie est devenue étrange.

D'un peu partout on annonça alors l'existence d'autres déchirures dans le tissu de la réalité. Ce phénomène fut baptisé anti-imago, et se produisit entre autres dans des lieux où l'on s'y attendait le moins, jusqu'à la chapelle intérieure de Saint-Marc, où l'on découvrit un trou de près d'un mètre de diamètre ouvrant une sorte de tunnel vers le bas, et dont personne n'aurait pu dire où il menait sans prendre le risque d'un aller simple.

Un sacristain rapporta un événement plus étrange encore. Dans son église était entré un étranger dégageant une aura qui n'avait rien d'humain. Cela venait-il de ses oreilles ou de la forme de ses yeux ? Difficile à dire. L'homme avait déambulé dans l'église, puis alentour, observant les bâtiments tout en prenant des notes sur un parchemin. Lorsque le sacristain lui avait demandé ce qu'il faisait, l'étranger avait répondu :

– Je prends juste des mesures, de façon à pouvoir faire un rapport aux autres.

– Quels autres ?

– Ceux qui sont comme moi.

– Et en quoi l'état de nos maisons vous intéresse-t-il ?

– Moi et mes semblables, nous sommes des formes de vie provisoires, expliqua l'étranger. Mais nous sommes tellement nouveaux que nous n'avons pas encore de nom à nous. Il est possible que nous prenions les choses en main – je veux parler de la réalité – et dans ce cas, nous hériterons de tout ce que vous laisserez sur cette terre. Nous avons pensé qu'il valait mieux être prêts si une telle éventualité se réalisait. Alors je suis venu faire un état des lieux.

Les doctes de l'Église étudièrent le rapport du sacristain sur cet incident et finirent par déclarer qu'il n'avait jamais eu lieu. Le dossier fut classé dans le tiroir « Hallucinations sans Fondement ». Mais le jugement des doctes était arrivé trop tard. Le mal était fait, les gens avaient eu vent de l'histoire et l'avaient crue. Dans la ville, la panique se répandait à la vitesse d'un cheval au galop.

7

Les pèlerins se regroupèrent dans la salle commune de l'auberge, entretenant le feu à tour de rôle, attendant les ordres. Ils auraient dû être triomphants, heureux, car pour eux, l'épreuve était terminée. Mais le temps rendait leur victoire complètement insignifiante. Ils avaient vécu des moments difficiles, et maintenant qu'ils en voyaient le bout, tout clochait. Ce n'était pas du tout ce qui était prévu. Et le premier à le regretter, c'était Azzie, qui voyait son histoire lui filer sous le nez sans arriver à comprendre comment on en était arrivé là.

Ce soir-là, tandis qu'Azzie était assis près de la cheminée, réfléchissant à la marche à suivre, on frappa à la porte.

– C'est complet ! lança l'aubergiste. Allez voir ailleurs !

– J'aimerais parler à un de vos pensionnaires, répondit une agréable voix féminine.

– Ylith ? s'écria Azzie. C'est toi ?

D'un geste péremptoire, il fit signe à l'aubergiste d'aller ouvrir. Ce dernier s'exécuta à contrecœur. Quelques trombes d'eau en profitèrent pour s'engouffrer à l'intérieur, en même temps qu'une très belle brune au visage aussi angélique que démoniaque, ce qui lui conférait un sex-appeal dément. Elle portait une robe jaune toute simple avec des motifs appliqués violets, une cape bleu ciel à doublure argentée et une petite guimpe rouge très coquette sur la tête.

— Azzie ! dit-elle en traversant la pièce. Tu vas bien ?

— Mais oui ! Ta préoccupation me touche. Aurais-tu par hasard changé d'avis à propos d'un endroit propice au badinage ?

Ylith eut un petit rire.

— Toujours le même, hein ? Je suis venue parce que je suis pour la justice dans tous les domaines, surtout ceux qui concernent le Bien et le Mal. Je crois qu'on est en train de te rendre un mauvais service.

Ylith raconta alors comment elle avait été capturée par Hermès Trismégiste, qui l'avait donnée à un mortel nommé Westfall. Elle raconta son incarcération dans la boîte de Pandore, et son évasion avec l'aide de Zeus.

— Je sais que tu considères Hermès comme un ami, conclut-elle, mais tout laisse à penser qu'il complote contre toi. Les autres Olympiens font peut-être partie de la combine aussi, d'ailleurs.

— Ils ne peuvent pas faire grand-chose, depuis le Monde de l'Ombre.

— Mais les dieux anciens ne sont plus là-bas ! Ils se sont évadés ! Et j'ai bien peur d'être responsable – malgré moi – de cette évasion.

— Ça pourrait être eux, alors, qui n'arrêtent pas de tout fiche en l'air. Je pensais que c'était encore un coup de Michel – tu sais comme il s'oppose au moindre de mes triomphes – mais ce qui est en train d'arriver le dépasse complètement. Quelqu'un est allé chercher les Mongols, Ylith !

– Je ne comprends pas pourquoi les Olympiens sont contre toi. Qu'est-ce que ça peut bien leur faire, que tu montes ta pièce immorale ou pas ?

– Les anciens dieux ont intérêt à ce que la moralité domine, expliqua Azzie. Mais pour les autres, pas pour eux. À mon avis, leur intervention est motivée par autre chose. Je ne serais pas surpris qu'ils soient en train de tenter un come-back.

8

Le temps était tout bonnement devenu intolérable.
Azzie décida d'étudier le problème de plus près. Renseignements pris, il s'avéra que les tempêtes n'avaient
pas toutes la même origine. Elles faisaient leur apparition « au nord », comme c'est généralement le cas.
Mais au nord, après tout, qu'est-ce que ça voulait
dire ? Au nord du nord ? Au nord de quoi ? Et
qu'avait-il de si particulier, le nord, qui lui permettait
de faire la pluie et… la pluie ? Azzie résolut d'en
savoir plus, et si possible de remédier à cette situation.

Il expliqua à l'Arétin ce qu'il allait faire, puis alla
ouvrir une fenêtre. Le vent violent s'y engouffra aussitôt avec un hurlement.

– Ça risque d'être dangereux, dit l'Arétin.

– Ça l'est probablement, répondit Azzie avant
d'ouvrir ses ailes pour prendre son envol.

Il quitta Venise, piqua droit vers le nord à la
recherche de l'endroit où naissaient les tempêtes.
Au-dessus de l'Allemagne, il vit pas mal de mauvais
temps, mais qui venait lui aussi du nord. Il traversa
la mer du Nord, atteignit la Suède, découvrit qu'elle
n'était pas responsable des tempêtes, qui ne faisaient
qu'y passer. Il remonta un peu plus le courant des

vents, qui le conduisit jusqu'à la Finlande, où les Lapons avaient la réputation d'être de grands magiciens du temps. Mais partout où il alla dans ce plat pays couvert de neige et de pins, il découvrit que le temps ne venait pas de « là », et se contentait de passer par « là », en provenance du nord.

Il arriva alors dans une région où les vents soufflaient à sa rencontre avec une vitesse et une régularité impressionnantes. Ils balayaient la toundra gelée sans relâche, et avec une telle énergie qu'on aurait dit des déferlantes plus que des courants d'air.

Azzie continua, toujours plus loin au nord, bien que dans cette direction le monde lui semblât se rétrécir. Enfin, il atteignit le point le plus au nord du nord et vit une haute montagne de glace au sommet de laquelle se trouvait une tour. Elle était si vieille qu'il semblait qu'elle avait été bâtie avant le reste du monde et que cet endroit avait été le seul possible pour sa construction.

Au sommet de la tour, il y avait une plate-forme, sur laquelle se tenait un homme immense, nu, ébouriffé, qui avait l'air des plus étranges. Il actionnait un énorme soufflet en cuir. Et chaque fois qu'il le fermait, le soufflet expirait du vent. Voilà d'où venaient tous les vents du monde.

Ils sortaient du soufflet tous pareils, avec la même régularité, puis s'engouffraient dans les tuyaux d'une drôle de machine.

Une étrange créature était assise devant ce qui ressemblait à un clavier d'orgue, et ses mains, avec de nombreux doigts si souples qu'on aurait dit des tentacules, couraient sur les touches, donnant une forme nouvelle aux vents qui passaient à travers. C'était une machine allégorique comme savent en fabriquer les religions lorsqu'elles essaient d'expliquer le fonctionnement du monde. Elle dirigeait ensuite les vents for-

més et conditionnés vers la fenêtre, d'où ils enta-
maient leur voyage vers de multiples directions, mais
toujours vers le sud, et surtout vers Venise.

Mais pourquoi Venise ?

Azzie ajusta sa vision radiographique, dont dispo-
sent tous les démons, mais que peu utilisent car elle
est d'une mise au point difficile, un peu comme les
divisions à virgule en calcul mental. Il découvrit
alors que les lignes Ley avaient été tracées sur le sol
en dessous de la glace, et que ces lignes guidaient les
vents tout en augmentant leur puissance.

Et la pluie ? Le temps, dans ce grand nord, était
sec, vif, à l'état neuf et sans la moindre trace d'humi-
dité.

Azzie regarda autour de lui. En dehors du responsable du soufflet et de l'organiste des vents, il n'y
avait pas un chat.

– Messieurs, leur dit-il, vous êtes en train de provoquer une pagaille monstre dans la région de la
Terre où je réside, et je ne peux le tolérer. Si vous ne
cessez pas immédiatement, je me verrai dans l'obligation de prendre des mesures.

C'était courageux de sa part – après tout, ils
étaient deux contre un. Mais agir avec audace, c'était
dans sa nature, et sa nature ne le desservit pas.

Les deux personnages se présentèrent. Ils étaient
l'incarnation du dieu Baal. Le responsable du soufflet était Baal-Hadad, l'autre s'appelait Baal-Quar-
nain, c'étaient des divinités cananéennes qui avaient
vécu tranquillement pendant des milliers d'années,
après que leurs derniers disciples avaient disparu.
Zeus les avait repris tous les deux à son service,
arguant du fait qu'il n'existait pas de meilleurs
experts météo sur la place pour fabriquer le temps
qu'il désirait, une fois qu'on avait utilisé toute la
panoplie des vents disponibles. Zeus lui-même était

dieu du vent, mais ses multiples casquettes l'avaient forcé à renoncer à faire le temps, activité de toute façon assez rasante.

Les vieilles divinités cananéennes, malgré leurs cheveux bruns gominés, leur nez crochu, leurs yeux globuleux et leur expression déterminée, malgré leur peau basanée et leurs pieds et leurs mains énormes, étaient très timides. Lorsque Azzie leur dit combien il était en colère et prêt à leur faire des ennuis, ils acceptèrent de démissionner sans poser de questions.

– Nous pouvons arrêter les vents, dit Baal-Hadad, mais les pluies ne sont pas de notre ressort. Nous n'avons rien à voir avec elles. Ici, on ne fabrique que du vent à 100 %.

– Savez-vous qui est chargé de fabriquer la pluie ? demanda Azzie.

Ils haussèrent les épaules en secouant la tête.

– Bon, eh bien, ça attendra. Il faut que je rentre, la cérémonie doit bientôt avoir lieu.

9

L'Arétin s'assura que tout était prêt à l'auberge, puis il monta dans la chambre d'Azzie.

Le démon avait passé sa robe de chambre verte avec des dragons brodés. Il était assis à une table, penché sur un parchemin, plume à la main. Il ne leva même pas les yeux.

– Entrez, dit-il.

L'Arétin entra.

– Vous n'êtes pas encore habillé ? Mon cher démon, la cérémonie va bientôt commencer.

– Nous avons le temps. Je suis un peu essoufflé, et mon costume est à côté. Venez m'aider, l'Arétin. Il faut que je décide à qui remettre les prix. Et d'abord, est-ce que tout le monde est là ?

– Tout le monde est là.

L'Arétin se versa un verre de vin. Il se sentait très en forme. Après cette pièce, sa réputation déjà bien assise allait atteindre des sommets. Il allait devenir plus connu encore que Dante, plus lu que Virgile, et peut-être même qu'Homère. C'était un moment important de sa vie, et tout s'annonçait bien, lorsqu'on frappa à la porte.

C'était un lutin messager d'Ananké.

– Elle voudrait vous voir, dit-il. Et elle n'est pas à prendre avec des pincettes.

Le Palais de Justice, d'où régnait Ananké, était une bâtisse de style brobdingnagien sculptée dans des blocs de pierre plus gros que la plus grande pyramide existant sur terre, mais dont les proportions, malgré sa taille, étaient parfaitement respectées. Les colonnes du portique d'entrée étaient plus épaisses qu'un troupeau d'éléphants. Le terrain était paysagé avec goût. Sur la pelouse parfaitement entretenue, installée près d'un belvédère blanc sur une couverture à carreaux vichy rouge et blanc, un service à thé disposé autour d'elle, se trouvait Ananké.

Cette fois, il n'y avait aucun doute sur son apparence. Il était de notoriété publique qu'elle pouvait prendre les formes les plus variées. L'une d'entre elles, l'Indescriptible, était celle qu'elle adoptait lorsqu'elle désirait décourager les flagorneurs. C'était une façon d'être littéralement impossible à décrire. La seule chose qu'on pouvait dire, c'était qu'Ananké ne ressemblait en rien à une pelle mécanique à vapeur. Elle avait choisi cette apparence spécialement pour l'occasion.

– Ça suffit avec les chevaux magiques ! dit-elle, à peine Azzie était-il arrivé devant elle.

– Que voulez-vous dire ?

– Je t'avais prévenu, gamin. La magie, ce n'est pas la panacée au service de ton ambition. Tu ne peux pas l'utiliser à tout bout de champ, comme ça, chaque fois que tu as un problème. C'est contre nature de penser qu'on peut détourner les choses de leur usage naturel chaque fois que ça nous chante.

– Je ne vous ai jamais vue dans un état pareil.

264

– J'aimerais t'y voir, tiens ! Toi aussi tu serais énervé si tu voyais que tout le cosmos est en danger.

– Mais comment est-ce qu'on en est arrivés là ?

– Les chevaux magiques, expliqua Ananké. Les chandeliers magiques, ça allait, mais en faisant venir les chevaux magiques, tu as simplement tiré un peu trop fort sur le tissu de la crédulité.

– Que voulez-vous dire, le tissu de la crédulité ? Je n'ai jamais entendu parler de ça, moi.

– Dis-lui, Otto.

Otto, un esprit qui, pour des raison connues de lui seul, avait revêtu l'apparence d'un Allemand d'âge mûr à grosses moustaches blanches et épaisses lunettes, apparut de derrière un arbre.

– Penses-tu que l'univers va supporter éternellement d'être tripatouillé de la sorte ? demanda-t-il. Tu l'ignores peut-être, mais c'est avec la métamachinerie que tu joues. Tu lui mets sans arrêt des bâtons dans les rouages.

– Je n'ai pas l'impression qu'il comprenne, dit Ananké.

– Il y a quelque chose qui cloche ? demanda Azzie.

– *Ja*, répondit Otto. Il y a quelque chose qui cloche dans la nature même des choses.

– La nature des choses ? Non, c'est impossible, ça serait trop grave !

– Et pourtant… La structure de l'univers a été faussée, et toi et tes chevaux magiques y êtes pour beaucoup. Je sais de quoi je parle. Je m'occupe de l'entretien de l'univers depuis la nuit des temps.

– Je n'ai jamais entendu parler d'un technicien chargé de l'entretien de l'univers, s'étonna Azzie.

– Ça semble logique, non ? Si on veut un univers, il faut quelqu'un qui s'en occupe, et ça ne peut pas être le même que celui qui le dirige. Elle a beaucoup d'autres choses à faire, et puis l'entretien, c'est une spécialité en soi, pas besoin de la regrouper avec quoi que ce soit d'autre. C'est bien toi qui as fait venir les chevaux magiques, n'est-ce pas ?

– Oui, en effet. Mais qu'est-ce que ça peut faire ? Y a pas de mal à ça, quand même ?

– Tu en as utilisé un trop grand nombre, voilà ce qu'il y a de mal. Tu penses vraiment que tu peux te permettre d'encombrer le paysage avec autant de chevaux magiques que tu veux ? Tout ça pour fournir des réponses faciles à des problèmes auxquels, fainéant comme tu es, tu n'as pas voulu chercher de solutions ? Non, non, cher démon, cette fois, tu as un peu trop tiré sur la ficelle. Ce damné univers est en train de changer sous nos yeux, et on ne peut rien y faire. Ni toi, ni Ananké, ni moi, ni personne. Tu as libéré l'éclair de Sa terrible épée, si tu vois ce que je veux dire, et il va falloir payer la note. Ça risque d'être l'Enfer. Tu as joué avec la réalité une fois de trop.

– Mais qu'est-ce que tout cela a à voir avec la réalité ? demanda Azzie.

– Écoute-moi bien, maintenant, jeune démon. La réalité est une sphère de matière solide composée de différentes substances superposées en strates. À l'endroit où une strate en jouxte une autre il y a, si l'on peut dire, une ligne de touche potentielle, avec, de part et d'autre, un risque de faute, comme sur Terre. Les anomalies, ce sont ces fautes, des petites bombes qui provoquent des ondes de choc le long des lignes de touche. Ton utilisation illicite des chevaux magiques en est une. Mais d'autres bombes ont explosé en même temps. Le fait que les dieux anciens se soient échappés est un événement tellement inimaginable qu'il a ébranlé l'univers tout entier.

» C'est la pauvre Venise qui subit les retombées de la catastrophe cosmique dont tu es le responsable. Cette ville a eu la malchance d'être au centre des événements, et ton travail l'a soumise à une tension de la réalité. Les inondations, l'invasion mongole et la peste qui ne va pas tarder à faire son apparition ne font absolument pas partie du tableau historique de la ville. Rien de tout cela n'était censé arriver. Il s'agit d'options possibles, dont les chances d'activation vont s'amenuisant si les choses suivent normalement leur cours. Mais à cause de toi, elles ont été activées, et par conséquent, toute l'histoire future telle qu'elle avait été écrite est menacée de destruction.

– Mais comment une histoire future peut-elle être menacée ?

– Il faut considérer l'avenir comme quelque chose qui s'est déjà produit, et qui menace de se produire à nouveau, effaçant tout ce qui s'est produit auparavant. C'est ce que nous devons éviter à tout prix.

– Il va se passer beaucoup de choses, dit Ananké. Mais avant tout, tu dois te débarrasser de ces pèlerins et les renvoyer chez eux.

Cette première mesure n'était pas sans déplaire à Azzie. Mais quelque part en lui, il sentit la mer de l'angoisse s'agiter un peu. Ananké avait dit qu'il n'agissait pas en accord avec la réalité. Et qu'était-ce, la réalité, sinon l'équilibre entre le Bien et le Mal ? S'il arrivait à convaincre Michel de modifier cet équilibre, à leur avantage à tous les deux… Mais d'abord, il fallait qu'il s'occupe des pèlerins.

DIXIÈME PARTIE

1

Lorsque Azzie quitta le Palais de Justice, il avait la queue entre les jambes et le coin des yeux étrangement humide. Il essayait de se faire à l'idée que sa pièce, sa grande pièce immorale qui devait époustoufler tous les mondes, ne monterait même jamais la première marche de la scène. La grande légende des chandeliers d'or ne serait pas autorisée à se réaliser. Les ordres d'Ananké avaient été directs et sans équivoque : il était prié de renvoyer ses acteurs.

Mais il devait bien y avoir un moyen de contourner cette décision. Morose, il entra dans la cabine d'Énergie qui se trouvait juste devant le Palais de Justice et rechargea son charme de voyage. Un peu plus loin, à un fast-food pour démons, il acheta un sac de têtes de chats rôties au feu de l'Enfer et servies avec une sauce rouge délicieusement grumeleuse, histoire d'avoir de quoi grignoter pendant le voyage du retour vers la Terre. Puis il activa son pouvoir et se sentit propulsé à travers les voiles transparents dont les espaces spirituels étaient apparemment composés.

En vol, il picora tout en réfléchissant. Mais il eut beau mettre tous ses efforts au service de la casuistique transcendantale, il ne trouva pas comment passer outre à l'ordre d'Ananké sans que celle-ci s'en aperçoive tôt ou tard et lui tombe sur le râble. Et il n'y avait pas qu'elle. Il y avait aussi le fait qu'il avait bouleversé l'équilibre du cosmos en forçant la dose avec les chevaux magiques. S'il insistait, il risquait de provoquer la destruction, la disparition de toute création, engloutie par la flamme immaculée et pure de la contradiction. Et si ça se trouvait, le cosmos lui aussi disparaîtrait. Dans le meilleur des cas, les lois de la raison seraient renversées.

Bientôt, il survola Venise. Et d'en haut, la ville avait piteuse mine. Une partie des îles inférieures était submergée. Les vents étaient tombés, mais la place Saint-Marc avait disparu sous trois mètres d'eau. Les maisons les plus anciennes et les moins solides s'effondraient déjà sous l'assaut de la marée, dont les vagues dissolvaient le vieux mortier qui avait servi à leur construction.

Azzie atterrit chez l'Arétin et trouva le poète devant sa porte, en manches de chemise, occupé à disposer des sacs de sable pour endiguer la montée des eaux. Mais devant l'inutilité de la chose, il posa ses outils et suivit Azzie à l'intérieur en soupirant.

Ils trouvèrent une pièce sèche au premier.

– Où sont les pèlerins, maintenant ? demanda Azzie sans perdre de temps.

– Toujours à l'auberge.

Il fallait qu'Azzie modifie ses plans, récupère tous les chandeliers et les renvoie au château de Fatus, dans les Limbes. Ensuite, il fallait faire sortir les pèlerins de Venise. Mais l'Arétin n'avait pas besoin d'être informé de tout cela pour l'instant. Il apprendrait en même temps que les autres que la cérémonie avait été annulée.

– Il va falloir que les pèlerins quittent Venise, dit simplement Azzie. Entre les Mongols et les inondations, la ville semble perdue. Je sais de source sûre

270

qu'un changement dans le fil du temps est attendu concernant ce moment précis dans le déroulement de l'histoire.

– Un changement ? Comment ça ?

– Le monde tisse un fil du temps, duquel jaillissent différents événements. À la façon dont vont les choses, il semble que Venise sera détruite. Mais pour Ananké, cela est inacceptable, alors le fil du temps de Venise se désolidarisera du reste du fil juste avant que j'aie commencé avec les chandeliers, et deviendra le nouveau fil principal. Le fil dans lequel nous nous trouvons maintenant sera relégué dans les Limbes.

– Et ensuite ?

– La version limbesque de Venise continuera d'exister pendant une semaine à peine, depuis le moment où je t'ai demandé d'écrire une pièce jusqu'à celui où les Mongols arriveront et où les murs de la ville s'effondreront sous la pression des eaux, c'est-à-dire ce soir vers minuit. Elle n'existera que pour une semaine, mais cette semaine se répétera, recommencera dès qu'elle sera achevée. Ses habitants vivront la même semaine pour l'éternité, avec chaque fois la même issue : ruine et destruction.

– Mais si on fait sortir les pèlerins ?

– S'ils sortent avant minuit, leur vie continuera comme s'ils ne m'avaient jamais rencontré. Ils retrouveront le fil du temps juste avant notre première entrevue.

– Est-ce qu'ils se souviendront de ce qui s'est passé ?

– Non. Vous seul vous en souviendrez, Pietro. Je me suis arrangé. Comme ça, vous pourrez écrire une pièce basée sur notre projet.

– Je vois. Eh bien… C'est un peu inattendu, tout ça. Je ne sais pas si ça leur plaira.

— Ils n'ont pas le choix. Ils doivent obéir, c'est tout. Ou en accepter les conséquences s'ils refusent.

— Bien. Je leur expliquerai.

— Parfait, mon cher Pietro. Je vous retrouverai à l'église.

— Où allez-vous ?

— J'ai une autre idée, peut-être un moyen d'éviter tout ça.

2

Azzie passa rapidement dans le système ptolémaïque, avec ses sphères de cristal et ses étoiles en orbite fixe. Ça le mettait toujours de bonne humeur, de voir la récession ordonnée des étoiles et les plans fixes de l'existence. Il se hâta en direction de l'entrée du Paradis réservée aux visiteurs. Toute personne étrangère au service céleste était supposée l'utiliser, et tout humain ou démon surpris en train d'essayer de passer par l'entrée des anges était sévèrement puni.

L'entrée des visiteurs était une vraie porte en bronze d'environ trente mètres de haut, scellée dans le marbre. On y arrivait par une série de petits nuages blancs moelleux. Des voix angéliques chantaient alléluias et autres classiques. À la porte étaient disposées une table et une chaise en acajou. À la table, vêtu d'un drap en satin blanc, se tenait un homme plus tout jeune, à la calvitie naissante, avec une longue barbe blanche. Il portait un badge sur lequel on pouvait lire : SAINT ZACHARIE À VOTRE SERVICE. SOYEZ BÉNI. Azzie ne le connaissait pas, mais en général, c'était un saint de peu d'importance qu'on chargeait de monter la garde.

– Que puis-je faire pour vous ? demanda Zacharie.

– Je voudrais voir l'archange Michel.

– Il vous a inscrit sur la liste des visiteurs ?

– J'en doute. Il n'attend pas ma visite.

– Dans ce cas, cher monsieur, j'ai peur que…

– Écoutez, c'est urgent, l'interrompit Azzie. Envoyez-lui mon nom. Il vous en remerciera.

Saint Zacharie se leva en grommelant et alla jusqu'à un tuyau de communication en or qui longeait la porte. Il prononça quelques mots, attendit en fredonnant. Puis colla son oreille au tuyau. On lui répondait.

– Vous êtes sûr ? Ce n'est pas la procédure habituelle… Oui… Bien sûr, monsieur, dit-il à regret avant de se tourner vers Azzie. Vous pouvez y aller.

Il ouvrit une toute petite porte à la base de la grande porte en bronze, Azzie entra, longea les différents bâtiments construits sur le vert gazon du Paradis. Enfin, il atteignit le Centre Administratif. Michel l'attendait sur le perron.

Il le guida jusqu'à son bureau, lui servit un verre de vin. Question vin, le Paradis, c'était grands crus assurés. L'Enfer, sa spécialité, c'était plutôt le whisky. Ils papotèrent un petit moment, puis Michel lui demanda ce qu'il voulait.

– Je voudrais passer un marché, expliqua Azzie.

– Un marché ? De quel genre ?

– Saviez-vous qu'Ananké m'a ordonné de mettre un terme à mon projet de pièce immorale ?

Michel le regarda, puis sourit jusqu'aux oreilles.

– Vraiment ? Tiens donc ! Cette bonne vieille Ananké, tout de même…

– C'est ce que vous pensez ? « Cette bonne vieille Ananké » ? fit Azzie d'un ton froid.

– Parfaitement. Même si elle est censée être au-dessus du Bien et du Mal, et ne jamais prendre parti, je suis heureux de constater qu'elle sait exactement

274

de quel côté de sa tartine de moralité se trouve le beurre.

— Je veux passer un marché avec vous, répéta Azzie.

— Tu veux mon aide pour lutter contre Ananké ?

— Exactement.

— Là, je dois dire que tu m'époustoufles. Et pourquoi devrais-je passer un marché avec toi ? Ananké t'empêche de monter ta pièce immorale. Ça n'est pas du tout pour me déplaire.

— Est-ce que j'entends un léger ressentiment, là-dedans ?

Michel sourit.

— Oh, très léger, alors. Tes histoires ont en effet tendance à m'énerver un peu. Mais ma décision d'arrêter ta pièce n'a rien à voir avec ce que je pense. Mon camp a intérêt à ce que cette pièce insidieuse soit stoppée. C'est aussi simple que ça.

— Vous trouvez peut-être ça drôle, mais c'est une affaire beaucoup plus grave que ce que vous croyez.

— Grave pour qui ?

— Pour vous, évidemment.

— Je ne vois pas en quoi. Ananké fait ce qu'elle veut.

— Le simple fait qu'elle fasse quoi que ce soit est inquiétant.

Michel se redressa dans son fauteuil.

— Que veux-tu dire ?

— Depuis quand Ananké s'inquiète-t-elle du déroulement au quotidien de notre lutte, la vôtre et la mienne, entre les Ténèbres et la Lumière ?

— C'est la première fois qu'elle intervient directement, autant que je sache, reconnut Michel. Mais où veux-tu en venir ?

— Acceptez-vous qu'Ananké soit votre chef ?

– Certainement pas ! Elle n'a rien à voir avec les décisions du Bien et du Mal. Dans la gestion du cosmos, son rôle est de donner l'exemple, pas de faire la loi.

– Et pourtant, elle la fait, quand elle m'interdit de monter ma pièce.

– On ne va pas revenir là-dessus ! dit Michel en souriant.

– On y reviendrait si c'était votre pièce qu'elle avait interdite.

Le sourire de Michel disparut.

– Mais c'est la tienne, lâcha-t-il d'un ton sec.

– Cette fois peut-être. Mais si vous acceptez qu'Ananké établisse les règles du Mal, vous créez un précédent. Et ensuite, comment ferez-vous lorsqu'elle décidera d'établir les règles du Bien ?

Michel fit la moue. Il se leva, se mit à faire les cent pas dans la pièce. Au bout d'un moment, il s'arrêta devant Azzie.

– Tu as raison. En interdisant ta pièce, même si elle nous rend un fier service, à nous qui sommes tes ennemis, elle passe outre aux lois qui nous gouvernent tous. Comment ose-t-elle ?

Juste à ce moment, on sonna à la porte. Michel ouvrit d'un geste impatient.

– Ah ! Babriel ! Tu tombes bien, j'allais t'appeler.

– J'ai un message pour vous, dit Babriel.

– Ça attendra. Je viens d'apprendre qu'Ananké braconne sur nos plates-bandes, si je puis dire. J'ai besoin de parler à Gabriel et à quelques autres immédiatement !

– Ils voudraient vous parler aussi.

– Ah bon ?

– C'est pour ça qu'ils vous ont envoyé un message.

– Ah bon ? Mais que veulent-ils ?

276

– Je l'ignore. Ils ne me l'ont pas dit.

– Attendez-moi ici tous les deux, dit Michel.

Et il sortit d'un pas décidé.

Il ne tarda pas à réapparaître. Il était songeur, et détourna les yeux lorsque Azzie le regarda.

– J'ai bien peur de ne pas être autorisé à intervenir en ce qui concerne Ananké.

– Mais enfin, ce que je vous ai dit à propos de l'abrogation potentielle de vos propres pouvoirs…

– J'ai peur que cela ne soit pas le problème le plus important.

– Alors c'est quoi, le problème le plus important ? s'énerva Azzie.

– La pérennité du cosmos. Voilà ce qui est en jeu, d'après le Conseil Suprême.

– Michel, c'est une question de liberté ! La liberté du Bien et du Mal d'agir selon leurs convictions, soutenus uniquement par le droit naturel, pas par le règlement arbitraire d'Ananké !

– Ça ne me plaît pas non plus, dit Michel. Mais c'est comme ça. Abandonne ta pièce, Azzie. Tu n'as plus de munitions et tu es tout seul. Je ne sais même pas si ton propre Conseil te soutiendrait.

– Eh bien, c'est justement ce qu'on va voir.

Et Azzie fit une sortie théâtrale. Zou !

Les pèlerins étaient toujours à l'auberge lorsque Azzie regagna Venise. Rodrigue et Cressilda, côte à côte, étaient assis dans un coin. Ils ne se parlaient pas, mais étant l'un et l'autre les seules personnes de rang suffisant pour se sentir en confiance, ils n'avaient pas le choix. Comme d'habitude, Korn-glow et Léonore passaient inaperçus. Puss et Quentin jouaient au jeu du berceau avec un bout de ficelle. Mère Joanna faisait du tricot tandis que sir Oliver astiquait la poignée sertie de pierres précieuses de son épée de cérémonie.

Azzie alla droit au but.

– J'ai peur que nous ayons un petit problème. Notre pièce a été annulée. Mais permettez-moi de vous remercier tous pour votre collaboration. Vous avez fait du très bon travail avec les chandeliers.

– Antonio, mais enfin, que se passe-t-il ? s'étonna Oliver. Nos vœux seront-ils exaucés ? J'ai déjà rédigé un petit texte de remerciement, nous devons y aller.

À leur tour, les autres lui firent part de leurs reproches. D'un geste, Azzie réclama le silence.

– Je ne sais pas comment vous le dire, mais l'autorité la plus puissante qui soit m'a ordonné de cesser ma production. Il n'y aura pas de cérémonie des chandeliers d'or.

– Mais qu'est-il arrivé ? demanda mère Joanna.

– Il semblerait que nous ayons violé quelque ridicule et antédiluvienne loi de la nature.

– Mais les hommes passent leur temps à violer les lois de la nature, s'étonna la religieuse. Et alors ?

– En général, ça ne porte pas à conséquence. Mais cette fois, je crois qu'on a été pris la main dans le sac. On m'a reproché de faire une trop grande consommation de chevaux magiques.

– On s'occupera de tout ça plus tard, non ? intervint Oliver. Pour l'instant, nous sommes impatients d'en finir, alors allons-y.

– J'aimerais pouvoir vous laisser faire, mais c'est impossible. L'Arétin va maintenant passer parmi vous pour récupérer les chandeliers.

Solennel, le poète s'exécuta, prit un à un les chandeliers qu'on lui tendait à contrecœur.

– Il va nous falloir quitter cet endroit, continua Azzie. Venise est condamnée à disparaître. Nous devons partir immédiatement.

– Pourquoi si tôt ? dit mère Joanna. Je n'ai même pas eu le temps de faire un peu de tourisme, de visiter quelques tombeaux de saints.

– Si vous ne voulez pas que cette ville soit votre tombeau, faites ce que je vous dis. Vous devez suivre l'Arétin. Pietro, vous m'écoutez ? Nous devons faire quitter Venise à tous ces gens.

– Facile à dire, grommela l'Arétin. Je vais voir ce que je peux faire. (Il posa les chandeliers dans un coin.) Et vos bibelots, j'en fais quoi ?

Azzie allait répondre lorsqu'il sentit qu'on lui tirait la manche. Il baissa les yeux. C'était Quentin, avec Puss à côté de lui.

– S'il vous plaît, monsieur, supplia le garçonnet. J'ai appris tout mon texte par cœur pour la cérémonie. Puss m'a aidé.

– C'est très bien, les enfants.

– On ne va pas pouvoir le réciter ? insista Quentin.

– Tu pourras me le dire plus tard, quand tu seras en sécurité loin de Venise.

– Mais ça sera pas pareil. On l'a appris spécialement pour la cérémonie.

Azzie fit la moue.

– Il n'y aura pas de cérémonie.

– Quelqu'un a fait une bêtise ?

– Non, non, il ne s'agit pas de ça.

– C'était une mauvaise pièce, alors ?

– Non ! s'énerva Azzie. Ce n'était pas une mauvaise pièce. C'était une excellente pièce. Vous jouiez tous vos propres rôles, on ne peut pas rêver mieux !

– Si c'était pas une mauvaise pièce, continua Quentin, et qu'on n'a rien fait de mal, alors pourquoi on peut pas la finir ?

Azzie allait répondre, mais il hésita. Il se souvenait de sa jeunesse de petit démon méprisant toute autorité, soucieux d'une seule chose : aller là où le péché et la vertu, sa fierté et sa volonté le mèneraient. Il avait beaucoup changé depuis. Aujourd'hui, une femme lui donnait des ordres, et il obéissait. Bien sûr, Ananké, ce n'était pas n'importe quelle donzelle – c'était plutôt une sorte de principe divin, vague mais irrésistible, avec de la poitrine. Sa présence avait toujours pesé sur le monde, lointaine mais, encore une fois, irrésistible. Cette fois, pourtant, elle avait brisé la règle qui, depuis la nuit des temps, l'avait empêchée d'intervenir. Et qui avait-elle choisi pour porter la responsabilité d'une telle action ? Azzie Elbub.

280

– Cher enfant, dit Azzie, assister à cette cérémonie, c'est peut-être signer notre mort à tous.

– Mais on doit tous mourir un jour, monsieur, répondit Quentin.

Azzie le regarda, stupéfait. Ce môme avait le toupet d'un démon et le sang-froid d'un saint. Comment ne pas lui céder ?

– Très bien, gamin. Tu m'as convaincu. Tout le monde ! Ramassez vos chandeliers et prenez place sur la scène qui a été installée devant le bar !

– Vous allez jusqu'au bout ! s'exclama l'Arétin, ravi. Merci, mon ami, merci. Parce que, autrement, je n'avais vraiment pas d'idée pour la fin de la pièce !

– Eh bien, vous en avez une, maintenant. L'orchestre est dans la fosse ?

Il y était, et de très bonne humeur d'abord parce que l'Arétin avait payé les musiciens trois fois le tarif corporatif pour qu'ils acceptent d'attendre Azzie, et ensuite parce que, avec les inondations, leur planning de concerts était aussi désert que la place Saint-Marc un lendemain de carnaval.

L'orchestre attaqua un air. Azzie agita la main. La cérémonie commença.

4

La cérémonie eut lieu en grande pompe, comme on aimait à le faire à la Renaissance et chez les démons. Il n'y avait malheureusement pas de public, on avait dû jouer à guichet fermé – entendez par là que les guichets n'avaient jamais été ouverts – car étant donné les circonstances, le spectacle devait rester privé. Mais ce fut très réussi tout de même, dans l'auberge déserte, avec la pluie battant les carreaux.

Les pèlerins avancèrent dans la salle commune, en tenue d'apparat, chandelier à la main. Ils remontèrent l'allée centrale, créée pour la circonstance, jusqu'à la scène. Azzie, en parfait Monsieur Loyal, les présenta un par un, et eut pour chacun un mot gentil, un compliment.

Et puis de drôles de choses se produisirent. Le rideau bougea tout seul, une odeur âcre se répandit dans la pièce. Mais le pire, c'était le vent, qui se mit à gémir comme si une âme en peine essayait désespérément d'entrer dans l'auberge.

– Jamais entendu un vent pareil, soupira l'Arétin.
– Ce n'est pas le vent, dit Azzie.
– Pardon ?!?

Mais le démon refusa de s'étendre sur le sujet. Il savait reconnaître une visitation quand il en entendait une. Il en avait provoqué un trop grand nombre pour pouvoir se méprendre, surtout qu'un froid sidéral s'abattit sur l'auberge et que d'étranges bruits sourds retentirent un peu partout, venant confirmer ses soupçons. Il n'espérait qu'une chose, c'était que cette nouvelle force, quelle qu'elle fût, attende un peu avant d'entrer en scène. Elle semblait avoir quelque difficulté à trouver son chemin. Et le plus infernal, c'était qu'Azzie ne savait même pas par qui ou par quoi il était poursuivi. C'était assez inhabituel, comme situation, pour un démon, d'être hanté par ce qui ressemblait fort à un fantôme. Cela lui donnait néanmoins une idée de ce qui l'attendait, le vaste abîme de la déraison qui menaçait d'engloutir les fragiles édifices qu'étaient la logique et la causalité. Un tout petit mouvement, semblait-il, et ces notions pouvaient cesser d'exister.

Après les présentations, il y eut un court interlude, avec le chœur des Petits Chanteurs à la Tête de Bois, que l'Arétin avait engagé pour l'occasion. À un moment, certains crurent que saint Grégoire lui-même faisait une apparition ectoplasmique, car une forme allongée et mince avait commencé à se matérialiser près de la porte. Mais cette chose, quelle qu'elle fût, n'avait pas bien prévu son truc, car elle disparut avant de se matérialiser en entier, et la représentation continua.

Les acteurs posèrent leurs chandeliers sur l'autel et allumèrent les bougies. Azzie fit un petit speech pour les féliciter, boucla la boucle de sa pièce en insistant sur le fait qu'ils s'en étaient tous très bien sortis sans efforts particuliers. Ils avaient gagné le bonheur en se laissant porter par les événements, ce qui prouvait que le bonheur n'avait rien à voir avec le bon caractère ou la bonne action. Au contraire, la chance était quelque chose de neutre qui pouvait arriver à n'importe qui.

– La preuve, ce sont mes personnages, qui ont tous bien mérité leur récompense ce soir car ils n'ont rien fait de plus qu'être eux-mêmes, c'est-à-dire être imparfaits.

Pendant ce temps, l'Arétin, assis au premier rang, prenait fébrilement des notes. Il réfléchissait déjà à la pièce qu'il allait tirer de tout ça. Azzie pensait peut-être qu'il suffisait de monter une sorte de divine comédie, mais ce n'était pas comme cela qu'un écrivain procédait. Dans les très bonnes pièces, il n'y avait pas de place pour l'improvisation, et l'Arétin entendait faire du très bon travail.

Plongé qu'il était dans ses notes, il ne réalisa que la cérémonie était terminée que lorsque les pèlerins, descendus de scène, vinrent lui taper dans le dos en lui demandant si ça lui avait plu. L'auteur, ravalant son penchant pour l'acerbe, déclara qu'ils s'en étaient tous très bien sortis.

– Et maintenant, dit Azzie, il est temps de s'en aller. Vous n'aurez plus besoin des chandeliers, alors je vous demanderai de les poser dans le coin, là, et je provoquerai un miracle mineur pour les renvoyer dans les Limbes. L'Arétin, êtes-vous prêt à mener ces gens jusqu'en lieu sûr ?

– Bien sûr. S'il existe un moyen de quitter cette île, je le trouverai. Mais vous ne nous accompagnez pas ?

– Si, mais il se peut que je sois un peu retardé pour des circonstances indépendantes de ma volonté. Si cela se produit, vous savez quoi faire, Pietro. Emmenez ces gens en lieu sûr !

– Et vous ?

– Je ferai le nécessaire pour rester en vie, ne vous en faites pas. La persévérance au service de nos intérêts est une qualité très développée chez les démons.

Azzie, l'Arétin et la petite troupe de pèlerins s'enfoncèrent alors dans la nuit orageuse du funeste destin qui s'abattait sur Venise.

Les rues étaient pleines de gens qui essayaient de quitter la ville. L'eau arrivait désormais à la taille, et continuait de monter. L'Arétin avait pris soin de se munir d'une quantité suffisante d'argent pour acheter les gondoliers, mais aucun gondolier n'était à vendre. Les différents arrêts, le long du Grand Canal, avaient été abandonnés plusieurs heures auparavant.

– Je ne sais pas quoi faire, dit le poète à Azzie. On dirait que tous les gondoliers de la ville sont soit morts, soit déjà pris.

– Il y a encore un moyen. Ça risque de provoquer une nouvelle anomalie et une fois de plus c'est moi qui porterai le chapeau, mais on va essayer. Il faut qu'on trouve Charon. Sa barque est toujours dans les parages lorsqu'il y a beaucoup de morts ou de mourants. Question apocalypses, il en connaît un rayon.

– Vous voulez parler du Charon de la mythologie grecque ? Il est là ?

– Probablement. Je sais pas en vertu de quoi, mais depuis le début de l'ère chrétienne, il transbahute des gens sans jamais être inquiété. C'est une anomalie, ça aussi, mais celle-là, au moins, on ne peut pas me la mettre sur le dos.

– Acceptera-t-il de prendre des vivants ? Je croyais que la barque de Charon était réservée aux autres.

– Je le connais assez bien. On a déjà été en affaires ensemble, alors je pense qu'il fera une exception. En plus, je sais que travailler dans l'urgence, il adore.

– Où pouvons-nous le trouver ?

Azzie prit la tête du cortège. L'Arétin voulait savoir pourquoi il était si pressé de faire quitter la ville aux pèlerins.

– La situation est si catastrophique que ça ?

– Oui. La chute de Venise, ce n'est que le début. Elle annonce l'effondrement de l'univers tout entier. Les systèmes de Ptolémée et de Copernic sont tous les deux en difficulté, on a relevé des signes de choc anormal un peu partout. Déjà, les rues regorgent de prodiges et de miracles. Le commerce s'est arrêté, même l'amour a dû se mettre au vert.

– Je ne comprends pas. Qu'est-ce que c'est, cette explosion d'anomalies, tout à coup ? Que va-t-il se passer ? La catastrophe, ce sera quoi, exactement ? Quels signes nous indiqueront son avènement ?

– Vous n'aurez pas besoin de signes. Tout à coup, le déroulement de la vie sera interrompu. Les causes et les effets cesseront de s'enchaîner. Les principes ne permettront plus de conclusions logiques. Comme je vous l'ai expliqué, la réalité se divisera en deux branches. La première continuera l'histoire de l'Europe et de la Terre comme si ce pèlerinage n'avait jamais eu lieu, la seconde poursuivra ce qui se produit en ce moment, et verra les résultats du pèlerinage. C'est cette branche, cette catastrophe, qui sera envoyée aux Limbes. Là-bas, elle se répétera éternellement, montée en boucle. Une boucle plus longue que tout ce que vous pouvez imaginer. Nous devons sortir les pèlerins de là avant que cela ne se produise.

Mais Charon était introuvable. Azzie et l'Arétin poursuivirent leur route, ballottant leurs pèlerins d'un endroit à l'autre, cherchant un moyen de leur faire quitter la ville. Ils virent des gens se noyer en essayant de rejoindre la terre ferme à la nage, le plus souvent entraînés vers le fond par d'autres nageurs épuisés qui s'agrippaient à eux.

Les quelques gondoliers qui restaient avaient déjà des clients. Ceux qui avaient eu la chance de pouvoir monter à bord d'une gondole avaient tiré leur épée et menaçaient tous ceux qui osaient les approcher.

Azzie et l'Arétin firent toutes les ruelles sinueuses, à la recherche de Charon. Enfin, ils trouvèrent sa barque, à bords plats, un peu difforme, peinte d'un noir mat. Azzie avança jusqu'au bastingage, posa un pied dessus et appela.

– Holà ! Nocher !

Un homme grand, maigre, au visage émacié et aux yeux étrangement brillants sortit de la petite cabine.

– Azzie ! s'exclama-t-il. Si je m'attendais !

– Que fais-tu à Venise, Charon, si loin de ton itinéraire habituel, sur le Styx ?

– On nous a demandé à nous, marins de la Mort, de desservir une zone un peu plus large que d'habitude. Je crois savoir qu'on attend dans le coin une hécatombe comme jamais on n'en a connu depuis l'Atlantide.

– J'aurais besoin de tes services, tout de suite.

– Vraiment ? C'est que… j'allais faire un petit somme avant que l'évacuation générale commence. Histoire d'être en forme, quoi.

– Le système tout entier est en danger. J'ai besoin que tu m'aides à faire sortir mes amis de la ville.

– Je n'aide personne, tu le sais bien. J'ai mes clients, ça me suffit. Et il me reste beaucoup de gens à transporter vers l'autre rive.

– Je crois que tu ne te rends pas compte de la gravité de la situation.

– Elle n'a rien de grave pour moi. La mort, quelle que soit sa cause, est une affaire du Monde des Vivants. Au Royaume des Morts règne la sérénité.

– C'est ce que j'essaie de te faire comprendre. La sérénité, même au Royaume des Morts, ne va pas durer longtemps. Il ne t'est jamais venu à l'idée que la Mort pouvait aussi mourir ?

– La Mort ? Mourir ? C'est complètement ridicule !

– Mon cher ami, si Dieu peut mourir, alors la Mort peut mourir aussi, et dans d'atroces douleurs. Je te dis que c'est tout le système qui est en danger. Tu pourrais disparaître en même temps que tout le reste.

Charon était sceptique, mais finit par se laisser convaincre.

– Bon, qu'est-ce que tu veux, exactement ?

– Je dois faire sortir les pèlerins de la ville et les ramener jusqu'à leur point de départ. Ensuite seulement, Ananké pourra peut-être redresser la situation.

Charon était capable de faire vite lorsqu'il le voulait. Dès que tout le monde fut à bord, il se mit debout à la barre, épouvantail drapé dans une cape. La vieille barque prit de la vitesse, mue par la force des rameurs morts installés dans la cale. De tous côtés, dans la ville abandonnée, on distinguait des brasiers projetant de tremblantes silhouettes rouges et jaunes vers l'obscurité des cieux. La barque traversa un bras de mer et glissa bientôt à travers les roseaux, dans les marais. Tout était étrange. Charon avait pris un raccourci, un petit passage qui reliait un monde à l'autre.

— C'était comme ça, au commencement ? demanda l'Arétin.

— Je n'étais pas là au commencement, répondit Charon. Mais à peu de chose près, oui, je crois. Ce que vous voyez, c'est le monde lorsqu'il n'y avait pas de lois physiques, que tout n'était que magie. Il y a eu une époque, avant toutes les autres, où tout était magie, où la raison n'existait pas. Ce monde d'il y a bien longtemps, nous nous y rendons encore en rêve. Certains paysages nous le rappellent. C'est un monde plus ancien que Dieu, plus ancien que la Création. C'est le monde d'avant la création de l'univers.

Installé à la proue, l'Arétin vérifiait la liste de pèlerins pour être sûr que tout le monde était là. Il s'aperçut assez vite que deux ou trois Vénitiens rusés avaient profité de la confusion générale pour monter à bord. Mais ce n'était pas important. Il y avait suffisamment de place pour eux, surtout dans la mesure où Léonore et Kornglow ne répondaient plus à l'appel.

Il demanda aux autres s'ils les avaient vus. Personne ne sut dire ce qu'ils étaient devenus après la cérémonie.

— Je ne trouve plus Kornglow et Léonore ! lança l'Arétin à Azzie, qui était sur le quai et défaisait l'amarre.

— Nous ne pouvons pas attendre, dit Charon. La mort est très à cheval sur les horaires.

— Partez sans eux, dit Azzie.

— Et vous ? s'étonna l'Arétin.

— Ce truc m'en empêche.

290

C'est alors que l'Arétin remarqua l'ombre, juste derrière le démon, qui semblait le tenir par le cou.

Azzie lança la corde vers la barque, qui s'éloigna du bord, vira et prit de la vitesse tandis que les rames mordaient et labouraient l'eau.

– On ne peut donc rien faire pour vous ? cria l'Arétin.

– Non ! répondit Azzie. Partez, c'est tout. Quittez cet endroit.

Il regarda glisser la barque sur les eaux sombres jusqu'à ce qu'elle disparaisse entre les roseaux, près de l'autre rive.

Les pèlerins s'étaient installés aussi confortablement que possible, un peu serrés entre les rameurs défunts, qui n'étaient pas à proprement parler des boute-en-train.

– Bonjour, dit Puss à l'être décharné et encapuchonné qui était assis à côté d'elle.

– Bonjour, ma petite fille, répondit celui-ci.

C'était une femme. Elle semblait morte, et pourtant pouvait encore parler.

– Vous allez où ? demanda Puss.

– Notre nocher Charon nous emmène en enfer.

– Oh ! Je suis désolée !

– Il n'y a pas de quoi. C'est là que nous allons tous.

– Même moi ?

– Même toi. Mais ne t'inquiète pas, ce n'est pas pour tout de suite.

– Y aurait pas quelque chose à manger, sur cette barque ? demanda Quentin, assis de l'autre côté.

– Rien de bon en tout cas, répondit la silhouette encapuchonnée. Tout ce que nous avons est amer.

– Moi j'ai envie de quelque chose de sucré.

– Sois patient, dit Puss. Personne ne mange sur la barque des morts sans perdre la vie. Et je crois que je vois l'autre rive.

– Ah bon, dit Quentin.

Il regrettait de ne plus servir de messager aux esprits. Pour une fois qu'il s'amusait vraiment…

1

Venise semblait désormais perdue. Mais Azzie avait peut-être un moyen de la sauver. Pour cela, il lui fallait aller dans les Coulisses de l'Univers, où se trouvait la Machinerie Cosmique, dans ce coin du cosmos où règne la symbologie.

Pour ce faire, il devait suivre un certain nombre d'instructions qu'il n'avait jamais suivies auparavant – qu'il avait toujours pensé ne jamais avoir à suivre. Mais le moment était venu. Il trouva un endroit à l'abri sous une balustrade et fit un geste un peu compliqué.

Une voix désincarnée – celle d'un des Gardiens du Chemin – lui dit :

– Es-tu sûr de vouloir le faire ?

– J'en suis sûr, répondit-il.

Et il disparut.

Il réapparut dans une petite antichambre. Contre un mur, il y avait un long sofa capitonné, et en face, deux chaises. Une lampe jetait une lumière tamisée sur un tas de magazines posés sur une petite table. Contre le troisième mur était installée une réceptionniste en toge avec, sur son bureau, ce qui ressemblait fort à un interphone. Elle était en tout point identique à une femme, sauf que sur les épaules, elle avait une tête d'alligator. Cela confirma les soupçons d'Azzie : il se trouvait bien là où le réalisme n'avait pas lieu d'être, et où la symbologie gouvernait le monde.

– Qu'y a-t-il pour votre service, monsieur ? demanda la réceptionniste.

– Je suis venu pour inspecter la machinerie symbolique.

– Entrez, vous êtes attendu.

Azzie franchit une porte et pénétra dans un espace qui possédait la consternante caractéristique d'être en même temps clos et infini, un plein universel au contenu illimité. On aurait dit une usine, ou une dérisoire imitation tridimensionnelle d'usine, car son volume s'étendait à perte de vue. Cet endroit au-delà de l'espace et du temps était occupé par des machines, par une infinie variété d'engrenages, d'axes, et de courroies pour les entraîner, tout cela apparemment en suspens et fonctionnant dans un mélange de sifflements, de frottements et de claquements.

Les machines étaient empilées et alignées sans fin, dans toutes les directions, reliées par d'étroites passerelles. Sur l'une d'elles se trouvait un homme grand, sinistre, vêtu d'une combinaison de travail grise à petites rayures et d'une casquette assortie. Il avait une burette d'huile à la main et longeait les machines en s'assurant qu'elles grippaient le moins possible.

– Qu'est-ce qui se passe, ici ? demanda Azzie.

– On compresse le temps terrestre en une seule bande qui est passée entre des rouleaux. Elle ressort là, sous forme de tapisserie aux fils de la Vierge.

Le vieil homme lui montra les énormes rouleaux où le fil du temps était tissé pour devenir une tapisserie qui représentait et, d'une certaine façon, était l'histoire du cosmos jusqu'au moment présent. Azzie l'examina et découvrit un raté dans les points.

– Qu'est-ce que c'est ? demanda-t-il.

– C'est l'endroit où Venise a été détruite. Cette ville était un des fils principaux du tissu de la civilisation, voyez, donc il y aura une petite discontinuité dans l'aspect culturel du tissu spatio-temporel, jusqu'à ce qu'une autre ville prenne sa place. Ou peut-être que la tapisserie tout entière perdra de sa superbe car il lui manquera un de ses plus jolis motifs. Il est difficile de prévoir les retombées d'une catastrophe comme celle-ci.

– Ce serait dommage de laisser ça comme ça, dit Azzie en examinant de plus près l'espèce de crapaud formé par le raté. Dites, si on remonte un peu le long de la tapisserie et qu'on tire ce fil, là, Venise n'aurait plus rien à craindre.

Il venait de trouver l'endroit où il avait lancé son jeu des chandeliers d'or avec les pèlerins, le point où le destin de Venise avait basculé. Il était nécessaire de retirer cet épisode de l'écheveau de la causalité afin de défaire l'accident cosmique.

– Mon cher démon, vous savez très bien qu'on ne joue pas comme ça avec les écheveaux du temps. D'accord, ça serait facile. Mais je vous le déconseille fortement.

– Et si je le fais quand même ?

– Vous verrez bien.

– Vous allez essayer de m'en empêcher ?

Le vieil homme secoua la tête.

– Ma tâche n'est pas d'empêcher quoi que ce soit. Je suis chargé de surveiller la réalisation de la tapisserie, un point, c'est tout.

Azzie tendit le bras et, d'un mouvement sec, tira le fil qui marquait sa rencontre avec les pèlerins. Le fil prit feu aussitôt, et la tapisserie se répara dans la seconde qui suivit. Venise était sauvée. C'était aussi facile que ça.

Azzie tourna les talons, et allait s'en aller lorsqu'un doigt glacial lui tapa sur l'épaule. Il se retourna. Le vieil homme avait disparu.

— Azzie Elbub ? fit une voix à vous glacer le sang.

— Oui ? Qui est là ?

— Mon nom est Sans-Nom. Tu as encore fait des tiennes, on dirait.

— Comment ça ?

— Tu as provoqué une nouvelle anomalie inacceptable.

— Et qu'est-ce que ça peut vous faire ?

— Je suis l'Anomalophage. Je suis la circonstance spéciale qui surgit dans la panse de l'univers lorsque les choses se compliquent un peu trop. Je suis celui contre lequel Ananké essayait de te mettre en garde. Ton attitude a provoqué mon apparition.

— Désolé de l'apprendre. Vous sortir du sommeil de la non-création n'était pas dans mes intentions. Et je vous promets de ne plus jamais provoquer d'anomalie.

— Ça ne suffit pas. Cette fois, mon garçon, ça va être ta fête. Tu as bricolé la machinerie de l'univers une fois de trop. Et pendant que j'y suis, je crois que je vais détruire aussi le cosmos, renverser Ananké, et tout recommencer à zéro, avec moi en divinité suprême.

— Eh là ! c'est pas vous qui y allez un peu fort ? Pour détruire une anomalie, vous proposez d'en produire une bien plus importante.

— C'est comme ça que l'univers s'écroule, c'est tout. Et je vais devoir te détruire toi aussi, j'en ai peur.

296

– Oui, sans doute… Mais si vous commenciez par Ananké ? C'est elle, la pointure, quand même.

– Ce n'est pas comme ça que je procède. Je vais commencer par toi. Après avoir mangé ton âme, je mangerai ton corps. Ensuite, pour le dessert et le pousse-café, j'aviserai. Voilà mon programme.

2

Sans-Nom agita ce qui était peut-être un bras.
Aussitôt, Azzie se trouva transporté à une terrasse de
café, dans une ville dont l'architecture faisait très
nettement penser à Rome.

La transition, effectuée sans équipement visible,
épata le démon, qui se garda néanmoins de montrer
le moindre signe d'admiration. Sans-Nom semblait
avoir la grosse tête, de toute façon. Il était là, avec
lui, porteur d'un corps humain à très nette sur-
charge pondérale et coiffé d'un chapeau tyrolien. Un
serveur en veste blanche approcha. Azzie commanda un Cinzano puis se tourna vers Sans-Nom.

– Bon, alors, à propos de ce combat : y aura-t-il
des règles, ou est-ce que ça sera la pagaille totale,
chacun pour soi et débrouillez-vous ?

Il savait qu'il n'avait aucune chance contre Sans-
Nom, qu'il soupçonnait d'être une superdivinité tout
juste née. Mais il avait décidé de faire bonne figure,
et d'essayer de bluffer jusqu'au bout.

– À quel genre de combat es-tu le meilleur ? demanda Sans-Nom.

– Je suis connu pour être un maître ès combats
sans règles.

298

– Tiens donc ! Alors je pense que nous en aurons. Des règles.

Les règles, Azzie savait qu'il pouvait s'en débrouiller. Depuis sa naissance, il avait passé son temps à les contourner, donc il avait déjà un avantage. Mais il se garda de manifester le moindre contentement.

– Selon quelles règles veux-tu combattre ? demanda Sans-Nom.

Azzie regarda autour de lui.

– Nous sommes à Rome, n'est-ce pas ?

– En effet.

– Alors prenons les règles des gladiateurs.

À peine avait-il prononcé ces mots qu'il se sentit pris d'un léger vertige. Lorsqu'il eut à nouveau les idées claires, il se trouvait au centre d'un amphithéâtre immense et désert. En dehors d'un pagne, il était nu. Apparemment, la nouvelle divinité était un peu prude. C'était toujours bon à savoir.

Il réalisa alors qu'il portait un bouclier assez ancien et, dans l'autre main, un glaive romain.

– Eh ben, vous perdez pas de temps, dit-il.

– Je comprends vite, répondit la voix de Sans-Nom, qui venait de nulle part en particulier.

– Et maintenant ?

– Combat à mains nues. Toi et moi. Me voici !

Une porte de l'arène s'ouvrit. Il y eut un grondement, et un gros véhicule en métal apparut, avec de drôles de roues. Azzie en avait déjà vu de tels, lors de ses visites sur les champs de bataille de la Première Guerre mondiale, en France. C'était un char militaire, blindé et équipé d'un canon.

– Vous êtes dans ce char ? demanda-t-il.

– Je *suis* le char, répondit Sans-Nom.

– C'est pas très équitable, dites-moi.

– Ne sois pas mauvais perdant, allons.

Le char avançait, crachant en même temps que des gaz d'échappement bleutés un chant guerrier. Des tentacules jaillirent sur ses côtés, à l'extrémité desquels il y avait une scie électrique. Azzie recula jusqu'à ce que son dos rencontre le mur.

– Attendez ! hurla-t-il. Où est le public ?

– Quoi ? demanda le char en s'arrêtant.

– On ne peut pas avoir un vrai combat de gladia-teurs sans public.

Dans les gradins, des portes s'ouvrirent, et des gens entrèrent. Azzie les connaissait tous. Il y avait les dieux grecs, sculpturaux dans leurs draps blancs, et puis Ylith, et Babriel, suivis de Michel.

Ce qu'il vit ne plut pas à Sans-Nom.

– Attends une minute, dit-il. Temps mort, O.K. ?

Et Azzie se retrouva dans un salon tout ce qu'il y avait de plus XIXe. Avec Sans-Nom.

3

– Bon, dit Sans-Nom, écoute-moi, maintenant. Tu vois bien que tu es battu d'avance. Il n'y a pas de quoi avoir honte, je suis le nouveau paradigme. Nul ne peut s'opposer à moi. Je suis le signe visible de ce qui va arriver.

– Alors tuez-moi, qu'on en finisse.

– Non, j'ai une meilleure idée. Je veux te laisser la vie sauve, et je veux que tu m'accompagnes dans le nouvel univers que je vais créer.

– Pourquoi avez-vous besoin de moi ?

– Que les choses soient bien claires : je n'ai pas besoin de toi. Simplement, une fois que je serai établi, j'aimerais avoir quelqu'un à qui parler. Quelqu'un avec qui évoquer le bon vieux temps, c'est-à-dire aujourd'hui. Quelqu'un que je n'aurai pas créé. J'ai peur que ça soit très ennuyeux, au bout d'un moment, de ne pouvoir parler qu'à des émanations de soi-même. J'imagine que c'est d'ailleurs pour ça que votre Dieu a mis les voiles – Il en a eu marre de parler aux nuages, qui ne connaissent rien au bon vieux temps. C'est vrai, il n'avait que Sans-Nom qui ne soit pas, d'une manière ou d'une autre, à Son image. C'est usant, à force. Alors moi, je ne vais pas faire la même erreur. Toi, tu représentes un autre point de vue, et ça peut me servir. Donc j'aimerais que tu restes avec moi.

Azzie hésitait. C'était une occasion en or, évidemment. Mais tout de même…

– Qu'est-ce que tu cogites, là ? Je peux te battre, t'annihiler d'un geste, or je te propose de changer de camp et de rester à mes côtés. Toi, et toi seul, Azzie, survivras à la destruction de l'univers. Nous les balaierons tous – dieux, diables, humains, nature, destin, hasard, la totale, quoi ! Et nous recommencerons avec de nouveaux personnages, plus sympathiques. Tu peux m'aider à gérer tout ça, tu participeras à la création du nouvel univers ! Tu seras un de ses pères fondateurs ! C'est quand même alléchant, comme proposition, non ?

– Mais tous les autres…

– Je vais les tuer. Bien obligé, hein… Et n'essaie pas de me faire changer d'avis.

– Je connais un petit garçon qui s'appelle Quentin…

– Il vivra dans ta mémoire.

– Une sorcière, aussi, qui s'appelle Ylith…

– Tu n'as pas gardé une boucle de ses cheveux ?

– Vous ne pouvez pas la garder, elle aussi ? Elle et le petit garçon ? Tuez tous les autres, mais ces deux-là…

– Évidemment que je pourrais les garder. Je fais ce qu'il me plaît. Mais pas question. Je te garde toi, Azzie, un point, c'est tout. C'est une sorte de punition, vois-tu.

Azzie regarda Sans-Nom. Il avait le sentiment que sous la nouvelle direction cosmique, les choses n'allaient pas beaucoup changer. Alors à quoi bon ? Cette fois, le temps était venu de se battre et de mourir.

– Non, merci, soupira-t-il.

4

Le char avança. C'était maintenant une très belle machine en aluminium anodisé et chrome rutilant. Chauffée à blanc, elle dégageait une impressionnante lumière. Azzie fit un bond de côté pour l'éviter. À cause de la chaleur, les roues du char se déformèrent, et tout à coup l'engin eut du mal à progresser. Sans-Nom avait visiblement mal prévu son coup, là.

Le char fit feu. Du canon jaillit une boule de plastique mou qui s'ouvrit en tombant sur le sable. Il en sortit des larves d'aoûtats et des souriceaux, qui se mirent aussitôt à creuser une espèce de trou à méchoui. Azzie essaya de ne pas en tirer trop vite des conclusions : son opposant avait peut-être quelque chose de très vicieux en tête.

Le canon tira de nouveau, mais cette fois, il en sortit un enchaînement de notes de musique, et Azzie entendit Sans-Nom qui disait :

– Enfin, par canon, je voulais dire boulet, pas *Frère Jacques* !

De toute évidence, il avait du mal à canaliser son imagination bouillonnante. Le canon tira encore et expulsa une cascade de cônes multicolores qui gargouillaient en dégageant un gaz nocif.

Le char arriva au centre de l'arène. Ses déplacements étaient plus hésitants, car il avait compris que si Azzie était un adversaire négligeable, son pire ennemi, c'était lui-même. Le démon ramassa un caillou et se prépara à le lancer.

Et tout à coup, d'un coin de Sans-Nom surgirent certains des personnages les plus connus de l'histoire : Barbe-Noire, Anne Boleyn, dame Jeanne Grey, le Chevalier sans tête, Jean-Baptiste, Louis XVI, Marie Stuart, Méduse, sir Thomas More, Maximilien de Robespierre. Ils formèrent une phalange, bras gauche protégeant leur visage, bras droit brandissant une longue lance à pointe métallique. Robespierre prit leur tête – il déclarerait lorsque tout serait terminé qu'il n'avait jamais rien fait de plus difficile.

Azzie appela ses propres amis, qui arrivèrent avec des armes primitives, mais disparurent presque aussitôt. Une des rares règles de Sans-Nom était qu'Azzie devait se débrouiller tout seul.

Alors Sans-Nom ouvrit une bouche de terre et de rochers et se mit à mordiller le démon.

– Mais vous êtes fou !

– Non. Pourquoi ne meurs-tu pas ?

– Vous êtes une piteuse créature.

– Tu es sûr que ce combat est indispensable ? Tu ne pourrais pas simplement mourir, et qu'on n'en parle plus ?

– Désolé, marmonna Azzie.

5

Azzie regarda autour de lui. Les douze dieux de l'Olympe, Zeus en tête, étaient assis sur les marches de marbre, près de Babriel, Michel et Ylith. Il y avait aussi le Prince Charmant et la Princesse Scarlet, Johann Faust et Marguerite. Ils se levèrent tous ensemble et avancèrent dans l'arène.

— Ce n'est pas juste ! s'insurgea Sans-Nom. Tu n'as pas le droit de faire venir des renforts.

— Je n'ai fait venir personne. Ils sont venus tout seuls.

— Je n'ai pas encore eu le temps de créer amis et alliés !

— Je sais, dit Ylith. Vous avez choisi de faire cavalier seul.

— Et maintenant, c'est trop tard, renchérit l'archange Michel. Je crois que nous sommes tous d'accord pour dire que vous, Sans-Nom, n'avez pas la carrure d'une Divinité Suprême. Par conséquent, nous allons nous unir pour nous débarrasser de vous.

Une voix masculine, puissante, s'éleva alors. Elle chantait une mélodie enjouée. C'était l'Arétin, qui reprenait une version Renaissance de *We Shall Over-*

come. Derrière lui, le chœur était composé de tous les autres – Quentin et Puss, Kornglow et Léonore, sir Oliver et mère Joanna, Rodrigue et Cressilda. Ils formèrent un cercle serré autour des combattants et encouragèrent Azzie. Mais comme c'était idiot de l'encourager, pensa-t-il, puisqu'il ne pouvait rien faire. Le pouvoir de cette créature avait déjà fait ses preuves.

– Tu n'es pas obligé de mourir, disait Ylith. Ananké ne sera vaincue que si tu l'es toi aussi. Tu as eu le courage de monter ta pièce. Lutte ! Tiens bon !

6

– Bon, alors c'est parti pour un petit peu de lutte gréco-romaine, dit Sans-Nom en prenant une forme vaguement humaine. À la mort !

Et il saisit Azzie d'une poigne de fer.

– Tu peux pas le tuer ! hurla Quentin.

– Ah bon ? Et pourquoi ça ?

– Parce que c'est mon ami.

– Jeune homme, j'ai l'impression que tu ne te rends pas compte que tu es en position d'infériorité. Je suis le Mangeur d'Âmes, mon petit. La tienne fera office de cerise au marasquin sur la crème fouettée de la délicieuse cassate que sera ce démon.

– Non !

Et Quentin tapa de toutes ses forces sur la tête de Sans-Nom, qui recula en montrant les dents. Puss en profita pour lui présenter son direct du droit en pleine panse. Il s'effondra sur le sable. Sir Oliver avança et, avec l'aide de mère Joanna, planta une lance dans l'œil de la superdivinité.

– Ça, c'est la goutte d'eau… soupira Sans-Nom en sentant l'arme lui traverser la tête.

Et il mourut.

Ananké apparut dans les cieux, juste au-dessus d'eux. Son visage de vieille femme était barré d'un grand sourire.

– Bravo, les enfants ! s'écria-t-elle. Je savais que vous sauriez vous serrer les coudes en cas de gros pépin.

– Alors c'est pour ça que vous avez organisé cette mascarade ? s'insurgea Azzie.

– C'est une des raisons, mon bichon, dit Ananké. Il y a toujours des raisons derrière les raisons, et chaque raison a sa raison d'être. Ne cherche pas la petite bête, mon ami. Tu es en vie, vous êtes tous en vie, c'est le principal.

Alors ils se mirent à danser, formèrent une grande ronde et s'élevèrent dans les airs. Plus vite, plus haut, tous ensemble.

Tous, sauf…

L'Arétin se réveilla en sursaut. Il s'assit sur son lit et regarda par la fenêtre. Le soleil brillait sur Venise. À côté de lui, sur la courtepointe, était posé un manuscrit, *La Légende des chandeliers d'or*.

Il se souvint alors qu'il avait fait un rêve fantastique. C'était une explication.

Azzie avait réussi à préserver Venise dans les Limbes. C'en était une autre.

Dehors, il vit passer des gens, aperçut Kornglow et Léonore parmi eux.

– Que se passe-t-il ?

Kornglow leva les yeux.

– Faites attention, l'Arétin, on dit que les Mongols vont arriver d'un moment à l'autre.

Ah bon ? Donc Venise était perdue ? Alors l'Arétin comprit que tout allait bien. Ce qu'il lui fallait maintenant, c'était un endroit calme pour pouvoir s'installer et écrire la fin de sa pièce.

L'Arétin ouvrit les yeux. C'était une matinée splendide. Il se souvint qu'il avait fait pendant la nuit un rêve inénarrable, dans lequel un démon était venu le voir pour lui commander une œuvre. Il voulait une pièce avec des pèlerins et des chandeliers d'or, mais au bout du compte, l'intrigue avait tellement fait monter la moutarde au nez des puissances de l'univers que Venise avait été détruite. Mais Ananké avait décidé de sauver la ville, alors l'espace-temps au cours duquel Venise disparaissait avait été coupé au montage et expédié dans les Limbes.

L'Arétin se leva et regarda autour de lui. Il était à Venise, dans la réalité. Rien n'avait changé. Il se demanda ce qui se passait dans l'autre Venise, celle des Limbes.

8

Fatus sentit un pincement d'inquiétude lorsqu'il apprit qu'un nouveau lieu était arrivé dans les Limbes. Dans les Limbes, on trouvait de nombreuses régions qui avaient existé, et beaucoup d'autres qui n'étaient que pure affabulation. Le jardin des Hespérides, par exemple, et Camelot, la cour du roi Arthur, ainsi que la cité perdue de Lys.

Le nouveau lieu s'appelait Venise, la Venise des Catastrophes. Fatus alla y faire un tour et fut émerveillé par sa beauté. Ses habitants ignoraient que tout pâlissait, disparaissait, mourait chaque jour pour renaître aussitôt. Il marcha, déambula dans les rues de la ville, vit des morts et des mourants, et trouva tout cela très gai. Chaque jour, tout recommencerait. Il aurait aimé pouvoir le dire aux Vénitiens, leur expliquer qu'ils n'avaient pas de raison d'avoir peur, parce que le lendemain matin, tout reprendrait comme la veille. Mais les gens refusèrent de l'écouter, et vivaient dans un état d'inquiétude éternellement ranimée.

Fatus s'approcha des amoureux qu'étaient Kornglow et Léonore. Voir deux êtres pour qui l'amour était une constante révélation lui fit du bien. Pour eux, le plaisir des premiers jours ne perdrait jamais de son piquant. Parlez-en aux autres, apprenez-leur, leur dit-il. Mais ils éclatèrent de rire. La vie est simple, fut leur réponse. Pas besoin d'en parler. Tout le monde le sait.

Fatus retourna dans son château et fit l'inventaire de ses vieilleries en se demandant ce qui allait se passer ensuite.

9

Dans la Venise des Limbes, Kornglow et Léonore
parlent de l'Arétin.

– Je me demande s'il l'écrira, sa pièce.

– Peut-être. Mais ce ne sera pas la vraie. Ce sera
celle-ci, celle dans laquelle nous mourrons chaque
soir pour renaître chaque matin. J'espère que tu n'as
pas peur de la mort, mon amour.

– Un petit peu, quand même. Mais demain nous
serons à nouveau en vie, n'est-ce pas ?

– Je le crois, en effet. Seulement la mort aura vraiment le goût de la mort lorsqu'elle se présentera.

– Devons-nous mourir maintenant ?

– Tout Venise meurt ce soir.

On entend un claquement de sabots. Des cavaliers
ont pénétré dans la ville. Les Mongols !

Kornglow se bat vaillamment, mais est transpercé
par une lance. Les Mongols tentent d'enlever Léonore, mais elle est trop rapide pour eux – il n'est pas
encore né, le Mongol qui sera plus rapide que la fille
d'un elfe. Elle court dans la rue, se jette à l'eau et
s'éloigne à la nage. Les vagues sont hautes, les murs

s'écroulent, Venise prend feu. Léonore se retourne pour regarder, mais n'arrive plus à flotter. C'est la première fois qu'elle meurt, et même si c'est difficile, elle s'en tire très bien. Lentement, sa tête s'enfonce dans l'eau.

10

Azzie sentit une poigne géante se resserrer sur lui. Puis ce fut le trou noir. Lorsqu'il reprit conscience, une main fraîche était posée sur son front. Il ouvrit les yeux.

– Ylith ! Que fais-tu là ? J'ignorais qu'il y avait une vie après la mort pour les démons et les sorcières.

– En fait, toi et moi sommes toujours en vie.

Azzie regarda autour de lui. Il était à l'Entre-Deux-Mondes, un troquet dans les Limbes, territoire neutre pour les esprits du Bien et du Mal.

– Qu'est-il arrivé à l'univers ?

– Grâce à toi, Ananké a pu le sauver. Nous te devons tous une fière chandelle, même si j'ai peur qu'un grand nombre de gens soient très en colère. Le Conseil du Mal envisage de te donner un blâme, pour avoir été à l'origine de ce pataquès. Mais je t'aime encore. Et je t'aimerai toujours, je crois bien.

Il lui prit la main.

– Fille des Ténèbres, dit-il avec un faible sourire. On est pareils, toi et moi.

Elle hocha la tête et serra la main d'Azzie, bien fort.

– Je sais, murmura-t-elle.

Science-Fiction

Depuis 1970, J'ai lu explore les vastes territoires de la Science-Fiction pour mettre à la portée d'un très vaste public des chefs-d'œuvre méconnus. De la hard science à l'heroic fantasy, des auteurs classiques à l'avant-garde cyberpunk, des maîtres américains à la nouvelle génération des auteurs français, tous les genres sont représentés sous la désormais célèbre couverture argent et violet.

ISAAC ASIMOV

Auteur majeur de la S-F américaine, Isaac Asimov est né en Russie. Naturalisé américain, il fait des études de chimie et de biologie, tout en écrivant des romans et des nouvelles qui deviendront des best-sellers. Avec les robots, il trouve son principal thème d'inspiration.

Les cavernes d'acier
404/4
Les cavernes d'acier sont les villes souterraines du futur, peuplées d'humains qui n'ont jamais vu le soleil. Dans cet univers infernal, un homme et un robot s'affrontent.

Les robots
453/3
Face aux feux du soleil
468/3
Tyrann
484/3

Un défilé de robots
542/3
Cailloux dans le ciel
552/3
Les robots de l'aube
1602/3 & 1603/3
Le voyage fantastique
1635/3
Les robots et l'empire
1996/4 & 1997/4
Espace vital
2055/3
Asimov parallèle
2277/4 Inédit
Le robot qui rêvait
2388/7
Robots et extraterrestres
- Le renégat
3094/6 Inédit
Une nouvelle grande série sous la direction du créateur de l'univers des robots. Naufragé dans un monde sauvage peuplé de créatures-loups, Derec affronte un robot rebelle.
- L'intrus
3185/6 Inédit
Deuxième volet d'une série passionnante, par deux jeunes talents de la S-F parrainés par Asimov.
- Humanité
3290/6 Inédit
La cité des robots
- La cité des robots
2573/6 Inédit
- Cyborg
2875/6
- Refuge
2975/6
La trilogie de Caliban
- Le robot Caliban
3503/6
- Inferno
3799/5 Inédit
- Utopia
4304/6 Inédit

Robots temporels
- L'âge des dinosaures
3473/6 Inédit (Par F. WU)
- Le guerrier
- Le dictateur
4048/7 Inédit (Par F. WU)
- L'empereur
- L'envahisseur
4177/7 Inédit (Par F. WU)
- I, robot
4403/5 Inédit

ANDERSON POUL
La reine de l'Air et des Ténèbres
1268/3
La patrouille du temps
1409/3

ATWOOD MARGARET
La servante écarlate
2781/5

AYERDHAL
L'histrion
3526/6 Inédit
Balade choreïale
3731/5 Inédit
Sexomorphoses
3821/6 Inédit
Genèses
4279/5
Parleur
4317/10 Inédit
Le premier ouvrage de Fantasy de l'auteur. Parleur, le héros, découvrant la misère qui règne dans une petite ville médiévale, incite les habitants à s'enclaver pour échapper à la dictature royale.

BALLARD J.G.
Le monde englouti
2667/3

BELLETTO RENÉ
Le temps mort
4095/4

BISSON
Johnny Mnemonic
4079/4

Science-Fiction

BLAYLOCK JAMES
Reliques de la nuit
4049/8 Inédit FANTASY

BLISH JAMES
Semailles humaines
752/3

BRIN DAVID
Marée stellaire
1981/6 Inédit

Le facteur
2261/5 Inédit

Elévation
2552/5 & 2553/5
Inédit Prix Hugo

Rédemption
4457/6 & 4458/6
Inédit

BROOKS TERRY
Le glaive de Shannara
3331/8 Inédit FANTASY
Après la dernière guerre des races, les habitants des Quatre Terres sont parvenus à reconstruire une civilisation. Mais les forces du Mal veillent et, pour empêcher un nouveau désastre, Shea doit s'emparer du glaive de Shannara.

Les pierres des elfes de Shannara
3547/7 Inédit FANTASY

L'enchantement de Shannara
3732/8 Inédit FANTASY

Royaume magique à vendre !

- Royaume magique à vendre !
3667/6 FANTASY

- La licorne noire
4096/5 Inédit FANTASY

- Le Spectre et le Sort
4277/5 Inédit FANTASY

BUTLER OCTAVIA E.
La parabole du semeur
3948/6 Inédit

CADIGAN PAT
Mise en abyme
4134/5 Inédit

CANAL RICHARD
Swap-Swap
2836/3 Inédit

Ombres blanches
3455/4 Inédit

Aube noire
3669/5 Inédit

Le cimetière des papillons
3908/4 Inédit

La malédiction de l'éphémère
4156/4

Les paradis piégés
4483/5 Inédit

CARD ORSON SCOTT
Abyss
2657/4

La stratégie Ender
3781/5 Prix Hugo

La voix des morts
3848/6 Prix Hugo

Xénocide
4024/8
Troisième volume des aventures d'Ender le Stratège, surnommé la Voix des Morts. Un virus mortel menace les humains qui ont colonisé la planète Lusitania. Mais le détruire revient à anéantir les indigènes, pour la reproduction desquels ce virus est indispensable. Ender parviendra-t-il à éviter un nouveau xénocide ?

CARROLL JONATHAN
Le pays du fou rire
2450/4

CHERRYH C.J.
Hestia
1183/3

Chasseurs de mondes
1280/4

Les adieux du soleil
1354/3

Les seigneurs de l'Hydre
1420/4 Inédit

Chanur
1475/3 Inédit

L'opéra de l'espace
1563/3 Inédit

La pierre de rêve
1738/3

L'épopée de Chanur
2104/4 Inédit

La vengeance de Chanur
2289/4 Inédit

L'œuf du coucou
2307/3

Le retour de Chanur
2609/7 Inédit

Cyteen
2935/6 & 2936/6
Inédit Prix Hugo
Politicienne habile, Ariane Emory vise l'immortalité, l'apanage des dieux, pour mener à bien ses projets.

Volte-face
3144/5 Inédit

Forteresse des étoiles
3330/7 Prix Hugo

Temps fort
3417/7 Inédit

Les portes d'Ivrel
3631/4 FANTASY

L'héritage de Chanur
3468/8 Inédit

Le puits de Shiuan
3688/5 Inédit FANTASY

Les feux d'Azeroth
3800/4 Inédit FANTASY

La porte de l'exil
3871/8 Inédit

Les chants du néant
4155/7 Inédit

La citadelle noire
4404/6 Inédit

Lois & Clark
4456/5 Inédit

Science-Fiction

COCHRAN & MURPHY
Le maître de l'éternité
3814/9 inédit

CURVAL PHILIPPE
Le ressac de l'espace
3814/9 Inédit FANTASY

DEMUTH MICHEL
Les Galaxiales- 1
693/4

**DEVLIN DEAN &
EMMERICH ROLAND**
Stargate
3870/6 Inédit

Independence Day
4288/5 Inédit

DICK PHILIP K.
Dr Bloodmoney
563/4

Le maître du Haut
Château
567/4
En 1947, les Alliés capitulent.
Hitler impose sa tyrannie à l'est
des Etats-Unis, les Japonais
s'emparent de l'ouest. Cependant une étrange rumeur circule : un homme vivant dans un
Haut Château a écrit un livre
racontant la victoire des Alliés
en 1945.

A rebrousse-temps
613/3

Les clans de la lune
alphane
879/3

L'homme doré
1291/3

Le dieu venu
du Centaure
1379/3

Le message de Frolix 8
1708/3

Blade Runner
1768/3
Un Blade Runner, c'est un
tueur chargé d'éliminer les
androïdes qui s'infiltrent sur
Terre...

Le temps désarticulé
4133/3
Aux États-Unis, dans les années
cinquante, Ragle Gumm, qui
mène une existence paisible
dans une petite ville, vit une
expérience troublante : la réalité commence à se disloquer
autour de lui...

DICK & NELSON
Les machines à illusions
1067/3

DICKSON GORDON R.
Le dragon
et le georges
3208/4 Inédit FANTASY

Le Chevalier Dragon
3418/7 Inédit FANTASY

FARMER PHILIP JOSÉ
Les amants étrangers
537/3

L'univers à l'envers
581/2

Des rapports étranges
712/3

La nuit de la lumière
885/3

Le soleil obscur
1257/4

FOSTER ALAN DEAN
Alien
1115/3
Le Nostromo vogue vers la
Terre, encore lointaine, lorsque
le Cerveau Central réveille
l'équipage en hibernation. Il a
capté un appel de détresse, en
provenance d'un astéroïde
mystérieux. Trois navigateurs
se portent volontaires. Mais
lorsque le Nostromo reprend
sa route, il emporte un nouveau passager. La mort a pénétré dans l'astronef.

AlienS
2105/4 Inédit

Alien 3
3294/4 Inédit

GALOUYE DANIEL F.
Simulacron 3
778/2

GIBSON WILLIAM
Neuromancien
2325/4 Prix Hugo
Dans une société future hyper-
technologique, dominée par
les ordinateurs, un homme se
perd dans le cyberspace.

Comte Zéro
2483/4

Mona Lisa s'éclate
2735/4

Gravé sur chrome
2940/3

Lumière virtuelle
3891/6 Inédit
San Francisco, en 2005. Un
monde pas très différent du nô-
tre, rongé par la drogue, le
sida et la corruption. Chevette y
est coursière à vélo. Lorsqu'elle
pique ce qu'elle croit être de
simples lunettes de soleil dans
la poche d'un autre coursier,
elle ne se doute pas des ennuis
qu'elle va s'attirer...

HABER KAREN
Super-mutant
3187/4 Inédit

L'étoile des mutants
3475/5 Inédit

L'héritage du mutant
3813/4 Inédit

La fille sans ombre
4377/5 Inédit

HALDEMAN JOE
La guerre éternelle
1769/3

HAMILTON EDMOND
Les rois des étoiles
432/4

Le retour aux étoiles
490/4

Science-Fiction

HARRISON HARRY
Le rat en acier inox
3242/3

HEINLEIN ROBERT A.
Une porte sur l'été
510/3

Etoiles, garde à vous
562/4 Prix Hugo

Double étoile
589/3

Vendredi
1782/5
Un cerveau d'ordinateur, un corps surentraîné et la beauté en plus : telle est Vendredi. L'agent idéal en ce monde futur. Mais Vendredi, la non-humaine, est hantée par des souvenirs tragiques. Aurait-elle une âme ?

Le chat passe-muraille
2248/6

HOUGRON JEAN
Le Naguen
4005/6

HOWARD ROBERT E.
Au cours de ses voyages aventureux à travers l'espace et le temps, Conan, le guerrier aux yeux de saphir, découvre des mondes étranges, hantés par des démons et des sorcières.

Conan
1754/3 FANTASY

Conan le Cimmérien
1825/3 FANTASY

Conan le flibustier
1891/3 FANTASY

Conan le vagabond
1935/3 FANTASY

Conan l'aventurier
2036/3 FANTASY

Conan le guerrier
2120/3 FANTASY

Conan l'usurpateur
2224/3 FANTASY

Conan le conquérant
2468/3 FANTASY

Conan et l'épée de Skelos
4007/4 FANTASY
(avec Andrew J. Offut)

Conan l'indomptable
3849/3 Inédit FANTASY

Conan le destructeur
1689/2 FANTASY
(avec Robert Jordan)

Conan le triomphant
4222/4 FANTASY
(avec Robert Jordan)

JETER K. W.
Horizon vertical
2798/4 Inédit

JEURY MICHEL
Le jour des Voies
761/3

La croix et la lionne
2035/3

KESSEL JOHN
Bonnes nouvelles de l'espace
3744/8 Inédit

KEYES DANIEL
Des fleurs pour Algernon
427/3

KLEIN GÉRARD
La saga d'Argyre
- Le rêve des forêts
2164/3

- Les voiliers du soleil
2247/2

- Le long voyage
2324/2

KUBE-McDOWELL M.P.
Projet Diaspora
3496/7 Inédit FANTASY

Exilé
3689/7 Inédit

LEE TANITH
Cyrion
1649/4 FANTASY

La déesse voilée
1690/4 Inédit FANTASY

La quête de la Sorcière Blanche
2042/4

Tuer les morts
2194/3

Terre de lierre
2469/3

LEIGH STEPHEN
Dinosaures de Ray Bradbury
- La planète des dinosaures
3763/4 Inédit

LEM STANISLAS
Le congrès de futurologie
1739/2

Mémoires d'Ijon Tichy
4221/3

LEOURIER CHRISTIAN
Les racines de l'oubli
2405/2

La terre de promesse
3709/3 Inédit
Une étrange visite dans un monde parallèle, l'Irgendwo. Mais s'agit-il d'une réalité ou d'un autre niveau virtuel créé par les rêves des Lanmeuriens ?

LETHEM JONATHAN
Flingue sur fond musical
4199/4 Inédit
Un singe sur le dos, un lapin dans sa salle d'attente et un kangourou boxeur assis avec désinvolture sur sa queue : on peut dire que Conrad Metcalf n'est pas dans une position idéale. D'autant plus qu'il est pris entre les feux croisés de gangsters et des inspecteurs de la Criminelle ! Le dernier des Justes mène une lutte héroïque dans un monde où les ténèbres ne cessent de s'obscurcir.

R.I.D. Composition – 91400 Gometz-la-Ville
Achevé d'imprimer en Europe (Angleterre)
par Cox & Wyman à Reading
le 23 septembre 1997.
Dépôt légal septembre 1997. ISBN 2-290-04614-0

Éditions J'ai lu
84, rue de Grenelle, 75007 Paris
Diffusion France et étranger : Flammarion

4614